GUILLAUME MUSSO

Traduit en 36 langues, plusieurs fois adapté au cinéma, Guillaume Musso est l'auteur français le plus lu. Passionné de littérature depuis l'enfance, il commence à écrire alors qu'il est étudiant. Paru en 2004, son roman *Et après…* est vendu à plus de deux millions d'exemplaires. Cette incroyable rencontre avec les lecteurs, confirmée par l'immense succès de tous ses romans ultérieurs, *Sauve-moi*, *Seras-tu là ?*, *Parce que je t'aime*, *Je reviens te chercher*, *Que serais-je sans toi ?*, *La Fille de papier*, *L'Appel de l'ange*, *7 ans après…* et *Demain* fait de lui un des auteurs français favoris du grand public.
Le dernier roman de Guillaume Musso, *Central Park*, paraît chez XO Éditions en 2014.

Retrouvez toute l'actualité de l'auteur sur :
www.guillaumemusso.com

DEMAIN

GUILLAUME MUSSO

DEMAIN

ROMAN

XO ÉDITIONS

© XO Éditions, 2013
ISBN : 978-2-266-24688-0

L'amour rampe quand il ne peut marcher.

William SHAKESPEARE

Première partie

Le hasard des rencontres

Premier jour

1

Au milieu des fantômes

On n'est pas celui que l'on voit dans le miroir. On est celui qui brille dans le regard d'autrui.

Tarun J. TEJPAL

Université de Harvard
Cambridge
19 décembre 2011

L'amphithéâtre était bondé, mais silencieux.

Les aiguilles du cadran en bronze de la vieille horloge murale marquaient 14 h 55. Le cours de philosophie délivré par Matthew Shapiro touchait à sa fin.

Assise au premier rang, Erika Stewart, vingt-deux ans, dévisageait son professeur avec intensité. Depuis une heure, elle cherchait sans succès à capter son attention, buvant ses paroles, hochant

13

la tête à chacune de ses remarques. Malgré l'indifférence que rencontraient les initiatives de la jeune femme, le prof exerçait sur elle une fascination chaque jour plus grande.

Son visage juvénile, ses cheveux courts et sa barbe naissante lui donnaient un charme indéniable qui suscitait beaucoup d'émoi parmi les étudiantes. Avec son jean délavé, ses bottes en cuir vieilli et son pull à col roulé, Matthew ressemblait plus à un étudiant *post-graduate* qu'à certains de ses collègues à l'allure stricte et austère que l'on rencontrait sur le campus. Mais davantage que sa belle gueule, c'était surtout son éloquence qui faisait sa séduction.

Matthew Shapiro était l'un des professeurs les plus populaires du campus. Depuis cinq ans qu'il enseignait à Cambridge, ses cours passionnaient chaque année de nouveaux élèves. Grâce au bouche-à-oreille, plus de huit cents étudiants s'étaient inscrits ce trimestre pour suivre son enseignement, et son cours occupait à présent le plus grand amphi de Sever Hall.

LA PHILOSOPHIE EST INUTILE SI ELLE NE CHASSE PAS LA SOUFFRANCE DE L'ESPRIT.

Calligraphiée au tableau, la phrase d'Épicure constituait la colonne vertébrale de l'enseignement de Matthew.

Ses cours de philosophie se voulaient accessibles et ne s'encombraient pas de concepts abscons. Tous ses raisonnements étaient en prise avec la réalité. Shapiro débutait chacune de ses interventions en partant du quotidien des élèves, des problèmes concrets auxquels ils étaient confrontés : la peur d'échouer à un examen, la rupture d'une liaison amoureuse, la tyrannie du regard des autres, le sens à donner à ses études… Une fois cette problématique posée, le professeur convoquait Platon, Sénèque, Nietzsche ou Schopenhauer. Et grâce à la vivacité de sa présentation, ces grandes figures donnaient l'impression de quitter pour un temps les manuels universitaires pour devenir des amis familiers et accessibles, capables de vous prodiguer des conseils utiles et réconfortants.

Avec intelligence et humour, Matthew intégrait aussi à son cours un large pan de la culture populaire. Films, chansons, bandes dessinées : tout était prétexte à philosopher. Même les séries télé trouvaient leur place dans cet enseignement. Le Dr House venait illustrer le raisonnement expérimental, les naufragés de *Lost* offraient une réflexion sur le contrat social, tandis que les publicitaires machistes de *Mad Men* ouvraient une porte pour étudier l'évolution des rapports entre les hommes et les femmes.

Si cette philosophie pragmatique avait contribué à faire de lui une « star » du campus, elle avait aussi suscité beaucoup de jalousie et d'agacement de la part de collègues qui trouvaient le contenu de son enseignement superficiel. Heureusement, la réussite aux examens et aux concours des élèves de Matthew avait jusqu'à présent joué en sa faveur.

Un groupe d'étudiants avait même filmé ses cours et les avait mis en ligne sur *YouTube*. L'initiative avait attiré la curiosité d'un journaliste du *Boston Globe* qui en avait fait un papier. Après la reprise de l'article dans le *New York Times*, Shapiro avait été sollicité pour écrire une sorte d'« antimanuel » de philosophie. Même si le livre s'était bien vendu, le jeune prof ne s'était pas laissé griser par cette notoriété naissante et était toujours resté disponible pour ses élèves et attentif à leur réussite. Mais la belle histoire avait connu un rebondissement tragique. L'hiver précédent, Matthew Shapiro avait perdu son épouse dans un accident de voiture. Une disparition soudaine et brutale qui l'avait laissé désemparé. S'il continuait à assurer ses cours, l'enseignant passionnant et passionné avait perdu l'enthousiasme qui faisait sa singularité.

Erika plissa les yeux pour mieux détailler son professeur. Depuis le drame, quelque chose s'était brisé en Matthew. Ses traits s'étaient durcis, son regard avait perdu sa flamme ; cependant, le deuil et le chagrin lui donnaient une aura ténébreuse et mélancolique qui le rendait encore plus irrésistible aux yeux de la jeune femme.

L'étudiante baissa les paupières et se laissa porter par la voix grave et posée qui s'élevait dans l'amphithéâtre. Une voix qui avait perdu un peu de son charisme, mais qui restait apaisante. Les rayons du soleil perçaient à travers les vitres, réchauffant la grande pièce et éblouissant la travée centrale. Erika se sentait bien, bercée par ce timbre sécurisant.

Mais cet instant de grâce ne dura pas. Elle sursauta en entendant la sonnerie de fin de cours. Elle rangea ses affaires sans se presser puis attendit que la salle se soit vidée pour s'approcher timidement de Shapiro.

— Que faites-vous ici, Erika ? s'étonna Matthew en l'apercevant. Vous avez déjà validé ce module l'année dernière. Vous ne devez plus assister à mon cours.

— Je suis venue à cause de la phrase d'Helen Rowland que vous citiez souvent.

Matthew fronça les sourcils en signe d'incompréhension.

— « Les folies que l'on regrette le plus sont celles que l'on n'a pas commises quand on en avait l'occasion. »

Puis elle prit son courage à deux mains pour s'expliquer.

— Pour ne pas avoir de regrets, je voudrais commettre une folie. Voilà, samedi prochain, c'est mon anniversaire et je voudrais... Je voudrais vous inviter à dîner.

Matthew ouvrit des yeux ronds et tenta immédiatement de raisonner son élève :

— Vous êtes une jeune femme intelligente, Erika, donc vous savez très bien qu'il y a au moins deux cent cinquante raisons pour lesquelles je vais refuser votre proposition.

— Mais vous en avez envie, n'est-ce pas ?

— N'insistez pas, s'il vous plaît, l'interrompit-il.

Erika sentit la honte lui monter au visage. Elle bredouilla encore quelques mots d'excuses avant de quitter la salle.

Matthew enfila son manteau en soupirant, noua son écharpe et sortit à son tour sur le campus.

*

Avec ses étendues de pelouses, ses imposants bâtiments de brique brune et ses devises latines accrochées aux frontons, Harvard avait le chic et l'intemporalité des *colleges* britanniques.

Dès que Matthew fut dehors, il se roula une

cigarette, l'alluma puis quitta rapidement Sever Hall. Son sac besace à l'épaule, il traversa le Yard, la grande cour gazonnée d'où partait un dédale de sentiers qui serpentaient sur plusieurs kilomètres desservant salles de cours, bibliothèques, musées et dortoirs.

Le parc baignait dans une belle lumière automnale. Depuis dix jours, la température particulièrement douce pour la saison et le soleil abondant offraient aux habitants de Nouvelle-Angleterre un été indien aussi agréable que tardif.

— M'sieur Shapiro ! Réflexe !

Matthew tourna la tête vers la voix qui l'interpellait. Un ballon de football américain arrivait dans sa direction. Il le réceptionna de justesse et le renvoya dans la foulée au *quarterback* qui l'avait sollicité.

Ordinateur portable ouvert sur les genoux, les étudiants avaient investi tous les bancs du Yard. Sur la pelouse, les rires fusaient et les conversations allaient bon train. Ici plus qu'ailleurs, les nationalités se mélangeaient avec harmonie, et le brassage culturel était perçu comme une richesse. Bordeaux et gris, les deux couleurs fétiches de la célèbre université, s'affichaient d'ailleurs fièrement sur les blousons, les sweat-shirts et les sacs de sport : à Harvard, l'esprit d'appartenance à une communauté transcendait toutes les différences.

Matthew tira sur sa cigarette en passant devant Massachusetts Hall, la monumentale bâtisse à l'architecture géorgienne qui abritait à la fois les bureaux de la direction et les dortoirs des étudiants de première année. Debout sur les marches, Mlle Moore, l'assistante du recteur, lui lança un regard furieux suivi d'un rappel à l'ordre (« Monsieur Shapiro, combien de fois devrai-je vous répéter qu'il est interdit de fumer sur le campus... ») et d'un laïus sur les méfaits du tabac.

Regard figé et traits impassibles, Matthew l'ignora. Un bref instant, il fut tenté de lui répondre que mourir était vraiment le cadet de ses soucis, mais il se ravisa et quitta l'enceinte de l'université par le portail gigantesque qui débouchait sur Harvard Square.

★

Bourdonnant comme une ruche, le *Square* était en réalité une grande place entourée de commerces, de librairies, de petits restaurants et de cafés aux terrasses desquels élèves et professeurs refaisaient le monde ou poursuivaient leurs cours. Matthew fouilla dans sa poche pour en extraire sa carte de métro. Il venait de s'engager sur le passage piéton pour rejoindre la station du T – la *red line* qui desservait le centre de Boston en moins d'un quart d'heure – lorsqu'une vieille Chevrolet Camaro pétaradante déboucha à l'angle de Massachusetts Avenue et de Peabody Street. Le jeune prof sursauta et marqua un mouvement de recul pour ne pas être écrasé par le coupé rouge vif qui s'arrêta à son niveau dans un crissement de pneus.

La vitre avant descendit pour laisser apparaître la chevelure rousse d'April Ferguson, sa colocataire depuis la mort de sa femme.

— Hello, beau brun, je te ramène ?

Le vrombissement du V8 détonnait dans cette enclave écolo qui ne jurait que par les vertus de la bicyclette et du véhicule hybride.

— Je préfère rentrer en transport en commun, déclina-t-il. Tu conduis comme si tu étais dans un jeu vidéo !

— Allez, ne fais pas ton pétochard. Je conduis très bien et tu le sais !

— N'insiste pas. Ma fille a déjà perdu sa mère. Je voudrais lui éviter de se retrouver orpheline à quatre ans et demi.

— Oh, ça va ! N'exagère pas ! Allez, trouillard, dépêche-toi ! Je bloque la circulation, là !

Pressé par les coups de klaxon, Matthew soupira et se résigna à se glisser dans la Chevrolet.

À peine eut-il bouclé sa ceinture, qu'au mépris

de toutes les règles de sécurité la Camaro effectua un périlleux demi-tour pour partir en trombe vers le nord.

— Boston, c'est de l'autre côté ! s'insurgea-t-il en s'agrippant à la portière.

— Je fais juste un petit détour par Belmont. C'est à dix minutes. Et ne t'inquiète pas pour Emily. J'ai demandé à sa baby-sitter de rester une heure de plus.

— Sans même m'en parler ? Je te préviens, je…

La jeune femme passa deux vitesses avec célérité puis plaça une brusque accélération qui coupa la parole à Matthew. Une fois en vitesse de croisière, elle se tourna vers lui et lui tendit un carton à dessins.

— Figure-toi que j'ai peut-être un client pour l'estampe d'Utamaro, dit-elle.

April tenait une galerie d'art dans le South End : un lieu d'exposition spécialisé dans l'art érotique. Elle avait un vrai talent pour dénicher des pièces méconnues et pour les revendre en dégageant de belles plus-values.

Matthew fit glisser les élastiques pour découvrir une chemise en pur chiffon qui protégeait l'estampe japonaise. Une *shunga*[1] datant de la fin du XVIIIe siècle représentant une courtisane et l'un de

1. Gravure japonaise érotique.

ses clients se livrant à un acte sexuel aussi sensuel qu'acrobatique. La crudité de la scène était atténuée par la grâce du trait et la richesse des motifs des étoffes. Le visage de la geisha était d'une finesse et d'une élégance fascinantes. Pas étonnant que ce genre de gravure ait par la suite influencé aussi bien Klimt que Picasso.

— Tu es certaine que tu veux t'en séparer ?

— J'ai reçu une offre qu'on ne peut pas refuser, lança-t-elle en imitant la voix de Marlon Brando dans *Le Parrain*.

— De la part de qui ?

— Un grand collectionneur asiatique de passage à Boston pour rendre visite à sa fille. Apparemment, il est prêt à faire affaire, mais ne reste en ville qu'une journée. Une telle occasion ne se représentera peut-être pas de sitôt...

La Chevrolet avait quitté le quartier universitaire. Elle emprunta la voie rapide qui longeait le *Fresh Pond* – le plus grand lac de Cambridge – sur plusieurs kilomètres avant d'arriver à Belmont, une petite ville résidentielle à l'ouest de Boston. April entra une adresse sur le GPS et se laissa guider jusqu'à un quartier chic et familial : une école entourée d'arbres voisinait avec une aire de jeux, un parc et des terrains de sport. On y trouvait même un marchand de glaces ambulant tout droit sorti des années 1950. Malgré l'interdiction formelle, la Camaro dépassa un bus scolaire et se gara dans une rue calme bordée de maisons.

— Tu viens avec moi ? demanda-t-elle en récupérant le carton à dessins.

Matthew secoua la tête.

— Je préfère t'attendre dans la voiture.

— Je fais aussi vite que possible, promit-elle en se recoiffant dans le rétroviseur, laissant une mèche ondulée lui couvrir l'œil droit à la manière de Veronica Lake.

Puis elle sortit de son sac un tube de rouge à lèvres, se remaquilla rapidement avant de terminer sa composition de femme fatale en réajustant le blouson en cuir rouge qui collait comme une peau à son tee-shirt échancré.

— Tu n'as pas peur d'en faire trop ? la provoqua-t-il.

— « J'suis pas mauvaise, j'suis juste dessinée comme ça », minauda-t-elle en reprenant la réplique et la voix de Jessica Rabbit.

Puis elle déplia ses jambes interminables moulées dans un legging et sortit de la voiture.

Matthew la regarda s'éloigner et sonner à la porte de la plus grande maison de la rue. Sur l'échelle de la sensualité, April n'était pas loin de la plus haute marche – mensurations parfaites, taille de guêpe, poitrine de rêve –, mais cette incarnation des fantasmes masculins aimait exclusivement les femmes et affichait haut et fort son homosexualité.

C'était d'ailleurs l'une des raisons pour lesquelles Matthew l'avait acceptée comme colocataire, sachant qu'entre eux il n'y aurait jamais la moindre ambiguïté. Et puis April était drôle, intelligente et espiègle. Certes, elle avait mauvais caractère, son langage était fleuri et elle était capable de colères homériques, mais elle savait comme personne rendre son sourire à sa fille et, pour Matthew, cela n'avait pas de prix.

Resté seul, il jeta un coup d'œil de l'autre côté de la rue. Une mère et ses deux jeunes enfants installaient dans leur jardin les décorations de fête. Il réalisa que Noël était dans moins d'une semaine et ce constat le plongea dans un mélange de chagrin et de panique. Il voyait avec terreur se profiler le premier anniversaire de la mort de Kate : ce funeste 24 décembre 2010 qui avait fait basculer son existence dans la souffrance et l'accablement.

Les trois premiers mois qui avaient suivi l'accident, la douleur ne lui avait laissé aucun répit, le dévastant chaque seconde : une plaie à vif, la morsure d'un vampire qui aurait sucé toute vie en lui. Pour mettre fin à ce calvaire, il avait plusieurs fois été tenté par une solution radicale : se jeter par la fenêtre, se balancer au bout d'une corde, ingurgiter un cocktail corsé de médicaments, se loger une balle dans la tête... Mais chaque fois, la perspective du mal qu'il ferait à Emily l'avait retenu de passer à l'acte. Il n'avait tout simplement pas le droit d'enlever son père à sa fille et de bousiller son existence.

La révolte des premières semaines avait ensuite laissé la place à un long tunnel de tristesse. La vie s'était arrêtée, figée dans la lassitude, congelée dans une détresse au long cours. Matthew n'était pas en guerre, il était simplement abattu, écrasé par le deuil, fermé à la vie. La perte restait inacceptable. L'avenir n'existait plus.

Sur le conseil d'April, il avait toutefois fait l'effort de s'inscrire à un groupe de soutien. Il avait assisté à une séance, tentant de mettre des mots sur sa souffrance et de la partager avec d'autres, mais il n'y avait jamais remis les pieds. Fuyant la fausse compassion, les formules toutes faites ou les leçons de vie, il s'était isolé, errant dans son existence comme un fantôme, se laissant dériver pendant des mois, sans projets, anéanti.

Néanmoins, depuis quelques semaines, sans pouvoir dire qu'il « revivait », il lui semblait que, lentement, la douleur s'atténuait. Les réveils restaient difficiles, mais une fois à Harvard, il faisait illusion, assurant ses cours, participant aux réunions d'orientation avec ses collègues, certes, avec moins d'entrain qu'auparavant, mais en reprenant pied.

Ce n'est pas tant qu'il se reconstruisait, c'était plutôt qu'il acceptait peu à peu son état, en s'aidant justement de certains concepts de son enseignement. Entre le fatalisme stoïcien et l'impermanence bouddhiste, il prenait désormais l'existence pour ce qu'elle était : quelque chose d'éminemment précaire et instable, un processus en perpétuelle évolution. Rien n'était immuable, surtout pas le bonheur. Fragile comme le verre, il ne devait pas être considéré comme un acquis, lui qui pouvait ne durer qu'un instant.

À travers des choses insignifiantes, il reprenait donc goût à la vie : une promenade sous le soleil avec Emily, un match de football avec ses étudiants, une blague particulièrement bien tournée d'April. Des signes réconfortants qui l'avaient incité à tenir à distance la souffrance et à bâtir une digue pour contenir son chagrin.

Mais cette rémission était fragile. La douleur guettait, prête à l'attraper à la gorge. Il suffisait d'un rien pour qu'elle le cueille par surprise, se déchaîne et réveille des souvenirs cruels : une femme croisée dans la rue qui portait le parfum de Kate ou le même imperméable, une chanson écoutée à la radio qui rappelait les jours heureux, une photo retrouvée dans un livre...

Ces derniers jours avaient été pénibles, annonçant une rechute. L'approche de l'anniversaire de la mort de Kate, les décorations et l'effervescence liées à la préparation des fêtes de fin d'année, tout le ramenait à sa femme.

Depuis une semaine, il se réveillait chaque nuit en sursaut, le cœur battant, trempé de sueur, hanté par le même souvenir : le film cauchemardesque des derniers instants de la vie de son épouse. Matthew était déjà sur les lieux lorsque Kate avait été transportée à l'hôpital où ses collègues – elle était médecin – n'avaient pas pu la ranimer. Il avait vu la mort lui enlever brutalement la femme qu'il aimait. Ils n'avaient eu droit qu'à quatre années de bonheur parfait. Quatre ans d'une entente profonde, à peine le temps de poser les jalons d'une histoire qu'ils ne vivraient pas. Une rencontre comme ça n'arrive qu'une fois, il en était certain. Et cette idée lui était insupportable.

Les larmes aux yeux, Matthew s'aperçut qu'il était en train de triturer l'alliance qu'il avait gardée à l'annulaire. À présent, il transpirait et son cœur cognait dans sa poitrine. Il baissa la vitre de la Camaro, chercha une barrette d'anxiolytique dans la poche de son jean et la posa sous sa langue.

Le médicament fondit doucement, lui apportant un réconfort chimique qui dilua sa fébrilité au bout de quelques minutes. Il ferma les yeux, se massa les paupières et respira profondément. Pour se calmer tout à fait, il avait besoin de fumer. Il sortit de la voiture, verrouilla la portière et fit quelques pas sur le trottoir avant d'allumer une cigarette et d'en tirer une longue bouffée.

Le goût âcre de la nicotine tapissa sa gorge. Il retrouvait un rythme cardiaque normal et se sentait déjà mieux. Les yeux clos, le visage offert à la brise automnale, il savoura sa cigarette. Il faisait bon. Le soleil filtrait à travers les branches. L'air était d'une douceur presque suspecte. Il resta quelques instants immobile avant d'ouvrir les paupières. Au bout de la rue, un attroupement s'était formé devant l'une des maisons. Curieux, il se rapprocha du cottage, typique de la Nouvelle-Angleterre : une vaste demeure tarabiscotée en bardage de bois, ornée d'un toit cathédrale surchargé de multiples fenêtres. Devant la résidence, sur la pelouse, on avait organisé une sorte de braderie. Un « vide-grenier » caractéristique de ce pays où les habitants déménageaient plus de quinze fois dans leur vie.

Matthew se mêla aux nombreux curieux qui chinaient sur les cent mètres carrés de la pelouse. La vente était animée par un homme de son âge, au crâne dégarni et aux petites lunettes carrées, qui affichait un visage renfrogné et un regard fuyant. Vêtu de noir de la tête aux pieds, il avait la rigidité austère d'un quaker. À ses côtés, un shar-pei couleur sable se faisait les dents sur un os en latex.

À l'heure de la sortie des classes, le temps clément avait attiré beaucoup de monde en quête de bonnes affaires. Les étals débordaient d'objets hétéroclites : rames en bois, sac de golf, batte et gant de baseball, vieille guitare Gibson... Posé contre une clôture, un vélo BMX, cadeau de Noël incontournable du début des années 1980, puis, plus loin, des rollers et un skateboard. Pendant quelques minutes, Matthew fureta parmi les stands, retrouvant une kyrielle de jouets qui lui rappelèrent son enfance : yo-yo en bois clair, Rubik's Cube, Hippos gloutons, Mastermind, frisbee, peluche géante de E.T. l'extraterrestre, figurine de *La Guerre des étoiles*... Les prix étaient bas ; visiblement, le vendeur voulait se débarrasser rapidement du plus grand nombre d'objets possible.

Matthew s'apprêtait à quitter l'enceinte de la braderie lorsqu'il aperçut un ordinateur. C'était un modèle portable : un MacBook Pro, écran quinze pouces. Pas la dernière version de ce modèle, mais la précédente ou celle d'avant. Matthew s'approcha et examina la machine sous toutes ses coutures. La coque en aluminium de l'appareil avait été personnalisée par un autocollant en vinyle appliqué au dos de l'écran. Le sticker mettait en scène une sorte de personnage à la Tim Burton : une Ève stylisée et sexy qui semblait tenir entre les mains le logo en forme de pomme de la célèbre marque informatique. En bas de l'illustration, on pouvait lire la signature « Emma L. » sans que l'on sache très bien s'il s'agissait de l'artiste qui avait dessiné la figurine ou de l'ancienne propriétaire de l'ordinateur.

Pourquoi pas ? songea-t-il en regardant l'étiquette. Son vieux PowerBook avait rendu l'âme à la fin de l'été. Il avait bien un PC à la maison, mais il avait besoin d'un nouveau portable personnel. Or, depuis trois mois, il remettait sans cesse cette dépense à plus tard.

L'objet était proposé à 400 dollars. Une somme qu'il jugea raisonnable. Ça tombait bien : en ce moment, il ne roulait pas sur l'or. À Harvard, son salaire de prof était confortable, mais après la mort de Kate, il avait à tout prix voulu conserver leur maison de Beacon Hill, même s'il n'en avait plus vraiment les moyens. Il s'était résolu à prendre une colocataire, mais même avec le loyer que lui payait April, les remboursements de l'emprunt engloutissaient les trois quarts de son revenu et lui laissaient peu de marge de manœuvre. Il avait même été obligé de vendre sa moto de collection : une Triumph de 1957 qui faisait autrefois sa fierté.

Il se rapprocha du responsable de la vente et lui désigna le Mac.

— Cet ordinateur fonctionne, n'est-ce pas ?

— Non, c'est uniquement un objet décoratif... Bien évidemment qu'il fonctionne, sinon je ne le vendrais pas à ce prix-là ! C'est l'ancien portable de ma sœur, mais j'ai formaté moi-même le disque dur et j'ai réinstallé le système d'exploitation. Il est comme neuf.

— D'accord, je le prends, décida Matthew après quelques secondes d'hésitation.

Il fouilla dans son portefeuille. Il n'avait sur lui que 310 dollars. Gêné, il essaya néanmoins de négocier, mais l'homme lui opposa un refus très ferme. Vexé, Matthew haussa les épaules. Il allait tourner les talons lorsqu'il reconnut la voix enjouée d'April derrière lui.

— Laisse-moi te l'offrir ! dit-elle en faisant un signe pour retenir le vendeur.

— Il n'en est pas question !

— Pour fêter la vente de mon estampe !

— Tu en as obtenu le prix espéré ?

— Oui, mais pas sans mal. Le mec pensait que, pour ce prix-là, il avait aussi droit à une des positions du Kâmasûtra !

— « Tout le malheur des hommes vient de ce qu'ils ne savent pas rester au repos dans une chambre. »

— Woody Allen ?

— Non, Blaise Pascal.

Le vendeur lui tendit l'ordinateur qu'il venait d'emballer dans son carton d'origine. Matthew le remercia d'un hochement de tête, tandis qu'April réglait la somme promise. Puis ils se dépêchèrent de regagner la voiture.

Matthew insista pour conduire. Alors qu'ils rejoignaient Boston, coincés dans les embouteillages, il ne se doutait pas que l'achat qu'il venait de faire allait changer sa vie à tout jamais.

2

Miss Lovenstein

Les chiens ne m'ont jamais mordue. Seuls les hommes l'ont fait.

Marilyn MONROE

Bar du restaurant Imperator
Rockefeller Center, New York
18 h 45

Installé au sommet du Rockefeller Center, le bar de l'Imperator dominait la ville, offrant une vue panoramique sur Manhattan. Sa décoration résultait d'un savant mélange de tradition et de design. Lors de la rénovation de l'établissement, on avait pris soin de conserver les boiseries, les tables Art déco et les fauteuils clubs en cuir. Cet aménagement conférait à l'endroit une ambiance « cosy » de vieux club anglais qui se conjuguait à un espace plus moderne, à l'image du long bar lumineux en verre dépoli qui traversait la pièce.

Silhouette gracile et démarche légère, Emma Lovenstein se faufilait de table en table, servant les vins, invitant à la dégustation et expliquant avec pédagogie l'origine et l'historique des nectars. La jeune sommelière était douée pour communiquer son enthousiasme. L'envolée gracieuse de ses mains, la précision de ses gestes, la franchise de son sourire, tout dans son apparence reflétait sa passion et son désir de la partager.

Un ballet de serveurs apporta l'avant-dernier plat.

— La tartine de pied de cochon gratinée au parmesan, annonça Emma tandis que montaient des murmures d'approbation au fur et à mesure que les invités découvraient leur plat.

Elle servit à chacun un verre de vin rouge en prenant soin de masquer l'étiquette puis, pendant quelques minutes, répondit aux questions des convives, égrenant les indices pour leur faire découvrir le vin.

— Il s'agit d'un morgon, Côte du Py, cru du Beaujolais, révéla-t-elle enfin. Un vin long en bouche, gourmand, tendu, nerveux et velouté aux arômes de fraise et de griotte, qui rivalise à merveille avec le caractère canaille du pied de cochon.

C'est elle qui avait eu l'idée de ces dégustations œnologiques hebdomadaires qui, grâce au bouche-à-oreille, connaissaient de plus en plus de succès. Le concept était simple : Emma proposait une dégustation de quatre vins accompagnés de quatre mets imaginés par le chef du restaurant gastronomique, Jonathan Lempereur. D'une durée d'une heure, chaque rencontre était organisée autour d'un thème spécifique, d'un cépage ou d'un lieu et était prétexte à une initiation ludique à l'œnologie.

Emma passa derrière le comptoir et fit signe aux serveurs d'apporter le dernier plat. Elle profita de ce moment de battement pour jeter un coup d'œil discret à son téléphone cellulaire qui était en train de clignoter. En prenant connaissance du SMS, elle eut un moment de panique.

Je suis de passage à New York cette semaine.
On dîne ensemble ce soir ?
Tu me manques.
François

— Emma ?

La voix de son assistant la tira de la contemplation de son écran. Elle se ressaisit immédiatement et annonça à la salle :

— Pour conclure cette dégustation, nous vous proposons un ananas aux pétales de magnolia, accompagné de sa glace aux marshmallows caramélisés au feu de bois.

Elle ouvrit deux nouvelles bouteilles de vin et servit son auditoire. Après un jeu de devinettes, elle conclut :

— Un vin italien, piémontais, un moscato d'Asti. Un cépage gourmand, aromatique et aérien, légèrement pétillant et sucré. Un vin au nez de rose et aux bulles fines qui viennent soutenir élégamment la fraîcheur de l'ananas.

La soirée s'acheva sur des questions du public. Une partie des demandes concernait le parcours professionnel d'Emma, qui y répondit volontiers, ne laissant rien transparaître du trouble qui l'habitait.

Elle était née dans une famille modeste de Virginie-Occidentale. L'été de ses quatorze ans, son père, chauffeur routier, avait emmené sa famille visiter les vignobles de Californie. Pour l'adolescente, cette découverte avait été un véritable enchantement qui avait déclenché un intérêt et une passion pour le vin ainsi qu'une vocation toute trouvée.

Elle avait intégré le lycée hôtelier de Charleston qui proposait une formation solide en œnologie. Une fois son diplôme en poche, elle avait quitté sans regret son bled paumé. Direction New York ! Elle avait d'abord été serveuse dans un établissement modeste, puis chef de rang dans un restaurant à la mode de West Village. Elle travaillait alors jusqu'à seize heures par jour, servant à table, conseillant les vins et s'occupant du bar. Un jour, elle était tombée sur un drôle de client. Quelqu'un dont elle avait immédiatement reconnu le visage : son idole, Jonathan Lempereur. Celui que les critiques gastronomiques surnommaient le « Mozart de la gastronomie ». Le chef dirigeait un prestigieux restaurant de Manhattan : le fameux Imperator, considéré par certains comme la « meilleure table du monde ». L'Imperator était vraiment le saint des saints, accueillant chaque année des milliers de clients venus des quatre coins de la planète, et il fallait souvent attendre plus d'un an pour obtenir une réservation. Ce jour-là, Lempereur déjeunait avec sa femme. Incognito. À l'époque, il possédait déjà des restaurants dans le monde entier. C'était un type incroyablement jeune pour être à la tête d'un tel empire.

Emma avait pris son courage à deux mains et avait osé aborder l'« idole ». Jonathan l'avait écoutée avec intérêt et, très vite, le déjeuner s'était transformé en entretien d'embauche. Le succès n'avait pas tourné la tête de Lempereur. Il était exigeant, mais humble, toujours à l'affût de nouveaux talents. Au moment de régler l'addition, il lui avait tendu sa carte en disant :

— Vous commencez demain.

Le lendemain, elle signait un contrat de chef sommelier adjoint à l'Imperator. Pendant trois ans, elle s'était formidablement bien entendue avec Jonathan. Lempereur avait une créativité débordante et la recherche de l'accord entre les mets et le vin avait toute sa place dans sa cuisine. Professionnellement, elle avait réalisé son rêve. L'année précédente, après une rupture conjugale, le chef français avait rendu son tablier. Le restaurant avait été repris, mais même si Jonathan Lempereur n'était plus aux fourneaux, son esprit continuait à imprégner les lieux, et les plats qu'il avait créés figuraient toujours à la carte.

— Je vous remercie pour votre présence et j'espère que vous avez passé une bonne soirée, lança-t-elle pour mettre fin à la séance.

Elle salua les clients, fit un rapide débriefing avec son assistant et récupéra ses affaires pour rentrer chez elle.

*

Emma prit l'ascenseur et en quelques secondes se retrouva au pied du Rockefeller Center. Il faisait nuit depuis longtemps. De la buée sortait de sa bouche. Le vent glacial qui balayait le parvis n'avait pas découragé les nombreux badauds se pressant contre les barrières pour photographier l'immense sapin de Noël qui dominait la patinoire. Haut d'une trentaine de mètres, l'arbre ployait sous les guirlandes électriques et les décorations. Le spectacle était impressionnant, mais donna le cafard à Emma. Ça avait beau être un cliché, le poids de la solitude était vraiment plus lourd lors des fêtes de fin d'année. Elle s'approcha du bord du trottoir, ajusta son bonnet et resserra son écharpe tout en scrutant les lumineux sur le toit des taxis, espérant, sans trop y croire, repérer une voiture libre. Malheureusement, c'était l'heure de pointe et tous les *yellow cabs* qui passaient devant elle avaient déjà chargé des passagers. Résignée, elle fendit la cohue et marcha d'un pas pressé jusqu'à l'angle de Lexington Avenue et de la 53e Rue. Elle s'engouffra dans la station de métro et prit la ligne E, direction *downtown*. C'était prévisible, le wagon était bondé et elle voyagea debout, comprimée par les autres usagers.

Malgré les secousses, elle extirpa son téléphone et relut le SMS qu'elle connaissait pourtant par cœur.

Je suis de passage à New York cette semaine.
On dîne ensemble ce soir ?
Tu me manques.
François

Va te faire foutre, sale connard. Je ne suis pas à ta disposition ! fulmina-t-elle en ne quittant pas l'écran des yeux.

François était l'héritier d'un important vignoble du Bordelais. Elle l'avait rencontré deux ans plus tôt lors d'un voyage de découverte des cépages français. Il ne lui avait pas caché qu'il était marié et père de deux enfants, mais elle avait néanmoins répondu à ses avances. Emma avait prolongé son voyage en France et ils avaient passé une semaine de rêve à parcourir les routes du vin de la région : la célèbre « route du Médoc » sur la piste des grands crus classés et des châteaux, la « route des coteaux » avec ses églises romanes et ses sites archéologiques, les bastides et les abbayes de l'Entre-Deux-Mers, le village médiéval de Saint-Émilion... Par la suite, ils s'étaient revus à New York, au gré des déplacements professionnels de François. Ils avaient même passé une autre semaine de vacances à Hawaï. Deux ans d'une relation épisodique, passionnelle et destructrice. Deux ans d'attente déçue. Chaque fois qu'ils se retrouvaient, François promettait qu'il était sur le point de quitter sa femme. Elle ne le croyait pas vraiment, bien entendu, mais elle l'avait dans la peau, alors...

Et puis un jour, tandis qu'ils devaient partir en

week-end, François lui avait envoyé un message pour lui dire qu'il aimait encore sa femme et qu'il souhaitait mettre fin à leur relation. Plusieurs fois déjà dans sa vie, Emma avait flirté avec les limites – boulimie, anorexie, scarifications –, et l'annonce de cette rupture ouvrit un gouffre en elle.

Un sentiment profond de vide l'avait alors dévastée. Ses lignes de fracture s'étaient creusées, ses zones de fragilité avaient contaminé tout son être. Soudain, l'existence n'avait plus rien à lui offrir et la vie lui avait semblé n'être que douleur. Pour faire taire cette souffrance, elle n'avait trouvé comme solution que de s'allonger dans sa baignoire et de se taillader les poignets. Deux profonds coups de cutter à chaque bras. Ce n'était pas un appel à l'aide, ce n'était pas du cinéma. Cette crise suicidaire avait été brutale, déclenchée par cette déception amoureuse, mais le mal venait de plus loin. Emma voulait que sa vie s'arrête, et elle aurait réussi si son imbécile de frère n'avait choisi ce moment pour débarquer dans son appartement, lui reprochant de n'avoir pas payé ce mois-ci la maison de retraite de leur père.

En repensant à cet épisode, Emma sentit un long frisson glacer son échine. La rame de métro arriva à la station de la 42e Rue, terminal des bus. Là, le wagon se vida et elle put enfin trouver une place.

Elle venait de s'asseoir lorsque son portable vibra.
François insistait :

> Je t'en supplie, chérie, réponds-moi. Laissons-nous
> une nouvelle chance. Fais-moi un signe. S'il te plaît.
> Tu me manques tellement.
> Ton François

Emma ferma les yeux et respira lentement. Son
ancien amant était un manipulateur égoïste et
inconstant. Il savait user de sa séduction pour se
composer un personnage de héros au grand cœur
et assurer son emprise sur elle. Il était capable de
lui faire perdre tout contrôle. Il savait cruellement
profiter de ses faiblesses et de son manque de
confiance en elle. Il s'engouffrait dans ses failles,
grattait ses cicatrices. Surtout, il avait l'art de farder
la réalité pour présenter les choses à son avantage,
quitte à la faire passer pour une mythomane.

Pour ne pas être tentée de répondre, elle éteignit
son portable. Elle avait consacré trop d'efforts pour
se défaire de son emprise. Elle refusait de retomber
dans son piège juste parce qu'elle se sentait seule
à l'approche de Noël.

Car son pire ennemi n'était pas François. Son
pire ennemi, c'était elle-même. Elle ne pouvait se
résoudre à vivre sans passion. Derrière son côté
lisse et drôle, elle connaissait son impulsivité, son

instabilité émotionnelle qui, lorsqu'elles prenaient le dessus, la plongeaient alternativement dans des périodes de profonde dépression et d'euphorie incontrôlable.

Elle se méfiait de sa terreur de l'abandon qui pouvait la faire basculer à tout moment et sombrer dans l'autodestruction. Sa vie affective était jonchée de relations douloureuses. En amour, elle avait trop donné à des personnes qui ne le méritaient pas. Des sales types comme François. Mais il y avait en elle quelque chose qu'elle ne comprenait pas, qu'elle ne maîtrisait pas. Une force obscure, une addiction la poussant dans les bras d'hommes qui n'étaient pas libres. Elle recherchait sans discernement une sorte de fusion, sachant très bien qu'au fond ces relations ne lui apporteraient ni la sécurité ni la stabilité auxquelles elle aspirait tant. Mais elle insistait et, avec dégoût, elle se faisait la complice de leurs infidélités, brisant des ménages, même si c'était contraire à ses valeurs et à ses aspirations.

Heureusement, la psychothérapie qu'elle suivait depuis quelques mois l'avait aidée à prendre du recul et à se méfier de ses émotions. Désormais, elle savait qu'elle devait penser à se protéger et à se tenir éloignée des individus néfastes.

Elle arriva au terminal de la ligne : la station World Trade Center. Ce quartier du sud de la ville avait été complètement dévasté par les attentats. Aujourd'hui, il était toujours en travaux, mais bientôt, plusieurs tours de verre et d'acier domineraient la *skyline* new-yorkaise. Un symbole de la capacité de Manhattan à sortir plus fort de toutes les épreuves, pensa Emma en montant les escaliers pour rejoindre Greenwich Street.

Un exemple à méditer...

Elle marcha d'un pas vif jusqu'au croisement de Harrison Street et s'engagea sur l'esplanade d'un complexe d'habitations constitué de hauts bâtiments de brique marron construits au début des années 1970, lorsque TriBeCa n'était qu'une zone industrielle recouverte d'entrepôts. Elle composa le code d'entrée et poussa des deux bras une lourde porte en fonte.

Pendant longtemps, le 50 North Plaza avait abrité des centaines d'appartements à loyers modérés dans ses trois tours de quarante étages. Aujourd'hui, les prix avaient flambé dans le quartier et l'immeuble allait être rénové. En attendant, le hall avait une allure triste et délabrée : murs décrépis, éclairage terne, propreté douteuse. Emma prit le courrier dans sa boîte aux lettres et emprunta l'un des ascenseurs pour rejoindre l'avant-dernier étage où se trouvait son appartement.

— Clovis !

À peine avait-elle franchi le seuil que déjà son chien rebondissait devant elle, lui faisant fête.

— Laisse-moi au moins refermer la porte ! se plaignit-elle en caressant la peau ample du shar-pei qui ondulait en plis secs et durs.

Elle posa son sac et joua quelques minutes avec le chien. Elle aimait sa silhouette compacte et robuste, sa truffe épaisse, ses yeux francs enfoncés dans sa tête en triangle, son air gentiment boudeur.

— Toi, au moins, tu me seras toujours fidèle !

Comme pour le remercier, elle lui servit un gros bol de croquettes.

L'appartement était petit – à peine 40 mètres carrés –, mais il avait du charme : parquet clair en bois brut, murs de briques apparentes, grande baie vitrée. La cuisine ouverte s'articulait autour d'un comptoir en grès noir et de trois tabourets en métal brossé. Quant au « salon », il était envahi de livres classés sur des étagères. Fictions américaines et européennes, essais sur le cinéma, ouvrages sur le vin et la gastronomie. L'immeuble avait quantité de défauts : une vieille plomberie, des dégâts des eaux récurrents, une buanderie infestée de souris, des ascenseurs toujours en panne, une climatisation défectueuse, des murs si fins qu'ils tremblaient pendant les orages et ne laissaient rien ignorer de l'intimité des voisins. Mais la vue était envoûtante et dégagée, dominant le fleuve et offrant des perspectives à couper le souffle sur Lower Manhattan. En enfilade, on voyait la succession des buildings illuminés, des quais de l'Hudson et des embarcations qui glissaient sur le fleuve.

Emma retira manteau et écharpe, pendit son tailleur sur un mannequin, enfila un vieux jean et un tee-shirt trop large des Yankees avant de rentrer dans la salle de bains se démaquiller.

Le miroir lui renvoya l'image d'une jeune femme de trente-trois ans aux cheveux bruns légèrement ondulés, au regard vert clair et au nez pointu sur lequel s'égrenaient quelques taches de rousseur. Dans ses (très) bons jours, on pouvait lui trouver une vague ressemblance avec Kate Beckinsale ou Evangeline Lilly, mais aujourd'hui n'était pas un bon jour. Ultime effort pour ne pas se laisser envahir par la tristesse, elle adressa au miroir une grimace moqueuse. Elle ôta ses lentilles de contact qui lui piquaient les yeux, chaussa sa paire de lunettes de myope et gagna la cuisine pour se préparer du thé.

Brrr, ça caille ici, frissonna-t-elle en s'emmitouflant dans un plaid et en augmentant la puissance du radiateur. Comme l'eau tardait à bouillir, elle s'installa sur l'un des tabourets du bar et ouvrit son ordinateur portable posé sur le comptoir.

Elle mourait de faim. Elle se connecta au site d'un restaurant japonais qui livrait à domicile et se commanda une soupe miso ainsi qu'un assortiment de sushis, de makis et de sashimis.

Elle reçut un e-mail de confirmation, vérifia sa commande et l'heure de livraison, puis en profita pour parcourir ses autres messages, redoutant un courrier de son ancien amant.

Heureusement, il n'y avait pas de message de François.

Mais il y avait un autre courrier, énigmatique, écrit par un certain Matthew Shapiro.

Un homme dont elle n'avait jamais entendu parler auparavant.

Et qui allait bouleverser sa vie…

3

Le message

Quand la souffrance est ce que l'on connaît le mieux, y renoncer est une épreuve.

Michela MARZANO

Boston
Quartier de Beacon Hill
20 heures

— Maman ne va pas revenir, hein, papa ? demanda Emily en boutonnant son pyjama.

— Non, elle ne reviendra *jamais,* confirma Matthew en prenant sa fille dans ses bras.

— Ce n'est pas juste, se plaignit la gamine d'une voix tremblante.

— Non, ce n'est pas juste. La vie est comme ça, parfois, répondit-il abruptement en la hissant sur son lit.

La petite pièce mansardée était chaleureuse et accueillante, et elle évitait les tons mièvres ou pastel qu'on trouvait trop souvent dans les chambres d'enfant. Lorsque Matthew et Kate avaient restauré la maison, ils avaient cherché à restituer pour chaque pièce le cachet d'origine. Pour celle-ci, ils avaient abattu une cloison, décapé et ciré le vieux parquet pour lui redonner son lustre ancien, et chiné des meubles d'époque : lit en bois brut, commode cérusée, fauteuil habillé de chanvre, cheval à bascule, coffre à jouets en cuir et en laiton.

Matthew caressa la joue d'Emily en lui adressant un regard qu'il espérait rassurant.

— Tu veux que je te lise une histoire, chérie ?

Les yeux baissés, elle secoua la tête tristement.

— Non, ça va.

Il grimaça. Depuis quelques semaines, il sentait sa fille très angoissée, comme s'il lui avait transmis son propre stress, et cette constatation le culpabilisait. Devant elle, il s'employait pourtant à masquer sa peine et son angoisse, mais ça ne fonctionnait pas : les enfants avaient un sixième sens pour détecter ce genre de choses. Matthew avait beau se raisonner, il était tout entier dévoré par une inquiétude : la peur irrationnelle de perdre sa fille après avoir perdu sa femme. Il était désormais convaincu que le danger était partout et cette crainte le conduisait à surprotéger Emily au risque de l'étouffer et de lui faire perdre de sa confiance en elle.

La vérité, c'est qu'il était un père dépassé. Dans les premières semaines, il avait été déstabilisé par la quasi-indifférence affichée par Emily. À l'époque, l'enfant semblait imperméable à la douleur, comme si elle ne comprenait pas vraiment que sa mère était morte. À l'hôpital, la psychologue qui suivait la petite fille avait toutefois expliqué à Matthew que ce comportement n'était pas anormal. Pour se protéger, certains enfants gardaient volontairement à distance un événement traumatique, attendant inconsciemment de se sentir plus solides pour pouvoir s'y confronter.

Les questions sur la mort étaient venues plus tard. Pendant quelques mois, Matthew avait fait face en s'aidant des conseils de la psy, d'albums dessinés et de métaphores. Mais les interrogations d'Emily se faisaient désormais plus concrètes, plongeant son père dans l'embarras et le poussant dans ses retranchements. Comment une enfant de quatre ans et demi se représente-t-elle la mort ? Il ne savait pas quel vocabulaire utiliser, n'était pas certain des mots qu'elle était en âge de comprendre. La psychologue lui avait conseillé de ne pas s'inquiéter, lui expliquant qu'en grandissant Emily prendrait davantage conscience du caractère définitif de la disparition de sa mère. D'après elle, ces interrogations étaient saines. Elles permettaient de sortir du silence, d'éviter les tabous et, à terme, de se libérer de la peur.

Mais Emily était visiblement loin d'avoir atteint cette phase libératrice. Au contraire, tous les soirs, à l'heure du coucher, elle ressassait les mêmes angoisses et les mêmes questions aux réponses douloureuses.

— Allez, au lit !

Pensive, la petite fille se glissa sous la couverture.

— Grand-mère dit que maman est au ciel… commença-t-elle.

— Maman n'est pas au ciel, grand-mère dit des bêtises, la coupa Matthew en maudissant sa mère.

Kate n'avait pas de famille. Lui s'était éloigné très tôt de ses parents, deux égoïstes qui passaient une retraite tranquille à Miami et qui n'avaient pas pris la mesure de son chagrin. Ils n'avaient jamais vraiment aimé Kate, lui reprochant de faire passer sa carrière avant sa famille. Un comble pour des parents qui n'avaient jamais pensé qu'à eux-mêmes ! Le premier mois qui avait suivi la disparition de Kate, ils étaient bien venus à Boston pour le soutenir et s'occuper d'Emily, mais cette sollicitude n'avait pas duré. Désormais, ils se contentaient de téléphoner une fois par semaine pour prendre des nouvelles et pour raconter ce genre d'inepties à leur petite-fille.

Cela le mettait hors de lui ! Il n'était pas question qu'il accepte l'hypocrisie de la religion. Il ne croyait pas en Dieu, n'y avait jamais cru, et ce n'était pas la mort de sa femme qui allait changer les choses ! Pour lui, être « philosophe » impliquait une forme d'athéisme, et c'était une vision qu'il partageait avec Kate. La mort marquait la fin de tout. Il n'y avait rien d'autre, pas d'après, juste le vide, le néant total et absolu. Il lui était inconcevable, même pour rassurer sa fille, de la bercer d'une illusion à laquelle il n'adhérait pas.

— Si elle n'est pas au ciel, elle est où, alors ? insista l'enfant.

— Son corps est au cimetière, tu le sais bien. Mais son amour, lui, n'est pas mort, concéda-t-il. Il est toujours dans nos cœurs et dans notre mémoire. On peut continuer à entretenir son souvenir en parlant d'elle, en se rappelant les bons moments passés ensemble, en regardant des photos et en allant nous recueillir sur sa tombe.

Emily hocha la tête, loin d'être convaincue.

— Tu vas mourir toi aussi, n'est-ce pas ?

— Comme tout le monde, admit-il, mais…

— Mais si tu meurs, qui s'occupera de moi ? paniqua-t-elle.

Il la serra très fort dans ses bras.

— Je ne vais pas mourir demain, chérie ! Je ne vais pas mourir avant cent ans. Je te le promets !

« Je te le promets », répéta-t-il en sachant pourtant très bien que cette promesse ne reposait que sur du vent.

Le câlin se prolongea encore quelques minutes. Puis Matthew borda Emily et éteignit les lumières à l'exception de la veilleuse suspendue au-dessus du lit. Avant d'entrebâiller la porte, il embrassa une dernière fois sa fille en lui promettant qu'April passerait lui dire bonne nuit.

★

Matthew descendit l'escalier qui débouchait dans le salon. Le rez-de-chaussée de la demeure baignait dans une lumière tamisée. Il vivait depuis trois ans dans cette maison de brique rouge à l'angle de Mount Vernon Street et de Willow Street. Une jolie *townhouse* à la porte blanche massive et aux volets en bois sombre, dont la vue donnait sur Louisburg Square.

Il se pencha à la fenêtre et observa les guirlandes électriques qui clignotaient, accrochées aux grilles du parc. Toute sa vie, Kate avait rêvé d'habiter dans le cœur historique de Boston. Une petite enclave préservée, avec ses maisons victoriennes, ses trottoirs pavés et ses ruelles fleuries bordées d'arbres et d'antiques lampadaires à gaz. Un endroit magique qui donnait l'impression que le temps s'était arrêté, figeant les demeures dans un charme chic et désuet. Un cadre de vie qui n'était pas à la portée de la bourse d'un médecin exerçant en hôpital universitaire et d'un prof de fac qui venait à peine de solder le remboursement de son prêt étudiant ! Mais il en fallait davantage pour décourager Kate. Pendant des mois, elle avait parcouru les commerces du quartier, placardant partout des affichettes. Alors qu'elle s'apprêtait à déménager en maison de retraite, une vieille dame était tombée sur son annonce. Cette riche Bostonienne détestait les agents immobiliers et préférait vendre « de particulier à particulier » la maison dans laquelle elle avait passé toute sa vie. Kate avait dû lui plaire, car elle avait miraculeusement accepté de revoir son prix à la baisse, assortissant néanmoins son offre d'un ultimatum. Ils avaient eu vingt-quatre heures pour se décider. Même avec un important rabais, la somme restait conséquente. C'était l'engagement d'une vie, mais portés par leur amour et leur foi en l'avenir, Matthew et Kate avaient franchi le pas, s'étaient endettés pour trente ans et avaient passé tous leurs week-ends le nez dans le plâtre et la peinture. Eux qui n'avaient jamais bricolé de leur vie étaient devenus des « spécialistes » de la plomberie, de la restauration de parquets et du montage de circuits électriques encastrés.

Kate et lui avaient développé un rapport presque charnel avec la vieille demeure. Leur domicile était leur abri intime, là où ils avaient prévu d'élever leurs enfants, là où ils avaient envisagé de vieillir. *A shelter from the storm*[1], comme le chantait Bob Dylan.

Mais à présent que Kate était morte, quel était le sens de tout cela ? L'endroit était lourd de souvenirs encore à vif. Les meubles, la décoration et même certaines odeurs qui continuaient à flotter dans l'air (bougies parfumées, pots-pourris, bâtonnets d'encens) étaient rattachés à la personnalité de Kate. Tout cela donnait sans cesse à Matthew l'impression que sa femme hantait la maison. Malgré ça, il ne s'était senti ni la volonté ni le courage de déménager. Dans cette période d'instabilité, la *townhouse* constituait l'un de ses derniers repères.

Mais seule une partie de la maison était figée dans le souvenir. Le dernier étage était aujourd'hui égayé par la présence d'April qui louait une belle chambre, une salle de bains, un grand dressing et

1. Un abri de la tempête.

un petit bureau. À l'étage du dessous se trouvaient la propre chambre de Matthew, celle d'Emily et celle de l'enfant qu'ils avaient prévu d'avoir très bientôt avec Kate… Quant au rez-de-chaussée, il était aménagé comme un loft avec un grand salon et une cuisine ouverte.

Matthew sortit de sa torpeur et cligna plusieurs fois des yeux pour chasser ces pensées douloureuses. Il passa dans la cuisine, le lieu où ils aimaient tant autrefois prendre leur petit déjeuner et se retrouver le soir pour se raconter leur journée, attablés côte à côte derrière le comptoir. Du frigo, il sortit un pack de bière blonde. Il décapsula une bouteille et prit une nouvelle barrette d'anxiolytique qu'il fit passer avec une lampée d'alcool. Le cocktail Corona/médocs. Il ne connaissait pas de meilleur remède pour s'abrutir et trouver rapidement le sommeil.

— Hé, beau gosse, fais attention avec ce genre de mélange, ça peut être dangereux ! l'interpella April en descendant l'escalier.

Elle s'était changée pour sortir et, comme à son habitude, elle était somptueuse.

Chaussée sur des talons vertigineux, elle arborait avec un naturel déconcertant un ensemble excentrique, mais chic, à tendance fétichiste : haut transparent à liseré bordeaux, short en cuir verni, collants opaques et cardigan sombre aux manches cloutées. Elle avait noué ses cheveux en chignon, mis un fond de teint nacré qui faisait ressortir son rouge à lèvres couleur sang.

— Tu ne veux pas m'accompagner ? Je vais au Gun Shot, le nouveau pub près des quais. Leur tête de porc en friture est une vraie tuerie. Et leur mojito, je ne t'en parle même pas. En ce moment, c'est là que sortent les plus belles filles de la ville.

— Et Emily, je la laisse seule dans sa chambre ?

April balaya l'objection.

— On peut demander à la fille des voisins. Elle ne se fait jamais prier pour jouer les baby-sitters.

Matthew secoua la tête.

— Je n'ai pas envie que ma gosse de quatre ans et demi se réveille dans une heure après un cauchemar pour découvrir que son père l'a abandonnée pour aller boire des mojitos dans un bar pour lesbiennes satanistes.

Agacée, April réajusta son long bracelet manchette griffé d'arabesques pourpres.

— Le Gun Shot n'est pas un bar pour lesbiennes, s'énerva-t-elle. Et puis, je suis sérieuse, Matt, ça te ferait du bien de sortir, de voir du monde, d'essayer de nouveau de plaire aux femmes, de faire l'amour...

— Mais comment veux-tu que je retombe amoureux ? Ma femme...

— Je ne te parle pas de sentiments, coupa-t-elle. Je te parle de baise ! De corps à corps, d'allégresse, de plaisir des sens. Je peux te présenter des copines. Des filles ouvertes qui ne cherchent qu'à s'amuser un peu.

Il la regarda comme une étrangère.

— Très bien, je n'insiste pas, dit-elle en boutonnant son cardigan. Mais tu ne t'es jamais demandé ce que Kate penserait ?

— Je ne comprends pas.

— Si elle pouvait te voir de là-haut, qu'est-ce qu'elle penserait de ton comportement ?

— Il n'y a pas de là-haut ! Tu ne vas pas t'y mettre toi aussi !

Elle réfuta l'argument.

— Peu importe. Je vais te dire ce qu'elle penserait, moi : elle aimerait te voir avancer, elle aimerait que tu te secoues, que tu te donnes au moins une chance de retrouver le goût de vivre.

Il sentit monter la colère en lui.

— Comment peux-tu parler en son nom ? Tu ne la connaissais pas ! Tu ne l'as même jamais rencontrée !

— C'est vrai, admit April, mais je pense que, d'une certaine façon, tu te complais dans la douleur et que tu l'entretiens, car ta douleur est le dernier lien qui te rattache encore à Kate et...

61

— Arrête avec ta psychologie de magazine féminin ! s'emporta-t-il.

Vexée, elle ne prit pas la peine de lui répondre et sortit en claquant la porte derrière elle.

★

Resté seul, Matthew trouva refuge sur son canapé. Il but au goulot une bouteille de bière, puis il s'allongea et se massa les paupières.

Bordel...

Il n'avait aucune envie de refaire l'amour, aucune envie de caresser un autre corps ou d'embrasser un autre visage. Il avait besoin d'être seul. Il ne cherchait personne pour le comprendre, personne pour le consoler. Il voulait juste cuver sa douleur, avec pour seuls compagnons son fidèle tube de médocs et sa chère Corona.

Dès qu'il ferma les yeux, les images défilèrent dans sa tête comme un film qu'il avait déjà visionné des centaines de fois. La nuit du 24 au 25 décembre 2010. Ce soir-là, Kate était de garde jusqu'à 21 heures au Children's Hospital de Jamaica Plain, l'annexe du MGH[1] spécialisée en pédiatrie. Kate l'avait appelé à la fin de son service.

---

1. Massachusetts General Hospital : grand hôpital public universitaire de Boston.

— Ma voiture est encore en rade sur le parking de l'hôpital, chéri. Comme toujours, c'est toi qui avais raison : il faut vraiment que je me débarrasse de cette guimbarde.

— Je te l'ai dit mille fois…

— Mais j'y suis tellement attachée à ce vieux coupé Mazda ! Tu sais que c'est la première voiture que j'ai pu me payer lorsque j'étais étudiante !

— C'était dans les années 1990, mon cœur, et à l'époque, c'était déjà une « seconde main »…

— Je vais essayer d'attraper un métro.

— Tu plaisantes ? Dans le coin, à cette heure-ci, c'est trop dangereux. Je prends ma moto et je viens te chercher.

— Non, il fait vraiment très froid. Il tombe un mélange de pluie et de neige, c'est pas prudent, Matt !

Comme il insistait, elle avait fini par céder.

— D'accord, mais fais attention, alors !

Ses dernières paroles avant de raccrocher.

Matthew avait enfourché sa Triumph. Alors qu'il venait de quitter Beacon Hill, Kate avait dû réussir à faire démarrer le moteur de la petite Mazda. Car à 21 h 07, un camion qui livrait de la farine dans les boulangeries du centre-ville l'avait percutée de plein fouet alors qu'elle sortait du parking de l'hôpital.

Propulsée contre le mur d'enceinte, la voiture avait fait un tonneau avant d'atterrir sur le toit. Malheureusement, le camion s'était renversé à son tour sur le trottoir, écrasant de tout son poids le véhicule. Lorsque Matthew était arrivé à l'hôpital, les pompiers s'activaient pour essayer de désincarcérer le corps de Kate, prisonnier d'un piège de tôles compressées. Il avait fallu plus d'une heure aux secours pour l'évacuer sur le MGH où elle était décédée dans la nuit des suites de ses blessures.

Le chauffeur du camion s'en était sorti indemne. Les analyses toxicologiques que l'on avait pratiquées sur lui après l'accident s'étaient révélées positives au cannabis, mais lors de son audition par la police il avait affirmé que Kate était en train de téléphoner au moment de la collision et qu'elle n'avait pas respecté sa priorité.

Une version qui avait été corroborée par la caméra de surveillance installée à l'entrée du parking.

*

Matt ouvrit les yeux et se redressa. Il ne devait pas se laisser aller. Il devait faire face pour Emily. Il se leva et chercha une occupation. Corriger des copies ? Regarder un match de basket à la télé ?

Puis ses yeux se posèrent sur le grand sac qui contenait l'ordinateur d'occasion qu'il avait acheté quelques heures plus tôt.

Il s'installa sur le comptoir en bois de la cuisine, déballa l'ordinateur de son carton et le brancha sur le secteur en observant une nouvelle fois l'étrange coque en aluminium habillée du sticker représentant « Ève et la pomme ».

Il ouvrit la machine et trouva un Post-it collé sur l'écran. Le type du vide-grenier avait pris soin de lui laisser le code d'accès du compte « administrateur ».

Matthew alluma le portable et tapa le mot de passe pour accéder à l'écran d'accueil. À première vue, tout était normal : bureau, fond d'écran, icônes familières du Mac. Il entra ses propres identifiants pour se connecter à Internet et pendant quelques minutes fureta dans les programmes pour s'assurer qu'il parvenait à ouvrir toutes les applications : traitement de texte, navigateur, messagerie, gestionnaire d'images. En lançant ce dernier logiciel, il eut la surprise de tomber sur une série de photographies.

Étrange, le vendeur lui avait pourtant assuré avoir formaté le disque dur…

Il appuya sur une touche du clavier pour lancer la dizaine de clichés dans un diaporama. C'était un album de vacances présentant des vues de carte postale. Une mer couleur turquoise, des planches de surf plantées à la verticale dans le sable blanc, un homme et une femme enlacés qui immortalisaient leur image dans la lumière magique du soleil couchant.

Hawaï ? Les Bahamas ? Les Maldives ? se demanda-t-il en imaginant le fracas des vagues et la sensation du vent dans les cheveux.

À la mer succéda la verdure lorsque apparurent des paysages vallonnés, des châteaux, des vignobles, la place d'un petit village.

La France ou la Toscane, paria-t-il.

Intrigué par sa découverte, il arrêta la projection et cliqua sur chacune des photos pour afficher davantage d'informations. Outre leurs caractéristiques techniques, chacune d'entre elles portait la mention « prise par emma.lovenstein@imperator-nyc.com ».

Emma Lovenstein...

Il fit immédiatement le rapprochement avec la signature apparaissant au bas de l'illustration qui ornait la coque de l'ordinateur.

« Emma L. »

Manifestement, l'ancienne propriétaire de l'ordinateur.

À l'aide du pavé tactile, il sélectionna tous les

clichés et les fit glisser vers la corbeille pour les supprimer. Au moment de valider définitivement l'opération, il eut un léger doute et, par acquit de conscience, rédigea un bref courrier :

De : Matthew Shapiro
À : Emma Lovenstein
Objet : Photos

Bonsoir mademoiselle Lovenstein,

Je suis le nouveau propriétaire de votre MacBook. Il reste quelques photos dans le disque dur de votre ancien ordinateur.

Voulez-vous que je vous les fasse parvenir ou puis-je les effacer ?

Dites-moi.

Bien à vous,

Matthew Shapiro

4

Strangers in the night

Je ne crois pas à la valeur des existences séparées. Aucun de nous n'est complet en lui seul.

Virginia WOOLF

De : Emma Lovenstein
À : Matthew Shapiro
Objet : Re : Photos

Cher monsieur,

Je pense que vous vous trompez d'adresse. Si je possède bien un MacBook, je ne l'ai jamais vendu ! Les photos que vous avez en votre possession ne sont donc pas les miennes ; –)

Cordialement,

Emma

Emma Lovenstein
Chef Sommelier Adjoint
Imperator
30 Rockefeller Plaza New York, NY 10020

2 minutes plus tard.

C'est noté. Désolé pour cette erreur. Bonne soirée.

Matthew

P-S : Vous travaillez à l'Imperator ? Peut-être nous sommes-nous déjà croisés alors. Ma femme et moi y avons fêté notre premier anniversaire de rencontre !

45 secondes plus tard.

Vraiment ? À quelle date ?

1 minute plus tard.

Il y a un peu plus de quatre ans. Le 29 octobre.

30 secondes plus tard.

Quelques semaines avant mon arrivée alors ! J'espère que vous gardez un bon souvenir du restaurant.

1 minute plus tard.

Oui, excellent. Je me souviens même encore de certains plats : des cuisses de grenouille caramélisées, des ris de veau aux truffes et un macaron au riz au lait !

30 secondes plus tard.

Et les vins ? Les fromages ?

1 minute plus tard.

Je vais sans doute vous décevoir, Emma, mais pour être honnête, je ne bois pas de vin et je ne mange jamais de fromage…

1 minute plus tard.

Comme c'est triste ! Vous ne savez pas ce que vous perdez. Si vous revenez au restaurant, je vous ferai découvrir quelques bonnes bouteilles ! Vous vivez à New York, Matthew ?

30 secondes plus tard.

Non, à Boston. À Beacon Hill.

20 secondes plus tard.

C'est la porte à côté ! Invitez donc votre épouse à l'automne prochain pour fêter le cinquième anniversaire de votre rencontre !

3 minutes plus tard.

Ça sera difficile : ma femme est morte.

1 minute plus tard.

Je suis vraiment confuse.
Toutes mes excuses.

1 minute plus tard.

Vous ne pouviez pas savoir, Emma.
Bonne soirée.

★

D'un bond, Matthew se leva de sa chaise et s'éloigna de l'ordinateur. Voilà ce à quoi on s'exposait en discutant avec des inconnus sur Internet ! Quelle idée avait-il eue d'engager ce dialogue surréaliste ? Il effaça sans regret les photos et décapsula une nouvelle bouteille de Corona.

Si cette conversation l'avait contrarié, elle lui avait aussi aiguisé l'appétit ! Dans l'espace cuisine, il ouvrit le frigo pour constater qu'il était vide.

Logique, il ne va pas se remplir tout seul... lui murmura une petite voix.

En fouillant dans le congélateur, il dénicha tout de même une pizza qu'il enfourna dans le four à micro-ondes. Il régla le minuteur et retourna devant son écran. Il avait un nouveau message d'Emma Lovenstein...

★

Mince, quelle gaffeuse ! Mais comment aurais-je pu me douter que sa femme était morte ? se reprocha Emma.

Cet échange avait piqué sa curiosité. À tout hasard, elle tapa « Matthew Shapiro + Boston » sur

72

Google. Les premiers résultats qui s'affichèrent renvoyaient au site officiel de l'université de Harvard. Intriguée, elle cliqua sur le premier lien et atterrit sur une courte biographie d'un des enseignants du département de philosophie. Apparemment, son mystérieux correspondant donnait des cours dans la prestigieuse faculté. Le CV du professeur était accompagné d'une photo. Si on en croyait le cliché, Shapiro était un beau brun, affichant une petite quarantaine et le charme racé d'un John Cassavetes. Elle hésita quelques secondes, puis laissa ses doigts courir sur le clavier :

De : Emma Lovenstein
À : Matthew Shapiro
Vous avez dîné, Matthew ?

*

Matthew fronça les sourcils. Il n'aimait pas cette intrusion dans sa vie. Pourtant, il répondit du tac au tac :

De : Matthew Shapiro
À : Emma Lovenstein
Si vous voulez tout savoir, une pizza est en train de décongeler dans mon micro-ondes.

30 secondes plus tard.

Bon, laissez tomber la pizza congelée, Matthew. Voici ce que je vous propose à la place.

Vous connaissez Zellig Food, la grande épicerie fine de Charles Street ? Leurs stands de fromage et de charcuterie sont fabuleux. Si vous voulez passer une soirée gourmande, allez donc leur rendre visite.

Faites votre marché parmi leurs savoureux fromages de chèvre. Choisissez par exemple une de leurs spécialités aux figues ou au wasabi. Oui, je sais, le mélange peut surprendre, mais accompagné d'un sauvignon blanc de la Loire – mettons un sancerre ou un pouilly-fumé – l'accord sera parfait.

Je vous conseille aussi de goûter à leur pâté en croûte au foie gras et à la pistache qui se mariera parfaitement avec les tanins veloutés d'un bourgogne de la côte de Nuits. Si vous trouvez un gevrey-chambertin de 2006, jetez-vous dessus !

Voilà mes suggestions. Vous verrez, c'est meilleur que la pizza surgelée...

Emma

P-S : Je viens de vérifier sur Internet : de Beacon Hill, vous pouvez même aller à Zellig Food à pied, mais dépêchez-vous, le magasin ferme à 22 heures...

Matthew secoua la tête devant son écran. Personne ne s'était préoccupé de son bien-être depuis si longtemps… Puis il se reprit et s'insurgea aussitôt. De quel droit cette Emma Lovenstein se permettait-elle de lui dicter son emploi du temps de la soirée ?

Agacé, il quitta sa messagerie électronique pour lancer son navigateur. Cédant à la curiosité, il tapa « Emma Lovenstein + sommelière » et lança la recherche. Il cliqua sur la première occurrence : un article en ligne de la revue *Wine Spectator*. Le papier datait de l'année dernière. Intitulé « Dix jeunes talents à suivre », il brossait le portrait de la nouvelle génération de sommeliers. Étonnamment, la majorité de ces « jeunes talents » étaient des femmes. L'avant-dernier portrait était celui d'Emma. Il était illustré d'un cliché tout en profondeur, pris dans la cave high-tech du restaurant Imperator. Matthew zooma sur la photo pour l'agrandir. Aucun doute possible : la jeune sommelière de l'article était bien la même personne que la femme qu'il avait aperçue sur les clichés de vacances trouvés sur le disque dur de l'ordinateur. Une jolie brune aux yeux rieurs et au sourire malicieux.

Étrange… Pourquoi avait-elle prétendu que cet

ordinateur ne lui appartenait pas ? Gêne ? Pudeur ?
C'était probable, mais, dans ce cas, pourquoi avait-elle poursuivi leur conversation ?

Le bruit du minuteur annonça la fin de la cuisson
de la pizza.

Au lieu de se lever, Matthew décrocha son
téléphone pour appeler ses voisins. Il demanda
si leur fille Elizabeth était disponible pour veiller
sur Emily pendant une petite demi-heure. Il avait
une course à faire chez Zellig Food et il devait
partir tout de suite : le magasin fermait ses portes
à 22 heures…

*

Boston
Quartier de Back Bay
1 heure du matin

Le pub vibrait au rythme des basses d'un tube
electrodance. April joua des coudes pour s'extraire
de la foule du Gun Shot et fumer une cigarette.

Oups, je suis un peu pompette, moi… songea-t-elle en trébuchant sur la bordure du trottoir. L'air
frais de la nuit lui fit du bien. Elle avait trop bu,
trop dansé, trop dragué. Elle rajusta la bretelle de
son soutien-gorge en regardant sa montre. Il était
déjà tard. Avec son portable, elle commanda une

voiture auprès d'une compagnie de taxis puis porta une cigarette à ses lèvres tout en cherchant du feu dans son sac.

Où est passé ce fichu briquet ?

— C'est ça que tu cherches ? demanda une voix derrière elle.

April se retourna et découvrit une jeune femme blonde au sourire lumineux. Julia, la fille qu'elle n'avait cessé de dévorer des yeux pendant toute la soirée et qui n'avait répondu à aucune de ses avances. Cheveux courts californiens, regard pétillant, silhouette gracieuse de sylphide juchée sur des escarpins stratosphériques : tout à fait le genre d'April.

— Tu l'as oublié sur le comptoir, expliqua la jeune femme en faisant jaillir une flamme d'un briquet en nacre et en laque rose.

April se rapprocha pour allumer sa cigarette. Hypnotisée par la peau diaphane, la bouche sensuelle et les traits délicats de celle qui lui faisait face, elle sentit un désir fébrile éclore au creux de son ventre.

— On ne s'entend plus parler à l'intérieur, remarqua Julia.

— C'est vrai. Cette musique, ce n'est plus de mon âge, plaisanta April.

Un appel de phares attira l'attention des deux fêtardes.

— C'est mon taxi, expliqua April en désignant la voiture qui s'arrêtait devant le pub. Si tu veux en profiter…

Pendant quelques secondes, Julia fit mine d'hésiter. C'était elle qui menait le jeu et elle le savait.

— D'accord, c'est sympa. Ça ne te fera pas un gros détour. J'habite juste à côté, sur Pembroke Street.

Les deux femmes montèrent à l'arrière du véhicule. Tandis que le taxi quittait les quais de la Charles River, Julia posa délicatement la tête sur l'épaule d'April, qui eut terriblement envie de l'embrasser. Elle n'en fit rien, gênée par le regard insistant de leur chauffeur.

Si tu crois que tu vas pouvoir te rincer l'œil comme ça… le défia-t-elle en fixant le rétroviseur.

Le trajet fut rapide et, moins de cinq minutes plus tard, la voiture s'immobilisa au milieu d'une ruelle bordée d'arbres.

— Si tu veux monter prendre un verre… proposa négligemment Julia. Une de mes anciennes copines de fac m'a envoyé une boisson à la pulpe d'aloès. Un truc étonnant qu'elle fabrique elle-même ! Tu vas adorer.

April esquissa un sourire, ravie de l'invitation ; pourtant, au moment décisif, quelque chose la retint. Une inquiétude sourde qui la taraudait et contrebalançait son désir. Cette Julia lui avait vraiment tapé dans l'œil, mais elle se faisait du souci pour Matthew. En début de soirée, lorsqu'elle l'avait quitté, il lui avait paru particulièrement déprimé, peut-être même sur le point de commettre une bêtise… C'était sans doute absurde, mais elle ne pouvait s'enlever cette idée de la tête. Elle se voyait rentrer à la maison pour le trouver pendu à une poutre ou dans un coma médicamenteux.

— Écoute, ça aurait été avec plaisir, mais là, je ne peux pas, bredouilla-t-elle.

— D'accord, j'ai compris… se vexa Julia.

— Non, attends ! Donne-moi ton numéro. On pourrait…

Trop tard. La jolie blonde avait déjà refermé la portière.

Et merde…

April soupira puis demanda au chauffeur de la conduire à l'angle de Mount Vernon et de Willow Street. Pendant tout le trajet, elle se rongea les sangs. Elle ne connaissait Matthew que depuis un an, mais elle s'était vraiment attachée à lui et à la petite Emily. Si elle était touchée par sa détresse, elle ne savait malheureusement pas comment l'aider : Matthew portait à sa femme une telle dévotion qu'April ne voyait pas comment une autre prétendante pourrait, à court terme, trouver une place dans sa vie. Kate était brillante, belle, jeune, altruiste. Quelle femme est capable de rivaliser avec une chirurgienne cardiaque au physique de mannequin ?

La voiture arriva au pied de la *townhouse*. April régla sa course et ouvrit la porte de la maison en essayant de ne pas faire trop de bruit. Elle pensait trouver Matthew en train de ronfler, affalé sur le canapé, assommé par son cocktail de bière et d'anxiolytiques. Au lieu de ça, elle le découvrit tranquillement installé derrière l'écran de son nouvel ordinateur. Sa tête dodelinait au rythme d'un air de jazz et un sourire guilleret éclairait son visage.

— Déjà rentrée ? s'étonna-t-il.

— Ben ça va, cache ta joie de me revoir ! lui répondit-elle, soulagée.

Sur l'îlot de la cuisine, elle repéra les bouteilles de vin entamées ainsi que les restes de fromages fins et de pâté en croûte.

— On ne se refuse rien, à ce que je vois ! Tu es sorti faire des courses ? Je croyais pourtant que tu ne voulais pas quitter ta tanière.

— J'en avais assez de manger des surgelés, se justifia-t-il maladroitement.

Elle le regarda d'un air dubitatif et s'avança vers lui.

— Tu t'amuses bien avec ton nouveau jouet, le taquina-t-elle en se penchant sur son épaule.

Matthew referma son écran d'un coup sec. Mal à l'aise, il chercha à cacher les photos qu'il avait récupérées dans la corbeille de l'ordinateur et qu'il venait d'imprimer. Mais April fut plus rapide que lui et s'en empara.

— Elle est mignonne, jugea-t-elle en examinant les clichés d'Emma. C'est qui ?

— La sommelière d'un grand restaurant new-yorkais.

— Et cette musique, c'est quoi ? Je croyais que tu n'aimais pas le jazz.

— C'est Keith Jarrett, le *Köln Concert*. Tu savais que la musique pouvait avoir une influence sur la dégustation du vin ? Des chercheurs ont montré que certains morceaux de jazz stimulaient des parties du cerveau qui permettaient de mieux appréhender les qualités des grands crus. C'est dingue, non ?

— Passionnant. C'est ta nouvelle copine qui te l'a dit ?

— Ce n'est pas ma « copine ». Ne sois pas ridicule, April.

La jeune femme pointa vers Matthew un doigt accusateur.

— Dire que tu m'as fait louper le coup du siècle parce que je me faisais du souci pour toi !

— Je te remercie de ta sollicitude, mais je ne t'ai rien demandé.

Elle continua en élevant la voix :

— Je t'imaginais dépressif et suicidaire alors que tu faisais la nouba en dégustant des grands crus avec une fille rencontrée sur Internet !

— Attends, tu me fais quoi, là ? Une crise de jalousie ?

La belle galeriste se servit un verre de vin et mit plusieurs minutes avant de retrouver son calme.

— Bon, c'est qui, cette femme ?

Après s'être un peu fait prier, Matthew accepta de lui raconter sa soirée, depuis la découverte des photos sur le disque dur de l'ordinateur jusqu'à cet étrange fil de conversation qui s'était instauré entre Emma et lui. Par touches, pendant presque trois heures, ils avaient balayé un large spectre de sujets à travers des dizaines d'e-mails. Ils avaient partagé leur passion pour Cary Grant, Marilyn Monroe, Billy Wilder, Gustav Klimt, la *Vénus de Milo*, *Breakfast at Tiffany's* et *The Shop Around the Corner*. Ils avaient refait les débats séculaires : Beatles contre Rolling Stones, Audrey contre Katharine Hepburn, Red Sox contre Yankees, Frank Sinatra contre Dean Martin. Ils s'étaient affrontés autour de *Lost in Translation*, film « infiniment surestimé » pour Matthew, « chef-d'œuvre indépassable » pour Emma. Ils s'étaient demandé quelle nouvelle de Stefan Zweig était la plus réussie, lequel des tableaux d'Edward

Hopper les touchait le plus, quelle était la meilleure chanson de l'album *Unplugged* de Nirvana. Chacun avait avancé ses arguments pour savoir si *Jane Eyre* était un meilleur livre qu'*Orgueil et Préjugés,* si lire un roman sur un iPad était aussi agréable que de tourner les pages d'un ouvrage imprimé, si *Off the Wall* était supérieur à *Thriller*, si *Mad Men* était la meilleure série du moment, si la version acoustique de *Layla* valait la version originale, si *Get Yer Ya-Ya's Out !* était le meilleur album live de tous les temps, si...

— Bon, ça va, j'ai compris, le coupa April. Et à part ça, tous les deux, vous vous êtes accordé une petite séance de cybersexe ?

— Non, ça va pas ! s'écria-t-il, outré. On discute, c'est tout.

— Bien sûr...

Matthew secoua la tête. Il n'aimait pas la tournure que prenait cette conversation.

— Et qui te dit que c'est vraiment cette jolie brunette qui se trouve derrière son écran ? demanda April. L'usurpation d'identité, c'est commun sur Internet. Sans le savoir, tu discutes peut-être depuis trois heures avec un papy bedonnant de quatre-vingts ans...

— Tu as vraiment décidé de gâcher ma soirée...

— Au contraire, je suis heureuse de te voir

reprendre du poil de la bête, mais je ne voudrais pas que tu sois déçu et que tu t'investisses trop si cette personne n'est pas réellement celle que tu crois.

— Qu'est-ce que tu suggères ?

— De ne pas trop attendre pour la rencontrer. Pourquoi ne l'invites-tu pas au restaurant ?

Il secoua la tête.

— Tu es folle, c'est beaucoup trop tôt ! Elle va croire que…

— Elle ne va rien croire du tout ! Il faut battre le fer tant qu'il est chaud. C'est comme ça que ça marche, aujourd'hui. On voit bien que ça fait très longtemps que tu n'as plus participé au jeu de la séduction.

Perplexe, Matthew marqua un temps de réflexion. Il sentait que la maîtrise de la situation lui échappait. Il ne voulait pas brusquer les choses, ni céder à un emballement. Après tout, il ne connaissait pas *vraiment* cette Emma Lovenstein. Mais il était forcé de reconnaître qu'il y avait eu entre eux une connexion, un plaisir mutuel à échanger, quelques heures de répit au milieu de la tristesse du quotidien. Il aimait aussi le côté romanesque de leur rencontre, le rôle qu'y avait joué le hasard ou peut-être même… le destin.

— Invite-la le plus tôt possible, conseilla de

nouveau April. Si tu as besoin de moi, je garderai Emily.

Elle écrasa un bâillement et regarda sa montre.

— J'ai trop bu, je vais me coucher, prévint-elle en lui faisant un signe de main.

Matthew lui rendit son salut en la regardant monter l'escalier. Dès qu'il se retrouva seul, il ouvrit l'ordinateur et s'empressa de cliquer sur le bouton pour rafraîchir sa messagerie. Il n'avait pas de nouveau courrier d'Emma. Peut-être s'était-elle lassée. Peut-être qu'April avait raison. Peut-être ne fallait-il pas trop attendre.

Il décida d'en avoir le cœur net.

De : Matthew Shapiro
À : Emma Lovenstein
Objet : Invitation

Êtes-vous toujours devant votre ordinateur, Emma ?

1 minute plus tard.

Je suis dans mon lit, Matthew, mais mon ordinateur portable est posé à côté de moi.
J'ai téléchargé votre *Antimanuel de philosophie* sur ma liseuse et je le dévore. Je ne savais pas que Cicéron signifiait « pois chiche » en latin ; –)

Comme sous l'emprise d'une force invisible, Matthew osa l'impensable.

45 secondes plus tard.

J'ai une proposition à vous faire, Emma.

Je connais un petit restaurant italien dans l'East Village – Le Numéro 5 – au sud de Tompkins Square Park. Il est tenu par Vittorio Bartoletti et sa femme qui sont tous les deux des amis d'enfance. Je vais dîner chez eux chaque fois que je me rends à New York, principalement pour participer au cycle de conférences de la Morgan Library.

Je ne sais pas ce que vaut leur carte des vins, mais si vous aimez les arancini à la bolognaise, les lasagnes au four, les tagliatelles au ragoût et les cannoli siciliens, alors cette adresse devrait vous plaire.

Accepteriez-vous d'aller y dîner avec moi ?

30 secondes plus tard.

J'en serais ravie, Matthew. Quand venez-vous à New York la prochaine fois ?

30 secondes plus tard.

La prochaine conférence est programmée

au 15 janvier, mais peut-être pourrions-
nous nous voir avant.

Pourquoi pas demain soir ? 20 heures ?

★

Demain…
Demain !
DEMAIN !
Emma avait envie de faire des bonds dans son
lit. C'était trop beau pour être vrai !

— Tu entends ça, Clovis ? Un type canon et
intelligent veut m'inviter à dîner ! Un prof de
philo sexy a craqué sur moi ! annonça-t-elle avec
emphase au chien qui sommeillait au pied de son
lit.

S'il en fallait plus pour émouvoir le shar-pei,
celui-ci émit néanmoins un grognement de courtoisie.

Emma exultait. Elle avait passé une soirée aussi
parfaite qu'inattendue. En quelques courriels, Matthew Shapiro avait remis du soleil et de la confiance
dans sa vie. Et demain soir, elle le rencontrerait
en chair et en os. Sauf que demain soir… elle
travaillait.

Soudain inquiète, Emma se redressa sur son
oreiller et manqua de renverser sa tasse de ver-
veine. C'était la grande contrainte de son métier :

elle ne disposait pas de ses soirées. Il lui restait encore des congés à prendre, mais elle ne pouvait pas les poser du jour au lendemain. La procédure était complexe et, dans la restauration, le mois de décembre était très chargé.

Elle réfléchit un instant et décida de ne pas s'en faire. Elle demanderait à un de ses collègues de la remplacer pour le service du soir. C'était compliqué, mais jouable. Dans tous les cas, il était hors de question qu'elle rate son « rendez-vous galant », comme aurait dit sa grand-mère.

C'est donc avec un grand sourire qu'elle rédigea le dernier mail de la soirée :

De : Emma Lovenstein
À : Matthew Shapiro
Objet : Re : Invitation

C'est entendu, Matthew. Je ferai en sorte de me libérer.
Merci pour cette agréable soirée.
À demain soir donc !
Dormez bien.

P-S : J'adore les lasagnes et les arancini…
Et le tiramisu aussi !

Deuxième jour

5

Entre eux deux

Même pour jouer son propre rôle, il faut se maquiller.

Stanislaw Jerzy LEC

Le lendemain
Boston
12 h 15

Matthew ferma la porte derrière lui et descendit la volée de marches qui séparait la maison de la rue.

S'il avait plu la nuit précédente, le soleil inondait à présent les ruelles de Beacon Hill. Des odeurs de sous-bois flottaient sur Louisburg Square et des rayons orangés rehaussaient les couleurs automnales du parc. Son sac besace en bandoulière, il chaussa un casque aérodynamique, enfourcha son vélo et donna quelques coups de pédale en sifflotant pour rejoindre Pinckney Street. Depuis quand n'avait-il pas eu le cœur aussi léger ? Pendant un an, il avait vécu comme un spectre, mais ce matin, il s'était réveillé avec l'esprit clair. Il avait donné trois heures de cours de soutien à l'université et avait plaisanté avec ses élèves, retrouvant le plaisir d'enseigner dans la bonne humeur.

La main de fer s'était desserrée dans son ventre. Il sentait la vie qui tourbillonnait autour de lui et, de nouveau, il avait l'impression de prendre part à ce mouvement. Grisé par cette sensation retrouvée, il prit de la vitesse et négocia harmonieusement le virage qui obliquait vers Brimmer Street. Le vent soufflait sur son visage. Il accéléra encore en apercevant le Public Garden, faisant corps avec son vélo, fendant l'air dans un sentiment enivrant de liberté. Il savoura cet instant, longea le parc en roue libre, jusqu'à ce qu'il tourne à droite pour rejoindre Newbury Street.

Bordée de cafés chic, de galeries d'art et de boutiques de mode, l'artère était l'un des endroits les plus courus de Back Bay. Par beau temps, ses terrasses étaient prises d'assaut au moment du déjeuner. Matthew attacha son vélo devant une élégante *brownstone* en grès sombre dont le rez-de-chaussée avait été aménagé en restaurant. Le Bistro 66 était sa cantine lorsqu'il déjeunait avec April. Il restait une place à l'extérieur qu'il s'empressa d'occuper après avoir fait un signe au serveur. Une fois assis, il tira son nouvel ordinateur portable de son sac et se connecta au réseau Wi-Fi de l'établissement. En quelques clics, il réserva un billet d'avion pour New York sur le site de Delta Airlines. Le vol de 17 h 15 lui permettait de se poser à JFK à 19 heures. Juste à temps pour être à l'heure à son dîner avec Emma. Dans la foulée, il appela Le Numéro 5 et tomba sur son amie Connie. Ils ne s'étaient plus vus depuis longtemps. Elle était ravie de l'avoir au bout du fil et avait mille choses à lui raconter, mais c'était le rush du déjeuner et l'un de ses serveurs était malade. Elle nota sa réservation et se réjouit de pouvoir lui parler plus tranquillement le soir même.

— Cette place est prise, jeune homme ?

Matthew raccrocha et adressa un clin d'œil à April.

— Elle est libre et n'attend que vous.

Elle s'installa sous le panneau radiant qui chauffait la terrasse et leva la main pour commander un verre de pinot gris et une assiette de *crab cakes*.

— Qu'est-ce que tu prends ?

— Une petite salade Caesar et une eau plate.

— Tu t'es mis au régime ?

— Je me réserve pour ce soir. Je dîne au restaurant.

— Sérieusement ? Tu as invité ta belle sommelière ? Félicitations, Matt, je suis fière de toi !

On leur apporta leurs boissons. April leva son
verre et ils trinquèrent de bon cœur.

— Au fait, tu as prévu de porter quelle tenue ?
demanda-t-elle d'un ton inquiet.

Matthew haussa les épaules.

— Eh bien, rien de spécial. Je pensais y aller
comme ça.

Elle fronça les sourcils et le détailla des pieds
à la tête.

— Avec un pantalon baggy trop large, un vieux
sweat à capuche, des Converse d'ado et une parka
militaire ? Tu plaisantes, j'espère ! Sans parler de
ta tignasse touffue et de ta barbe d'homme de
Neandertal.

— N'exagère pas, s'il te plaît.

— Mais je n'exagère pas, Matt ! Réfléchis
cinq minutes : cette jeune femme travaille dans
l'un des restaurants les plus réputés de Manhattan. Ses clients sont des hommes d'affaires, des
personnalités de l'art et de la mode, des gens
élégants et raffinés, tirés à quatre épingles. Elle
va te prendre pour un cul-terreux ou un étudiant
attardé.

— Mais je ne vais pas jouer à être quelqu'un
d'autre !

Elle refusa ce raisonnement.

— Un premier rendez-vous, ça se prépare, c'est tout. Ça compte, les apparences : l'impression initiale est toujours celle qui restera gravée dans l'esprit des gens.

Matthew s'exaspéra.

— Aimer quelqu'un pour son apparence, c'est comme aimer un livre pour sa reliure[1] !

— C'est ça : gargarise-toi avec tes citations. N'empêche que tu feras moins le fier, ce soir…

Il poussa un soupir et son visage se rembrunit. Il se roula une cigarette, résista à l'envie de l'allumer et, après quelques secondes de réflexion, finit par capituler :

— Bon, peut-être que tu pourrais me donner deux, trois conseils…

*

New York
13 heures

— Lovenstein, vous avez perdu les pédales ! hurla Peter Benedict en poussant la porte translucide de la cave de l'Imperator.

Le chef sommelier avança d'un pas rapide vers

1. Citation attribuée à Laure Conan, romancière canadienne-française.

sa subordonnée qui rangeait des bouteilles dans un casier métallique.

— En quel honneur avez-vous pris l'initiative d'acheter ces vins ? cria-t-il en brandissant une feuille imprimée sur du papier crème.

Emma jeta un coup d'œil au document. C'était une facture à l'en-tête d'un site de vente en ligne spécialisé dans des crus d'exception. Elle mentionnait la commande de trois bouteilles :

1. Domaine de la Romanée Conti, 1991
1. Ermitage Cuvée Cathelin, J.L. Chave, 1991
1. Graacher Himmelreich, Auslese, Domaine J.J. Prüm, 1982

Un bourgogne mythique et somptueux, une syrah racée et généreuse, un riesling complexe à la bouche suave. Trois grands crus dans des millésimes parfaits. Les trois meilleurs vins qu'elle ait goûtés de sa vie. Pourtant, ce n'était pas elle qui avait commandé ces bouteilles.

— Je vous assure que je ne suis pour rien dans cette histoire, Peter.

— Ne vous foutez pas de moi, Lovenstein : le bon de commande porte votre signature et la facture a été réglée avec les références bancaires de l'Imperator.

— C'est impossible !

Blanc de colère, Benedict poursuivit sa litanie de reproches.

— Je viens d'appeler l'expéditeur qui m'a bien

confirmé la livraison des bouteilles au restaurant. Alors je voudrais savoir où elles sont et vite !

— Écoutez, il s'agit manifestement d'une erreur. Ce n'est pas grave. Il faut juste…

— Pas grave ? Il y en a pour plus de 10 000 dollars !

— C'est une grosse somme en effet, mais…

— Débrouillez-vous comme il vous plaira, Lovenstein, mais je veux que cette ardoise soit effacée avant la fin de la journée ! aboya-t-il avant de pointer son doigt vers elle et de menacer : Sinon, c'est la porte !

Sans attendre de réponse, il fit volte-face et quitta la cave.

Emma resta quelques secondes immobile, abasourdie par la violence de l'altercation. Benedict était un sommelier de la vieille école qui trouvait que les femmes n'avaient rien à faire dans une cave. Il avait raison de se sentir menacé par son adjointe : avant son départ précipité, Jonathan Lempereur avait attribué la place de chef sommelier à Emma. La jeune femme aurait dû remplacer Benedict au début de cette année, mais il avait réussi à faire annuler cette promotion auprès de la nouvelle direction. Depuis, Benedict n'avait qu'une idée en tête : pousser sa jeune collègue à la faute pour pouvoir s'en débarrasser définitivement.

Emma regardait la facture en se grattant la tête.

Peter Benedict était aigri et vindicatif, mais il n'était pas assez fou pour monter une telle combine.

Qui alors ?

Les trois vins commandés ne l'avaient pas été par hasard. C'étaient les trois références qu'elle avait mentionnées la semaine précédente lors d'une rencontre avec un journaliste de la revue *Wine Spectator* qui dressait des portraits de la nouvelle génération des sommeliers. Elle essaya de se souvenir : l'entretien s'était déroulé dans les bureaux du service Presse et Communication du restaurant sous l'œil de…

Romuald Leblanc !

Très remontée, Emma sortit de la cave en pressant le pas et prit l'ascenseur jusqu'à l'accueil. Sans se faire annoncer, elle débarqua dans le local du service de presse et demanda à parler au jeune stagiaire que l'Imperator avait embauché pour s'occuper de la maintenance informatique. Elle se rua dans le bureau qu'on venait de lui indiquer et referma la porte derrière elle.

— À nous deux, binoclard !

Surpris par cette intrusion, Romuald Leblanc sursauta derrière l'écran de son ordinateur. C'était un adolescent un peu enrobé, aux cheveux gras coupés au bol et au visage pâlot encadré par de grosses lunettes carrées à montures épaisses. Pieds nus dans ses tongs, il était vêtu de jeans troués et d'un hoodie à la propreté douteuse ouvert sur un tee-shirt Marvel.

— Bonjour, mademoiselle euh... Lovenstein, l'accueillit-il avec un accent franchouillard.

— Je vois que tu me reconnais, c'est un bon début, fit-elle en avançant vers lui, menaçante.

Elle jeta un coup d'œil à l'écran d'ordinateur.

— C'est pour baver devant des photos de femmes nues que le restaurant te paie ?

— Euh, non, madame, mais là... c'est... c'est ma pause.

Mal à l'aise, le Français s'affaissa sur sa chaise et, pour tenter de se donner une contenance, croqua dans une barre chocolatée déjà entamée, qui traînait sur le bureau.

— Arrête de bouffer, tête de blatte, lui ordonna-t-elle.

Elle tira la facture de sa poche et la lui agita devant le nez.

— C'est toi qui as passé cette commande ?

Les épaules de l'adolescent se tassèrent et il baissa les yeux. Emma insista.

— Tu m'as entendue lorsque je parlais au journaliste, n'est-ce pas ?

Comme Romuald restait silencieux, la sommelière haussa le ton.

— Écoute-moi bien, sombre crétin, je n'ai pas l'intention de perdre mon job. Alors, libre à toi de ne pas me répondre, mais, dans ce cas, je vais demander à la direction de prévenir les flics et tu t'expliqueras avec eux.

Cette menace eut sur le gamin l'impact d'une décharge électrique.

— Non, s'il vous plaît ! C'est… c'est vrai, j'ai été intrigué par votre façon de parler de ces vins et j'ai voulu les goûter.

— Tu as voulu goûter des bouteilles à plus de 3 000 dollars, tête de flan ? Mais tu as du yaourt dans la tête ou quoi ? Et comment as-tu fait pour les commander ?

D'un mouvement de tête, Romuald désigna son écran.

— Rien de plus facile : vos bécanes et votre système ne sont pas sécurisés. Ça m'a pris vingt secondes pour pirater la comptabilité du restaurant.

Emma sentit les battements de son cœur s'accélérer dans sa poitrine.

— Et ces bouteilles, tu les as ouvertes ?

— Non, elles sont là, répondit-il en se levant de sa chaise.

Il traîna les pieds jusqu'à une armoire métallique d'où il tira une caissette en bois clair qui contenait les trois précieux millésimes.

Dieu soit loué !

Emma inspecta chacune des bouteilles avec attention ; elles étaient intactes.

Sans attendre, elle appela son fournisseur pour lui expliquer que le compte client de l'Imperator avait été piraté. Elle proposa de renvoyer à ses frais l'intégralité de la commande contre une annulation de la facture. Elle ressentit un immense soulagement lorsqu'on lui annonça que son offre était acceptée.

Pendant quelques secondes, elle resta immobile, soulagée d'avoir sauvé son emploi. Elle s'autorisa alors à repenser à son rendez-vous de ce soir et l'angoisse la saisit. Pour se rassurer, elle chercha des yeux son reflet dans la surface miroitée de la vitre, mais l'image qu'elle aperçut produisit l'effet contraire : elle était affreuse. Ses cheveux étaient abîmés, leur couleur, terne, sa coupe, informe. Ce n'était pas avec une tête pareille qu'elle parviendrait à plaire à Matthew Shapiro. Elle soupira et prit soudain conscience de la présence du stagiaire.

— Écoute, je vais être obligée de signaler ta faute au chef du personnel. C'est très grave ce que tu as fait.

— Non ! S'il vous plaît !

Subitement, l'adolescent se liquéfia et fut pris d'une crise de larmes.

— Pleure, tu pisseras moins, soupira-t-elle.

Elle lui tendit néanmoins un mouchoir et patienta jusqu'à ce qu'il ait cessé ses gémissements.

— Quel âge as-tu, Romuald ?

— Seize ans et demi.

— D'où viens-tu ?

— De Beaune, au sud de Dijon, c'est…

— Je sais où est Beaune. Certains des meilleurs vins français viennent de ta région. Depuis quand travailles-tu à l'Imperator ?

— Quinze jours, dit-il en enlevant ses lunettes pour frotter ses paupières.

— Et ça t'intéresse, ce boulot ?

Il secoua la tête et pointa du menton l'écran de son PC.

— La seule chose qui m'intéresse vraiment, c'est ça.

— Les ordinateurs ? Qu'est-ce que tu fais dans un restaurant alors ?

Il lui confia avoir suivi sa petite amie qui, après son bac, était partie travailler à New York comme fille au pair.

— Et cette fille t'a laissé tomber ? devina Emma.

Un peu honteux, il acquiesça en silence.

— Tes parents savent que tu es aux États-Unis, au moins ?

— Oui, mais en ce moment, ils ont d'autres chats à fouetter, affirma-t-il en restant évasif.

— Mais comment as-tu réussi à te faire embaucher ici, à New York ? Tu n'as pas de papiers pour travailler, tu n'es pas majeur…

— Je me suis bricolé un visa de travail temporaire en me vieillissant un peu.

Bricoler un visa. Pas étonnant qu'il craigne la police et qu'il ne souhaite pas attirer sur lui l'attention de la DRH.

Emma regarda l'adolescent avec un mélange de fascination et de compassion.

— Où as-tu appris à faire ça, Romuald ?

Il haussa les épaules.

— On peut faire beaucoup de choses si on sait utiliser un ordinateur.

Comme elle insistait, il lui raconta plusieurs anecdotes. À treize ans et demi, Romuald avait passé quelques heures en garde à vue pour avoir diffusé sur Internet une traduction pirate du dernier tome d'*Harry Potter*. Un peu plus tard, c'est le site Internet de son lycée qu'il avait piraté, s'amusant à changer ses notes et à envoyer des messages loufoques sur les boîtes mail des parents d'élèves. En juin dernier, il avait déniché en quelques clics les sujets du bac scientifique pour offrir une mention à sa petite amie. Enfin, début juillet, il avait brièvement détourné le compte Facebook du président français, Nicolas Sarkozy. Une blague potache qui n'avait pas été du goût de l'Élysée. Les autorités étaient parvenues à remonter jusqu'à lui. Au vu de son dossier, il avait écopé d'une peine avec mise à l'épreuve, assortie du conseil très ferme de se tenir désormais éloigné d'un ordinateur.

En l'écoutant parler, Emma eut une idée fulgurante.

— Installe-toi devant ton écran, ordonna-t-elle.

Il s'exécuta et tapa sur une touche du clavier pour mettre l'appareil sous tension.

Elle tira une chaise pour s'asseoir à côté de lui.

— Regarde-moi bien dans les yeux, Romuald.

Nerveux, l'adolescent chaussa ses lunettes, mais ne soutint son regard que deux secondes.

— Vous êtes... vous êtes très jolie, bredouilla-t-il.

— Non, justement, je suis affreuse, mais tu vas m'aider à arranger ça, dit-elle en pointant le moniteur.

Elle tapa l'adresse Web du site d'un salon de coiffure. À l'écran, des lettres scintillantes dansaient sur un fond clair et dépouillé.

Akahiko Imamura
Airstyle

— Akahiko Imamura est un Japonais qui a révolutionné l'univers de la coiffure, expliqua-t-elle. À Manhattan, c'est LE coiffeur qui compte, le maître du ciseau et de la couleur. Angelina Jolie, Anne Hathaway, Cate Blanchett... les plus grandes stars se font coiffer chez lui. Et pendant la *fashion week*, tous les créateurs essaient de l'embaucher pour leur défilé. On dit que c'est un véritable magicien et j'ai au moins besoin de ça pour être présentable ce soir. Le problème, c'est qu'il y a une liste d'attente de deux mois pour prendre rendez-vous.

Romuald avait compris ce qu'Emma attendait de lui. Déjà, il s'activait pour essayer de pénétrer dans le système de réservation.

— Imamura a trois salons à New York, continua-t-elle pendant que le geek tapait sur son clavier avec une vitesse hallucinante. Un à Soho, le deuxième à Midtown et le dernier dans l'Upper East Side.

— C'est là qu'il officie cet après-midi, annonça Romuald en affichant la liste des rendez-vous du coiffeur.

Impressionnée, elle se pencha sur l'écran.

— C'est le même principe que lorsque vous réservez en ligne une table pour un restaurant, expliqua le jeune Français.

— Tu peux modifier les noms ?

— Bien entendu, quel intérêt sinon ? À quelle heure voulez-vous y aller ?

— Dix-sept heures, c'est possible ?

— Un jeu d'enfant...

Il inscrivit le nom d'Emma à la place de la cliente initialement prévue, sans oublier d'envoyer un message à cette dernière pour reporter son rendez-vous.

La jeune sommelière n'en croyait pas ses yeux.

— Bien joué, Callaghan ! s'enthousiasma-t-elle en l'embrassant sur la joue. Toi aussi, tu es un magicien !

La bouille ronde de Romuald s'empourpra.

— C'était facile, dit-il, modeste.

— Tu n'as pas l'air, comme ça, mais tu es drôlement futé, dit-elle en ouvrant la porte pour rejoindre son poste. Bien entendu, tu gardes tout ça pour toi, *capito* ?

*

Boston
Boutique Brooks Brothers
15 h 30

— Tu es vraiment très élégant, jura April. La coupe classique, c'est ce qui te va le mieux : des épaules bien dessinées, une taille étroite, mais le torse libéré. C'est chic et intemporel.

Matthew regarda son reflet dans le miroir en pied de la boutique de luxe. Rasé de près, les cheveux courts, sanglé dans une veste ajustée au millimètre, il était méconnaissable.

Depuis quand n'ai-je plus porté de costume ?

La réponse claqua dans sa tête. Désagréable et perturbante.

Depuis mon mariage.

— Pour un peu, j'en virerais ma cuti ! insista April en lui fermant un bouton.

Il se força à sourire pour la remercier des efforts qu'elle faisait pour lui.

— On va compléter ta tenue avec un manteau droit en laine et on file à l'aéroport, affirma-t-elle en regardant sa montre. Il y a toujours des embouteillages à cette heure-ci et il est hors de question que tu rates ton avion !

Après avoir payé leurs achats, ils rejoignirent la Camaro et April mit le cap sur Logan Airport. Matthew fut silencieux pendant tout le trajet. Au fur et à mesure que la journée avançait, il avait perdu son entrain et sentait son enthousiasme s'étioler. À présent, cette rencontre avec Emma Lovenstein ne lui semblait plus une aussi bonne idée que la veille au soir. À bien y réfléchir, ce rendez-vous n'avait même aucun sens : il résultait d'une décision prise sur un coup de tête alors qu'il avait bu de l'alcool et pris des médicaments. Il ne connaissait pas cette femme, tous les deux s'étaient laissé griser par un bref échange épistolaire et une rencontre physique ne pourrait qu'entraîner une déception mutuelle.

La Chevrolet s'engagea dans la bretelle menant au parking dépose-minute. April fit une courte halte devant le terminal pour laisser à son ami le temps de sortir de la voiture. Alors qu'ils se donnaient une accolade, la galeriste essaya de trouver des mots encourageants.

— Je sais très bien à quoi tu penses, Matt. Je sais très bien que tu as peur et qu'à présent tu regrettes de t'être engagé, mais je t'en supplie, va à ce rendez-vous.

Il acquiesça de la tête, claqua la portière derrière lui et récupéra son sac dans le coffre. Il adressa à son amie un dernier salut avant de pénétrer dans le bâtiment.

Il traversa rapidement le hall. Comme il s'était enregistré en ligne, il passa les contrôles de sécurité et patienta dans la salle d'embarquement. Au moment de se lever pour monter dans l'avion, il fut saisi par le doute, puis par la peur. Il transpirait, d'innombrables pensées contradictoires s'entrechoquaient dans sa tête. Un bref instant, le visage de Kate lui apparut avec une netteté stupéfiante, mais il refusa de culpabiliser, cligna des yeux plusieurs fois pour chasser cette image et présenta son billet à l'hôtesse.

★

Magasin Bergdorf Goodman
5ᵉ Avenue
16 h 15

Un peu perdue, Emma déambulait parmi les stands du grand magasin new-yorkais. Ici, tout était intimidant, depuis le grand bâtiment en marbre blanc jusqu'à l'apparence sophistiquée des vendeuses – belles comme des mannequins – qui vous donnait l'air minable. Au fond d'elle, Emma pensait qu'un magasin « comme ça » – dans lequel on ne demandait pas les prix, dans lequel il fallait être beau, riche et sûr de soi ne serait-ce que pour *essayer* un vêtement – n'était pas fait pour elle, mais aujourd'hui, elle se sentait capable de surmonter son inhibition. C'était irrationnel, mais elle croyait beaucoup en ce rendez-vous. Cette nuit, elle n'avait presque pas dormi ; ce matin, impatiente, elle s'était levée tôt et était restée plus d'une heure à passer en revue sa garde-robe pour trouver une tenue qui la mette en valeur. Après de multiples essayages et doutes, elle avait fini par se décider pour un ensemble qui lui allait plutôt bien : un corsage chocolat brodé de fils cuivrés et une jupe crayon, taille haute, en soie noire qui faisait son effet. Pour compléter sa tenue, elle avait besoin d'un manteau digne de ce nom. Et le sien n'était qu'une vieille et horrible moquette informe. Depuis qu'elle était dans le magasin, ses pas la ramenaient toujours vers ce magnifique trois-quarts en brocart. Elle palpa l'étoffe de soie rehaussée de dessins brochés d'or et d'argent. C'était tellement beau qu'elle n'osait même pas l'enfiler.

— Je peux vous aider, madame ? demanda une vendeuse qui avait repéré son manège.

Emma demanda à essayer le manteau. Il lui allait à ravir, mais il coûtait 2 700 dollars. C'était une folie qu'elle n'avait absolument pas les moyens de s'offrir. À première vue, son salaire était correct, sauf qu'on était à Manhattan et que tout était hors de prix. Surtout, une bonne partie de ses économies passait dans les séances hebdomadaires de psychanalyse. Une dépense vitale. Margaret Wood, sa psychothérapeute, l'avait sauvée lorsqu'elle était au plus mal. Elle lui avait appris à se protéger, à ériger des barrages pour ne pas se laisser engloutir par la peur ou la folie.

Et là, elle se mettait en danger.

Emma se raisonna et ressortit de la cabine d'essayage.

— Je ne vais pas le prendre, dit-elle.

Satisfaite de ne pas avoir cédé à son impulsion, elle se dirigea vers la sortie du magasin. En jetant un dernier coup d'œil au rayon des chaussures, elle contempla avec admiration une paire d'escarpins Brian Atwood en cuir rose poudré. Le modèle d'exposition était à sa pointure. Elle glissa son pied dans la chaussure et se transforma en Cendrillon. En python vieilli, les escarpins avaient des reflets violets et des talons laqués vertigineux. Le genre de chaussures capables de sublimer n'importe quelle tenue. Oubliant ses bonnes résolutions, Emma sortit sa carte de crédit pour régler le prix du rêve : 1 500 dollars. Avant de passer à la caisse, elle revint impulsivement sur ses pas pour acheter le manteau en brocart. Bilan de cette escapade shopping : un mois et demi de salaire parti en fumée en quelques minutes.

En sortant sur la 5e Avenue, Emma fut saisie par le froid. Le corps transi, elle noua son écharpe et baissa la tête pour se protéger du vent, mais la morsure était trop vive. Un souffle glacial la congelait sur place, anesthésiant son visage, engourdissant ses membres. Ses yeux pleuraient, ses joues la brûlaient. Elle n'eut pas le courage de continuer à pied. Elle s'avança sur le bord du trottoir pour héler un taxi, donna au chauffeur l'adresse du salon de coiffure en lui demandant de faire d'abord un détour par le Rockefeller Center où elle laissa au portier de l'Imperator le sac contenant son vieux manteau et ses anciennes chaussures.

Le salon de coiffure d'Akahiko Imamura était un espace vaste et lumineux en plein cœur de l'Upper East Side : murs beiges, étagères en bois blond, grands canapés en cuir, consoles transparentes ornées d'orchidées.

Emma donna son nom à l'hôtesse d'accueil qui vérifia le rendez-vous sur sa tablette tactile. Tout était en ordre, la manipulation informatique de Romuald avait fonctionné. En attendant le maître, un assistant lui lava les cheveux, prenant le temps de masser délicatement son cuir chevelu. Sous l'effet des doigts agiles, Emma se détendit, oubliant ses dépenses, sa fébrilité et ses soucis pour s'abandonner voluptueusement au confort douillet et raffiné de l'endroit. Puis Imamura fit son entrée et la salua, le dos plat et le regard vers le bas. Emma sortit de son sac une photo de Kate Beckinsale qu'elle avait découpée dans un magazine.

— Vous pouvez me faire quelque chose dans ce genre ?

Imamura ne s'intéressa pas au cliché. À la place, il observa longuement le visage de sa cliente et murmura quelques mots en japonais à son collaborateur, spécialiste de la coloration. Puis il s'arma d'un ciseau et commença à couper quelques longueurs. Il travailla une vingtaine de minutes avant de passer la main au coloriste qui appliqua une audacieuse couleur auburn des racines jusqu'aux pointes. Une fois la teinture terminée, Imamura rinça lui-même les cheveux d'Emma et reprit l'initiative sur sa coupe. Mèche par mèche, il tortilla les longueurs sur de gros rouleaux et sécha l'ensemble avant de les délier pour retravailler la coiffure avec ses doigts.

Le résultat était stupéfiant. Ses cheveux étaient relevés en un élégant chignon torsadé. Une coupe délicate et sophistiquée qui rendait son visage lumineux et faisait ressortir ses yeux clairs et sa féminité. Emma se rapprocha du miroir, fascinée par sa nouvelle image. Quelques mèches rebelles et ondulées s'échappaient du chignon et rendaient la coiffure plus naturelle. Quant à la couleur, elle était tout simplement parfaite. C'était mieux que Kate Beckinsale ! Jamais elle n'avait été aussi belle.

C'est donc le cœur léger qu'elle prit son taxi pour se rendre dans l'East Village. Dans la voiture, elle sortit sa trousse de maquillage et compléta sa tenue d'un peu de blush rosé, d'un voile doré sur les paupières et d'une touche de rouge à lèvres corail.

Il était 20 h 01 lorsqu'elle poussa la porte du Numéro 5, ce petit restaurant italien au sud de Tompkins Square Park…

★

Le vol Delta 1816 se posa à l'aéroport Kennedy avec quelques minutes de retard. À l'arrière de l'avion, Matthew regarda nerveusement sa montre. 19 h 18. À peine débarqué, il se rua sur la file des taxis et patienta une dizaine de minutes pour avoir une voiture. Il donna l'adresse du restaurant au chauffeur et, comme dans un film, lui promit un bon pourboire s'il arrivait à l'heure. À New York aussi, il faisait incroyablement doux pour un mois de décembre. Il y avait de la circulation, mais pas autant qu'il se l'était imaginé. Assez rapidement, le *yellow cab* parvint à s'extraire du Queens et à rejoindre le Williamsburg Bridge avant de se faufiler dans les petites rues de l'East Village. Il était 20 h 03 lorsque la voiture s'arrêta devant Le Numéro 5.

Matthew inspira profondément. Il était à l'heure. Peut-être même arriverait-il le premier. Il régla sa course et sortit sur le trottoir. Il se sentait à la fois nerveux et excité. Il respira de nouveau pour retrouver son calme et poussa la porte du restaurant italien.

6

Le hasard des rencontres

Le temps est le maître absolu des hommes ;
il est tout à la fois leur créateur et leur
tombe, il leur donne ce qu'il lui plaît et
non ce qu'ils demandent.

William SHAKESPEARE

Restaurant Le Numéro 5
New York
20 h 01

Le cœur battant, Emma se présenta au comptoir du restaurant. Elle fut accueillie par une jolie jeune femme au sourire engageant.

— Bonsoir, j'ai rendez-vous avec Matthew Shapiro. Il a réservé une table pour deux.

— Vraiment, Matthew est à New York ? s'exclama la femme. C'est une excellente nouvelle !

Elle regarda sa liste des réservations. Visiblement, le nom de Matthew n'y figurait pas.

— Il a dû appeler directement le portable de mon

mari, Vittorio. Cet étourdi a oublié de m'en parler, mais ce n'est pas grave, je vais vous trouver une belle place en mezzanine, promit-elle en quittant son comptoir.

Emma remarqua qu'elle était enceinte. Dans un état de grossesse avancée, même.

— Voulez-vous que je vous débarrasse de votre manteau ?

— Je vais le garder.

— Il est superbe.

— Vu ce qu'il m'a coûté, je suis contente de voir qu'il fait son effet !

Les deux femmes échangèrent un sourire.

— Je m'appelle Connie.

— Enchantée, moi, c'est Emma.

— Suivez-moi.

Elles montèrent les marches d'un escalier en bois qui menait à une mezzanine au plafond voûté.

La restauratrice désigna à sa cliente une table en bordure qui surplombait la salle principale.

— Je vous offre un apéritif ? Avec ce froid, ça vous dirait un verre de vin chaud ?

— Je vais attendre Matthew.

— Très bien, fit Connie en tendant un menu avant de s'éclipser.

Emma regarda autour d'elle. Le restaurant était chaleureux, cosy et intime, dégageant de bonnes ondes. Sur le menu, un petit texte expliquait que l'endroit s'appelait « Le Numéro 5 » en l'honneur de Joe DiMaggio. Lorsqu'il jouait pour les Yankees, le mythique joueur de base-ball portait en effet un maillot floqué de ce numéro. Sur le mur en brique, une photo du champion et de Marilyn Monroe laissait penser que le couple avait autrefois partagé un dîner dans ce restaurant. C'était difficile à croire, mais l'idée était belle.

Emma regarda sa montre : il était 20 h 04.

★

Restaurant Le Numéro 5
New York
20 h 04

— Matthew ! Ça alors, c'est une sacrée surprise ! s'exclama Vittorio en voyant son ami franchir la porte du restaurant.

— Vittorio, ça me fait plaisir !

Les deux hommes s'étreignirent.

— Pourquoi tu ne m'as pas prévenu que tu passais ?

— J'ai appelé Connie, ce matin. Elle n'est pas là ?

— Non, elle est restée à la maison. En ce moment, Paul nous fait des otites à répétition.

— Ça lui fait quel âge déjà ?

— Un an le mois prochain.

— Tu as une photo ?

— Oui, regarde comme il a grandi !

Vittorio sortit son portefeuille de sa poche pour en extraire la photo d'un beau bébé joufflu.

— C'est déjà un solide gaillard, sourit Matthew.

— Oui, c'est grâce à la pizza que je lui mets dans ses biberons ! plaisanta le restaurateur en jetant un coup d'œil sur sa liste des réservations.

— Ah, je vois que tu as demandé à Connie de te réserver notre « table des amoureux » ! Ça alors, j'espère qu'elle est jolie, ton invitée !

— Ne t'emballe pas, tempéra-t-il, gêné. Elle n'est pas encore arrivée ?

— Non, la table est vide. Viens, je t'installe. Je t'offre un apéritif ?

— Non, merci, je vais attendre Emma.

★

Restaurant Le Numéro 5
New York
20 h 16

Matthew Shapiro, vos parents ne vous ont visiblement pas appris que la ponctualité était la politesse des rois... reprocha Emma en regardant sa montre.

De la mezzanine, elle pouvait observer la porte du restaurant. Chaque fois qu'elle s'ouvrait, elle s'attendait à voir entrer Matthew et chaque fois elle était déçue. Elle tourna la tête pour regarder à travers la fenêtre. Il venait de commencer à neiger. Quelques flocons argentés et cotonneux tourbillonnaient dans la lumière des réverbères. Elle poussa un léger soupir puis sortit son téléphone de son sac pour voir si elle avait un message.

Rien.

Après une hésitation, elle se décida à envoyer un courrier depuis son smartphone. Quelques phrases légères qui masquaient son impatience :

Cher Matthew,

Je suis arrivée au Numéro 5.
Je vous attends à l'intérieur.
La pizza aux artichauts, au parmesan et à la roquette a l'air divine !
Venez vite, je meurs de faim !

Emma

★

Restaurant Le Numéro 5
New York
20 h 29

— Eh bien, elle se fait attendre, ta princesse ! remarqua Vittorio en rejoignant son ami sur la mezzanine.

— C'est vrai, admit Matthew.

— Tu ne veux pas l'appeler ?

— Nous n'avons pas échangé nos numéros.

— Allez, ne t'inquiète pas : on est à Manhattan. Tu sais bien que nous autres, New-Yorkais, avons une conception élastique de la ponctualité...

Matthew eut un sourire nerveux. À défaut de téléphoner à Emma, il rédigea un message pour lui signaler son arrivée :

> Chère Emma,
>
> Mon ami Vittorio tient absolument à vous faire goûter un vin de Toscane. Un sangiovese produit dans une petite propriété près de Sienne. Il est intarissable sur les vins italiens qu'il considère comme les meilleurs du monde. Venez vite lui rabattre son caquet !
>
> Matt.

*

Restaurant Le Numéro 5
New York
20 h 46

Emma se sentait mortifiée. Ce type était un goujat ! Trois quarts d'heure de retard et pas un mail ou un appel au restaurant pour s'excuser !

120

— Désirez-vous que j'essaie d'appeler Matthew sur son portable ? proposa Connie.

La restauratrice avait perçu son trouble. Mal à l'aise, Emma bredouilla :

— Je… je veux bien, oui.

Connie composa le numéro de Matthew, mais tomba sur son répondeur.

— Ne vous en faites pas, il va arriver. C'est sans doute à cause de la neige.

Un léger « bip » signala l'arrivée d'un courrier électronique.

Emma baissa les yeux vers son écran. C'était un message d'erreur de type « utilisateur inconnu » qui lui signalait que le mail qu'elle avait envoyé à Matthew n'avait pas pu être délivré.

Étrange…

Elle vérifia l'adresse et essaya un second envoi qui se solda par un nouvel échec.

*

Restaurant Le Numéro 5
New York
21 h 13

— Je pense qu'elle ne viendra plus, lâcha Matthew en acceptant la bouteille de bière que lui tendait Vittorio.

— Je ne sais quoi te dire, se désola son ami. *La donna è mobile, qual piuma al vento*[1]...

— Ça, on peut le dire, soupira-t-il.

Il avait envoyé deux nouveaux mails à Emma et n'avait reçu aucune réponse. Il regarda sa montre et se leva.

— Tu m'appelles un taxi pour l'aéroport ?

— Tu es sûr que tu ne veux pas dormir à la maison ?

— Non, je te remercie. Désolé de t'avoir bloqué une table pour rien. Tu embrasseras Connie pour moi.

Matthew quitta le restaurant à 21 h 30 et fut à l'aéroport à 22 h 10. Il profita du trajet pour valider son vol retour. Il s'enregistra sur l'avant-dernier vol de la journée.

Le moyen-courrier quitta New York à l'heure prévue et se posa à Boston à 00 h 23. À cette heure-ci, Logan tournait au ralenti. Matthew attrapa un taxi dès sa descente d'avion et fut de retour chez lui avant 1 heure du matin.

Lorsqu'il poussa la porte de sa maison de Beacon Hill, April était déjà couchée. Il passa une tête dans la chambre de sa fille pour s'assurer qu'Emily dormait à poings fermés puis revint dans la cuisine. Il se servit un grand verre d'eau et, machinalement,

1. La femme est changeante, telle une plume au vent…

alluma l'ordinateur portable qui était resté sur le comptoir du bar. En consultant sa messagerie, il remarqua qu'il avait un courrier d'Emma Loven-stein. Un courrier qui ne figurait étrangement que sur l'ordinateur et pas sur son téléphone.

★

Restaurant Le Numéro 5
New York
21 h 29

Emma referma la porte du restaurant et monta dans le taxi que lui avait appelé Connie. Le vent s'était calmé, mais la neige qui tombait à un rythme régulier commençait à tenir au sol. Dans la voiture, elle essaya de repousser les pensées négatives qui l'assaillaient, mais la colère était plus forte. Elle se sentait humiliée et trahie. Elle s'en voulait de s'être fait piéger une nouvelle fois par un homme ; d'avoir cru à de belles paroles ; d'avoir été si naïve. En arrivant dans le hall du 50 North Plaza, elle prit les escaliers pour descendre au sous-sol de la résidence. La buanderie collective était déserte, triste et glauque. Elle parcourut les couloirs gri-sâtres aux murs défraîchis pour rejoindre le local à poubelles dans la partie la plus sombre et la plus sordide de l'édifice. De rage, elle brisa les deux talons de ses escarpins et les projeta dans l'un des containers métalliques. Après avoir été déchiré à mains nues, le manteau hors de prix connut le même sort.

En pleurs, elle prit l'ascenseur jusqu'à son appartement. Elle ouvrit la porte, ignora les jappements de son chien et se déshabilla avant de se précipiter sous une douche glacée. De nouveau, elle sentait monter en elle cette envie irrépressible de se faire du mal, de retourner contre elle cette violence qui l'envahissait tout entière. Elle souffrait tant de ne pas être maître de ses émotions. C'était épuisant et terrifiant. Comment pouvait-elle en quelques minutes passer de l'exaltation à un état dépressif ? Alterner en si peu de temps la joie la plus intense et les idées les plus noires ?

Claquant des dents, elle sortit de la cabine de verre, s'emmitoufla dans son peignoir, prit un somnifère dans l'armoire à pharmacie et se réfugia dans son lit. Malgré le comprimé, Emma ne parvint pas à trouver le sommeil. Elle gigota dans tous les sens, cherchant une position satisfaisante pour s'endormir, puis, résignée, se mit à fixer désespérément le plafond. Il était clair qu'elle était trop énervée pour s'endormir. N'en pouvant plus, vers 1 heure du matin, elle alluma son ordinateur portable pour envoyer un dernier courrier à l'homme qui avait gâché sa soirée. Furieuse, elle souleva la coque ornée d'un autocollant représentant une jolie Ève stylisée.

★

Atterré, Matthew prit connaissance du mail envoyé par Emma.

De : Emma Lovenstein
À : Matthew Shapiro
Objet : Sale mec

Contrairement à ce que vous m'avez fait croire, vous n'avez aucune courtoisie, aucune éducation. Ne m'écrivez plus, ne m'envoyez plus de message.

> **De :** Matthew Shapiro
> **À :** Emma Lovenstein
> **Objet :** Re : Sale mec
>
> Mais de quoi parlez-vous, Emma ? Je vous ai attendue toute la soirée au restaurant ! Et je vous ai envoyé deux courriers auxquels vous n'avez pas répondu !

C'est ça, foutez-vous de moi ! À quoi vous jouez, là ? Prenez au moins la peine d'inventer une excuse bidon : le froid, la neige. Vous avez le choix…

> La neige ? Je ne comprends pas ce
> que vous me reprochez, Emma. C'est
> quand même vous qui m'avez posé un
> lapin !

J'étais au rendez-vous, Matthew. Je vous ai
attendu toute la soirée. Et je n'ai eu aucun
mail de vous !

> Alors vous avez dû vous tromper de
> restaurant.

Non. Il n'y a qu'un seul restaurant Le
Numéro 5 dans l'East Village. J'ai même parlé
à votre amie Connie, la femme de Vittorio.

> Vous mentez : Connie n'était pas au
> restaurant ce soir !

Bien sûr qu'elle y était ! Elle est jolie, brune,
les cheveux courts et elle est enceinte d'au
moins huit mois !

> Vous racontez n'importe quoi. Ça fait
> presque un an que Connie a accouché !

Avant de cliquer sur le pavé tactile pour envoyer
le message, Matthew leva la tête de son écran. Cette
discussion virait au dialogue de sourds. Emma
paraissait être de bonne foi, mais ses arguments
n'avaient aucun sens. Rien n'était rationnel dans
sa démonstration.

Il prit une gorgée d'eau et se frotta les paupières.

Cette référence à la neige, à la grossesse de Connie...

Il fronça les sourcils et examina avec attention tous les courriers qu'Emma lui avait envoyés depuis la veille. Soudain, quelque chose le stupéfia – un détail qui n'en était pas un – et une idée folle lui traversa l'esprit. Il demanda :

> Quelle date sommes-nous aujourd'hui, Emma ?

Vous le savez très bien : le 20 décembre.

> De quelle année ?

Continuez de vous foutre de ma g...

> Dites-moi de quelle année, s'il vous plaît !

Ce mec est fou, pensa-t-elle en crispant les doigts sur le clavier. Par acquit de conscience, elle vérifia néanmoins les mails de Matthew. Tous étaient datés de décembre... 2011. Un an plus tard, jour pour jour, par rapport à aujourd'hui...

★

Saisie d'effroi, elle éteignit son ordinateur.

Elle mit plusieurs minutes pour oser formuler mentalement la situation.

Elle vivait en 2010.

Matthew vivait en 2011.

Et pour une raison qui lui échappait, leur ordinateur portable semblait être leur seul moyen de communication.

Deuxième partie

Les parallèles

Troisième jour

7

Les parallèles

La peur ne peut se passer de l'espoir et l'espoir de la peur.

Baruch Spinoza

**Le lendemain
21 décembre**

En se levant, le jour suivant, Emma et Matthew eurent le même réflexe : ils consultèrent fébrilement leur boîte mail et furent soulagés de n'y trouver aucun message.

— Papa, on va voir mes cadeaux de Noël, ce matin ? demanda Emily en déboulant dans la cuisine comme un boulet de canon pour se jeter dans ses bras.

Il la hissa sur le tabouret à côté de lui.

— D'abord, on dit bonjour, la reprit Matthew.

— B'jour papa, marmonna-t-elle en se frottant les yeux.

Il se pencha pour l'embrasser. Elle insista :

— Alors on ira, dis ? Tu m'avais promis !

— D'accord, chérie. On va repérer tes cadeaux dans les magasins pour que tu puisses écrire ta lettre au père Noël.

Le rite du père Noël... Fallait-il maintenir Emily dans l'illusion et la crédulité ? Il n'avait pas d'avis tranché sur la question. Généralement, il n'aimait pas mentir à sa fille et, de ce point de vue, ne plus croire au père Noël constituait un pas vers l'âge adulte et la formation d'une pensée rationnelle. Mais d'un autre côté, il était peut-être un peu tôt pour la priver de cette magie. Suite au traumatisme de la mort de Kate, Emily avait vécu une année très difficile. Faire perdurer la croyance au merveilleux pouvait avoir un effet bénéfique sur le moral de la petite fille. En cette période de fêtes, Matthew avait donc décidé de prolonger la parenthèse féerique et de remettre à l'année prochaine la révélation de ce « grand secret ».

— Qui veut du yaourt aux céréales ? demanda joyeusement April en descendant l'escalier.

— Moi ! Moi ! lança Emily en sautant de son tabouret et en se précipitant pour embrasser la jeune femme.

Elle l'attrapa au vol et lui fit un câlin.

— Tu viens avec nous au magasin de jouets ? demanda Emily.

— April travaille aujourd'hui, lança Matthew.

— Mais on est dimanche ! remarqua la petite fille.

— C'est le dernier week-end avant Noël, expliqua April. On est ouverts tous les jours pour que les adultes puissent eux aussi faire leurs cadeaux, mais je ne vais à la galerie qu'à partir de midi, donc je peux vous accompagner ce matin.

— Génial ! Et tu peux me préparer un grand mug de chocolat chaud avec des mini-marshmallows ?

— Si papa est d'accord…

Matthew ne s'opposa pas à cette sucrerie. April lui fit un clin d'œil et alluma la radio en préparant le petit déjeuner.

— Alors, cette soirée ? demanda-t-elle.

— Un fiasco, murmura-t-il en glissant une capsule de café dans la machine à espresso.

Il jeta un coup d'œil à Emily. En attendant son cacao, elle jouait avec sa tablette tactile, dézinguant des cochons verts avec ses *Angry Birds*. À voix basse, Matthew raconta à sa colocataire son invraisemblable aventure de la veille.

— Ça sent mauvais, cette histoire, reconnut-elle. Qu'est-ce que tu comptes faire ?

— Rien, justement. Oublier cette déconvenue

en espérant ne plus recevoir de message de cette femme.

— Je t'avais prévenu : le badinage sur Internet, c'est trop dangereux.

— T'es gonflée ! C'est quand même toi qui m'as encouragé à l'inviter au restaurant !

— Pour ne pas vivre dans l'illusion, justement ! Reconnais que c'était un peu trop beau pour être vrai, cette femme qui avait le même humour que toi, qui partageait exactement tes goûts et qui est parvenue si vite à te faire baisser la garde au mépris de toute prudence.

— J'aurais dû me méfier davantage, concéda-t-il.

Comme pour remuer le couteau dans la plaie et attiser son inquiétude, April lui raconta une série de faits divers glauques liés à des escroqueries sur la Toile. Des histoires sordides de personnes crédules qui avaient cru rencontrer en ligne l'élu de leur cœur avant de réaliser, un peu tard, qu'elles étaient tombées dans un traquenard visant à leur extorquer des fonds.

— Soit cette fille est folle, soit elle a des intentions néfastes, reprit-elle. Dans les deux cas, elle s'est obligatoirement renseignée sur toi pour te piéger avec autant de facilité. Ou alors, c'est quelqu'un qui te connaît bien et qui opère sous une fausse identité.

Une de mes élèves ? se demanda Matthew.

Il se rappela soudain un épisode dramatique survenu l'année précédente à l'Emmanuel College, une université catholique de Boston. Croyant bavarder en ligne avec son petit copain, une étudiante avait accepté de se dévêtir et de se caresser devant sa webcam. Manque de chance, ce n'était pas son fiancé qui se trouvait derrière la caméra, mais quelqu'un qui avait usurpé son profil. Le salopard avait enregistré la scène pour faire chanter la jeune fille. Il lui avait réclamé une forte somme d'argent pour ne pas diffuser la vidéo. Pour rendre sa menace crédible, il avait envoyé dans la nuit des extraits du film à certains des contacts de l'étudiante. Écrasée par la honte et terrifiée par les conséquences de son geste, elle avait été retrouvée pendue dans sa chambre le lendemain matin…

Le souvenir de cette tragédie provoqua chez Matthew un frisson d'effroi. Une coulée de sueur lui glaça l'échine.

Je ne me suis pas suffisamment méfié ! se reprocha-t-il de nouveau. À bien y réfléchir, il aurait aimé que cette femme soit *seulement* une arnaqueuse, mais il penchait plutôt pour une malade mentale. *Quelqu'un qui croit vivre en 2010 est forcément* très *dérangé.*

Donc potentiellement dangereux.

Il fit la liste de toutes les choses qu'il lui avait confiées : son nom, la rue dans laquelle il habitait, l'université où il enseignait. Elle savait aussi qu'il avait une enfant de quatre ans et demi, qu'il faisait son jogging dans le parc les mardi et jeudi matin, que sa fille fréquentait l'école Montessori, dans quelles circonstances il avait perdu sa femme...

Elle savait tout... Suffisamment en tout cas si elle voulait lui nuire ou l'agresser. Ou faire du mal à Emily. En se livrant ainsi, il avait soudain l'impression d'avoir mis en péril une partie de son existence.

Non, tu es parano, se raisonna-t-il. Vraisemblablement, il n'entendrait plus parler de cette Emma Lovenstein et, à l'avenir, cette mésaventure lui servirait de leçon. Il mit sur un plateau la tasse que lui tendait April et décida d'oublier définitivement cette histoire.

— Viens t'asseoir, chérie, ton chocolat est prêt.

*

— Souriez !

Une heure plus tard, April faisait des photos d'Emily et de Matthew devant l'entrée de Toys Bazaar, l'une des institutions de la ville.

Situé à l'angle de Copley Square et de Clarendon Street, le Bazaar était le temple du jouet à Boston.

À quelques jours de Noël, l'ambiance battait son plein : animations, musique, distribution de bonbons... Emily donna une main à son père et l'autre à April. Des deux côtés de la porte à battants, des portiers habillés en personnages sortis de *Max et les Maximonstres* les accueillirent en leur offrant des sucettes. Ils parcoururent les premiers rayons avec émerveillement. Si les étages du magasin étaient réservés aux appareils high-tech (consoles, figurines à reconnaissance vocale, jeux électroniques...), le rez-de-chaussée faisait, lui, la part belle aux jouets traditionnels : peluches, constructions en bois, LEGO, poupons...

Emily écarquillait les yeux devant les animaux en peluche grandeur nature.

— C'est doux ! s'émerveilla-t-elle en caressant une girafe haute de six mètres.

C'était indéniable : l'endroit était magique, spectaculaire et faisait rapidement retomber en enfance. April s'extasia un long moment devant l'impressionnante collection de poupées Barbie, tandis que Matthew resta bouche bée en apercevant un train électrique géant dont les rails serpentaient sur plusieurs dizaines de mètres.

Il laissa Emily courir encore quelques minutes entre les rayons, puis il s'agenouilla pour se mettre au niveau de la petite fille.

— Bon, tu connais les règles : tu peux choisir deux cadeaux, mais ils doivent rentrer dans ta chambre.

— Donc, pas la girafe, devina Emily en se pinçant la lèvre.

— Tu as tout compris, chérie.

Accompagnée d'April, la petite fille passa un temps fou à choisir un *teddy bear* parmi la centaine de modèles proposés. D'un air distrait, Matthew déambula dans l'espace où étaient exposés des modèles métalliques de type Meccano puis échangea quelques mots avec un magicien qui enchaînait des tours devant l'escalator. Même de loin, il gardait toujours un œil sur sa fille, heureux de la voir si enthousiaste. Mais ces moments de bonheur ravivaient la douleur de la perte de Kate. Il ressentait une telle injustice de ne pas pouvoir partager ces instants avec elle. Il s'apprêtait à rejoindre April lorsque son téléphone sonna. Le numéro de Vittorio Bartoletti s'afficha sur l'écran. Il décrocha et essaya de couvrir de sa voix le brouhaha ambiant.

— Salut, Vittorio.

— Bonjour, Matt. Où es-tu, là, dans une pouponnière ?

— En pleines courses de Noël, mon vieux.

— Tu préfères me rappeler ?

— Donne-moi deux minutes.

De loin, il adressa un signe à April pour la prévenir qu'il sortait fumer une cigarette, puis il quitta le magasin et traversa la rue pour rejoindre Copley Square.

Plantée d'arbres et organisée autour d'une fontaine, la place était connue pour ses contrastes architecturaux. Tous les touristes y prenaient la même fascinante photo : les arcs, les portiques et les vitraux de Trinity Church qui se reflétaient sur les vitres en miroir de la Hancock Tower, le plus haut gratte-ciel de la ville. En ce dimanche ensoleillé, l'endroit était animé, mais beaucoup plus calme que le magasin. Matthew s'assit sur un banc et rappela son ami.

— Alors, Vittorio, comment va Paul ? Son otite ?

— Ça va mieux, merci. Et toi, tu te remets de ta drôle de soirée ?

— Je l'ai déjà oubliée.

— En fait, c'est pour ça que je t'appelle. Ce matin, j'ai raconté à Connie ta mésaventure et elle a été très troublée.

— Vraiment ?

— Elle s'est brusquement souvenue de quelque chose. Il y a environ un an, un soir où je n'étais pas au restaurant, Connie a accueilli une jeune femme au Numéro 5. Une fille qui prétendait avoir rendez-vous avec toi. Elle t'a attendu pendant plus d'une heure, mais tu n'es jamais venu.

Matthew sentit brusquement le sang affluer à ses tempes.

— Mais pourquoi ne m'en a-t-elle jamais parlé ?

— C'est arrivé quelques jours seulement avant l'accident de Kate. Connie avait prévu de t'appeler pour te mettre au courant, mais la mort de ta femme a rendu l'incident anecdotique. Elle l'avait même oublié jusqu'à ce que je lui en reparle ce matin.

— Tu sais à quoi ressemblait cette femme ?

— D'après Connie, c'était une New-Yorkaise d'une trentaine d'années, plutôt jolie et élégante. Connie est chez sa mère avec Paul, mais je lui ai demandé de t'appeler dans l'après-midi. Elle t'en dira davantage.

— Tu as un moyen de connaître la date exacte où cette femme est venue dîner ?

— Écoute, je suis dans ma voiture, en route vers le restaurant. Je vais essayer de retrouver la réservation sur notre base de données. Connie se souvient que c'était le soir où son cousin de Hawaï était venu dîner.

— Merci, Vittorio. J'attends que tu me rappelles. C'est vraiment important.

★

142

New York
Restaurant Imperator
Service de midi

La main d'Emma trembla légèrement en versant le vin blanc dans des verres cristallins en forme de losange.

— Madame, monsieur, pour accompagner vos cuisses de grenouille caramélisées et leurs févettes sautées à l'ail dans leur chapelure de pain d'épice, je vous propose un vin de la vallée du Rhône : un condrieu de 2008, cépage viognier.

La jeune femme déglutit pour s'éclaircir la voix. Il n'y avait pas que sa main qui tremblait. Tout en elle vacillait. La soirée de la veille l'avait totalement ébranlée. Elle n'avait presque pas dormi de la nuit et des brûlures d'estomac violentes remontaient le long de son œsophage.

— Vous pouvez percevoir la belle vivacité du condrieu, équilibré, tendu. C'est un vin aromatique, exubérant et floral.

Elle termina le service de la table puis fit un signe à son assistant pour l'avertir qu'elle avait besoin d'une pause.

Prise de vertige, elle s'éclipsa de la salle et s'enferma dans les toilettes. Elle était fébrile, elle transpirait, un bourdonnement continu et douloureux lui vrillait le crâne. Des giclées d'acide enflammaient son tube digestif. Pourquoi avait-elle si mal ? Pourquoi se sentait-elle si fragile ? Si épuisée ? Elle avait besoin de sommeil. Lorsqu'elle était fatiguée, tout s'accélérait dans sa tête. Des pensées négatives l'assaillaient presque sans répit, la faisant basculer hors de la réalité dans un monde fantasmagorique et effrayant.

Secouée par une convulsion, elle se pencha au-dessus de la cuvette pour y vomir son petit déjeuner et resta plus d'une minute dans cette position, essayant de reprendre son souffle. Cette histoire de courrier électronique en provenance du futur l'effrayait. Nous étions en *décembre 2010*. Elle ne pouvait pas correspondre avec un homme qui vivait en *décembre 2011* ! Donc cet homme était soit un malade mental, soit quelqu'un avec de mauvaises intentions. Dans les deux cas, c'était une menace. Pour elle et pour sa propre santé mentale. Elle en avait assez de tomber sur des fêlés. Cette fois, c'en était trop ! Ses derniers mois, son état s'était stabilisé, mais aujourd'hui, elle se sentait replonger dans l'angoisse. Elle aurait eu besoin de médicaments pour retrouver un peu de calme. Elle aurait eu besoin d'en parler à sa psychiatre, mais même Margaret Wood faisait défection, partie en vacances de Noël à Aspen.

Merde !

Elle se releva et se regarda dans le miroir, les mains appuyées des deux côtés du lavabo. Un filet de bile pendait à ses lèvres. Elle l'essuya avec une serviette en papier et se passa un peu d'eau sur le visage. Elle devait se raisonner et reprendre ses esprits. Cet homme ne pouvait rien contre elle. S'il essayait de la recontacter, elle ignorerait ses messages. S'il insistait, elle préviendrait la police. Et s'il essayait de s'approcher d'elle, elle saurait comment le recevoir : elle portait toujours dans son sac un pistolet à impulsion électrique. Avec sa couleur rose bonbon, son Taser ressemblait davantage à un sex-toy qu'à une arme d'autodéfense, mais il restait diablement efficace. Un peu rassérénée, Emma prit une profonde respiration, se recoiffa et retourna travailler.

★

Boston

— Je peux avoir un *lobster roll*[1] avec des frites ? demanda Emily.

— Plutôt avec une salade, proposa Matthew.

— Bah pourquoi ? C'est meilleur, les frites !

— OK, concéda-t-il, mais dans ce cas, pas de dessert. On est bien d'accord ?

1. Pain à hot-dog garni de salade de homard.

— On est bien d'accord, approuva la petite fille en essayant de faire un clin d'œil à son père.

Matthew valida la commande auprès du serveur et lui rendit le menu. Ils étaient attablés à la terrasse du Bistro 66 sur Newbury Street. Après leur virée au magasin de jouets, April les avait abandonnés pour rejoindre sa galerie. Matthew était heureux de voir qu'Emily avait encore des étoiles dans les yeux. Il lui demanda quels étaient les cadeaux qu'elle voulait mentionner dans sa lettre au père Noël. Emily sortit l'iPad de son mini-sac à dos et demanda si on ne pouvait pas plutôt envoyer un mail au père Noël, mais Matthew s'y refusa. Cette propension à mettre de la technologie dans toutes les dimensions de la vie quotidienne avait de plus en plus tendance à l'agacer. Surtout aujourd'hui !

On venait de leur apporter leur sandwich au homard lorsque son téléphone sonna. C'était Vittorio. Connie n'était toujours pas rentrée, mais il avait fait des recherches de son côté et retrouvé le jour exact où était venue la jeune femme qui prétendait avoir rendez-vous avec lui.

— Hier, ça faisait exactement un an : le 20 décembre 2010.

Matthew ferma les yeux et soupira. Le cauchemar continuait.

— Mais ce n'est pas tout, continua le restaurateur. Figure-toi que j'ai un film où on la voit !

— Qui ?

— Cette femme.

— C'est une blague ?

— Je t'explique : en novembre de l'année dernière, notre restaurant a été dévalisé et saccagé à deux reprises, dans la nuit, à quelques jours d'intervalle.

— Je m'en souviens. Tu pensais que c'était un coup des frères Mancini.

— Oui, ils n'ont jamais accepté que nous leur fassions concurrence, mais je ne suis jamais parvenu à le prouver. Bref, à cette époque, les flics comme notre assureur nous avaient recommandé de nous équiper en vidéosurveillance. Pendant environ trois mois, des caméras ont fonctionné vingt-quatre heures sur vingt-quatre. Tout était enregistré, transmis à un serveur et archivé sur des disques durs.

— Et tu as réussi à mettre la main sur les images de la soirée du 20 décembre ?

— Tout juste. Et j'ai même retrouvé la fille. C'est la seule à être arrivée non accompagnée ce soir-là.

— C'est inespéré, Vittorio ! Tu peux m'en envoyer une copie ?

— Le mail est déjà parti, mon pote.

147

Matthew raccrocha et sortit l'ordinateur portable de son sac besace pour le connecter au réseau Wi-Fi du Bistro 66. Toujours aucune nouvelle d'Emma Lovenstein, mais le mail de Vittorio lui était bien parvenu. La vidéo était volumineuse et mit un temps fou pour se charger.

— Je peux avoir un soufflé au chocolat, s'il te plaît, papa ?

— Non, chérie, on a dit : pas de dessert. Finis ton sandwich.

Matthew lança la vidéo en plein écran. Sans surprise, l'image avait le grain épais et terne d'une caméra de surveillance. La séquence qu'avait isolée Vittorio durait moins de deux minutes. La caméra était fixée en hauteur dans un coin de la salle principale. Une horloge digitale incrustée en bas de l'image montrait qu'à 20 h 01 une jeune femme élégamment vêtue avait poussé la porte du restaurant. On la voyait brièvement discuter avec Connie avant de sortir du cadre. Un écran de neige indiquait que l'on avait coupé la scène qui reprenait une heure et demie plus tard, à 21 h 29 exactement. On y voyait distinctement la même femme quitter le restaurant sans s'attarder. Puis l'image se brouilla et le film s'arrêta. Matthew relança la séquence et appuya sur PAUSE pour figer le moment précis où la jeune femme pénétrait dans le restaurant. Il n'y avait aucun doute. Si dingue que cela puisse paraître, il s'agissait bien d'Emma Lovenstein.

— Remets ton manteau, chérie, on s'en va.

Matthew sortit de sa poche trois billets de 20 dollars et quitta le restaurant sans attendre sa monnaie.

★

— J'ai une course urgente à faire, April. Il faudrait que tu me prêtes ta voiture et que tu me gardes Emily pendant une heure ou deux.

Avec sa fille dans les bras, Matthew venait de faire irruption dans la galerie tenue par sa colocataire. Les murs de la salle d'exposition étaient tapissés d'estampes japonaises érotiques et de photos libertines prises dans des lieux de plaisir au début du XXᵉ siècle. L'espace était occupé par des statues africaines sans équivoque, par une exposition d'étuis péniens et par des sculptures modernes aux formes phalliques démesurées. Même si le lieu n'avait rien à voir avec un sex-shop, ce n'était un endroit ni pour les âmes prudes ni pour les enfants.

Matthew traversa donc la salle au pas de course pour mettre Emily « à l'abri » dans le bureau d'April.

— Tu vas être bien sage et tu vas m'attendre ici, d'accord, chérie ?

— Non ! Je veux rentrer à la maison !

Il sortit la tablette tactile de son sac à dos et proposa à sa fille :

— Tu veux voir un film ? *Les Aristochats* ? *Rox et Rouky* ?

— Non, c'est nul, ça ! Je veux voir *Game of Thrones* !

— Pas question, c'est trop violent. Ce n'est pas une série pour les petites filles.

Emily baissa la tête et partit dans une crise de larmes. Matthew se massa les tempes. Il avait la migraine et sa fille était fatiguée, excitée d'avoir couru dans tous les sens chez *Toys Bazaar*. Elle avait besoin de faire une sieste, tranquille dans son lit. Pas de regarder une série pour adultes dans l'antichambre d'un porno-land.

April arriva à la rescousse.

— Je pense qu'il est préférable que je rentre à la maison avec Emily.

— Je te remercie ! J'en ai pour une heure et demie tout au plus.

— C'est quoi, cette course ?

— Je te raconterai, promis.

— Tu fais gaffe à ma caisse, hein ? le prévint-elle en lui lançant les clés.

★

150

Matthew récupéra la Camaro garée sous les grands arbres de Commonwealth Avenue. Comme s'il se rendait à son travail, il quitta Back Bay par le pont de Massachusetts Avenue qui traversait la rivière et poursuivit sa course vers Cambridge. Il dépassa l'université et contourna le grand lac de Fresh Pond, puis continua sur plusieurs kilomètres pour rejoindre Belmont. Il fallait qu'il retrouve l'homme qui lui avait vendu l'ordinateur. L'adresse du client d'April était restée dans le GPS, ce qui lui permit de retrouver facilement la rue bordée de maisons du petit quartier résidentiel. Cette fois, il se gara directement devant le cottage en bardage de bois et au toit cathédrale. Devant le portail, il fut accueilli par les grognements du shar-peï au poil clair qu'il avait déjà remarqué le jour du vide-grenier. Engoncé dans les plis de sa peau comme dans un manteau trop grand, le chien montait une garde vigilante et agressive.

— Clovis ! Ici ! cria le propriétaire en sortant sur le seuil.

Alors que l'homme traversait la pelouse pour venir le rejoindre, Matthew repéra le nom sur la sonnette : Lovenstein.

— Vous désirez ?

C'était bien la personne qui lui avait cédé le Mac d'occasion. Même physique austère, mêmes lunettes carrées, même costume de croque-mort.

— Bonjour, monsieur Lovenstein, pourriez-vous m'accorder quelques instants ?

— C'est à quel sujet ?

— Vous m'avez vendu un ordinateur, il y a deux jours, lors du vide-grenier que…

— Oui, je vous ai reconnu, mais je vous préviens, je ne fais pas de service après-vente.

— Il ne s'agit pas de ça. Je souhaiterais juste vous poser quelques questions. Puis-je entrer ?

— Non. Quel genre de questions ?

— Vous m'avez dit que cet ordinateur appartenait à votre sœur, c'est exact ?

— Hum, fit-il, laconique.

Sans se décourager, Matthew sortit de la poche de son manteau les photos qu'il avait imprimées.

— Votre sœur est bien la jeune femme qui se trouve sur ces clichés ?

— Oui, c'est Emma. Comment avez-vous eu ces photos…

— Elles étaient restées sur le disque dur de l'ordinateur. Je vous les ferai parvenir par e-mail si vous le désirez.

Il hocha la tête en silence.

— Pouvez-vous me dire où se trouve Emma, en ce moment ? reprit Matthew. J'aimerais beaucoup lui parler.

— Vous souhaitez lui parler !

— Oui, c'est personnel. Et important.

— Vous pouvez toujours essayer, mais je doute qu'Emma vous réponde.

— Pourquoi donc ?

— Parce qu'elle est morte.

8

Anastasis

*La peur a détruit plus de choses en ce
monde que la joie n'en a créé.*

Paul MORAND

— Depuis son adolescence, ma sœur a... avait
toujours manifesté un côté lunatique et mélancolique, un caractère que je qualifierais de « cyclo-
thymique ».

Daniel Lovenstein parlait d'une voix empesée.
Devant l'insistance de Matthew, il avait finalement
accepté de le laisser entrer et de lui raconter l'histoire d'Emma.

— Son moral variait fortement, poursuivit
Lovenstein. Un jour, c'était la jeune femme la plus
heureuse du monde, débordant d'enthousiasme et
de projets. Le lendemain, elle broyait du noir et
ne trouvait de sens à rien. L'alternance entre des

états euphoriques et des périodes dépressives s'est accélérée avec le temps. Ces dernières années, il m'est apparu évident qu'elle souffrait d'un trouble de la personnalité. Pendant de longs mois, vous pouviez avoir l'impression qu'elle allait bien, mais il y avait toujours une rechute plus grave que la précédente.

Il s'arrêta quelques secondes pour prendre une gorgée de thé. Les deux hommes se faisaient face, enfoncés chacun dans un fauteuil capitonné. Triste et froide, la pièce était plongée dans la pénombre, comme hantée par le fantôme d'Emma.

— C'étaient surtout ses relations amoureuses qui lui faisaient perdre pied, confia Daniel Lovenstein d'un ton amer. Emma s'enflammait trop facilement pour certains hommes et la déception qui s'ensuivait n'en était que plus douloureuse. Au fil des années, elle ne nous a rien épargné : crises d'hystérie, tentatives de suicide, scarifications, séjours en HP… Elle n'a jamais officiellement été diagnostiquée comme bipolaire, mais pour moi, il ne faisait aucun doute qu'elle l'était.

Plus les confidences se précisaient, plus Matthew se sentait mal à l'aise, tant la rancœur du frère pour sa sœur était palpable. Mais quelle était la part de vérité dans ce récit ? Lovenstein n'hésitait pas à lancer des hypothèses qui, à ce que comprenait

Matthew, n'avaient jamais été validées médicalement.

Daniel se pencha pour saisir les photos sur la table basse.

— Il y a trois mois, au cours de l'été, elle a renoué avec un de ses anciens amants. Ce type-là, précisa-t-il en désignant l'homme qui se trouvait avec Emma sur les clichés. C'est un Français, François Giraud, l'héritier d'un vignoble du Bordelais. Il l'a beaucoup fait souffrir. Une fois de plus, Emma a été trop crédule. Elle a cru que, cette fois, il était prêt à quitter sa femme. Ce n'était pas le cas, bien sûr, alors elle a fait une nouvelle tentative de suicide qui s'est révélée fatale et…

Son explication fut interrompue par les aboiements soudains du shar-pei.

— C'était le chien d'Emma, n'est-ce pas ? devina Matthew.

— Oui, Clovis. Elle y était très attachée. La seule « personne », selon elle, à ne jamais l'avoir trahie.

Matthew se souvint qu'Emma lui en avait parlé en employant les mêmes termes dans les mails qu'ils avaient échangés.

— Je ne voudrais pas remuer des souvenirs douloureux, monsieur Lovenstein, mais comment Emma est-elle morte ?

— Elle s'est jetée sous un train, à White Plains, le 15 août dernier. Sans doute sous l'influence d'un cocktail de médicaments. En tout cas, il y avait des boîtes de pilules partout dans son appartement : des benzodiazépines, des somnifères et d'autres saloperies...

Submergé par l'évocation de ses souvenirs douloureux, Lovenstein se leva brusquement de son fauteuil pour signifier que l'entretien était terminé.

— Pourquoi teniez-vous tant à parler à ma sœur ? demanda-t-il en raccompagnant Matthew à la porte.

Renonçant à lui expliquer ses véritables motivations, Matthew botta en touche en lui adressant une nouvelle question :

— Pourquoi avez-vous organisé la vente de toutes ses affaires ?

L'argument toucha Lovenstein au vif.

— Pour faire table rase ! Pour me détacher d'Emma ! répondit-il avec véhémence. Les souvenirs me minent, ils me tuent à petit feu. Ils m'enchaînent aux ruines d'un passé qui m'a déjà suffisamment abîmé !

Matthew hocha la tête.

— Je comprends, dit-il en franchissant le seuil de la maison.

Mais au fond de lui, il pensait exactement le contraire. Il savait que ce combat était illusoire. On ne peut pas liquider les souvenirs d'un simple coup de balai. Ils restent en nous, tapis dans l'ombre, guettant le moment où l'on baissera la garde pour ressurgir avec une force décuplée.

★

De : Matthew Shapiro
À : Emma Lovenstein
Objet : Parlons-nous
Date : 21 décembre 2011 – 13 h 45 m 03 s
Chère Emma,
Si vous êtes devant votre écran, pouvez-vous me faire signe ? Je pense que nous avons besoin de parler de ce qui nous arrive.

Matt

★

De : Matthew Shapiro
À : Emma Lovenstein
Objet :
Date : 21 décembre 2011 – 13 h 48 m 14 s
Emma,
Je comprends que cette situation vous trouble et vous inquiète. Elle me fait peur aussi, mais nous avons vraiment besoin d'en discuter.
Répondez-moi, s'il vous plaît.

Matt

Matthew cliqua pour envoyer son deuxième message à Emma. Fébrile, il attendit une longue minute, espérant que la jeune femme lui répondrait dans la foulée.

Après sa visite à Daniel Lovenstein, il avait repris la Camaro pour rentrer sur Boston, mais au bout de quelques kilomètres, il s'était arrêté dans un *diner* sur les berges de la Charles River. Le Brand New Day était une antique voiture-restaurant chromée, fréquentée aussi bien par des promeneurs que par les étudiants d'Harvard après leur entraînement d'aviron. Installé sur l'une des banquettes en moleskine, Matthew avait sorti son ordinateur portable et s'était connecté au réseau.

Il n'avait jamais été aussi perturbé de sa vie, jamais été aussi ébranlé dans ses certitudes. Les preuves s'accumulaient : la date des mails, le film envoyé par Vittorio, le témoignage du frère d'Emma lui révélant la mort de sa sœur... Tout concourait à lui faire croire à l'incroyable : grâce à cet ordinateur, il pouvait entrer en contact avec une femme, aujourd'hui décédée, qui recevait ses messages alors qu'elle vivait un an plus tôt.

Comment était-ce possible ? Il ne se l'expliquait

pas, mais il pouvait d'ores et déjà dégager quelques règles. Il sortit le stylo et le calepin qu'il avait toujours dans sa poche et griffonna des notes pour clarifier sa pensée.

1 – Emma Lovenstein reçoit mes messages avec un décalage d'un an jour pour jour.

2 – L'ordinateur que j'ai acheté à la brocante est notre unique moyen de communication.

Matthew leva la tête de son carnet et s'interrogea sur la validité de cette deuxième règle. Les faits étaient là : Emma n'avait pas reçu les mails qu'il lui avait envoyés depuis son téléphone, pas plus que lui n'avait reçu les messages qu'elle lui avait fait parvenir de son propre smartphone. Pourquoi ?

Il réfléchit un instant. Si Emma était morte depuis trois mois, les messages qu'il lui envoyait aujourd'hui sans passer par l'ordinateur devaient atterrir sur un compte que plus personne ne consultait. Logique.

Mais que se passait-il pour les courriers qu'Emma lui envoyait en 2010 depuis son téléphone ? La logique aurait voulu qu'il les ait réceptionnés dans le passé, or il ne se souvenait pas d'avoir lu de courriers signés Emma Lovenstein en décembre 2010.

Il recevait certes beaucoup de mails, mais ceux-là

auraient dû le marquer. Il fouilla dans sa mémoire et trouva la solution : il avait changé de fournisseur d'accès – donc d'adresse mail – depuis décembre 2010 ! L'adresse sur laquelle elle lui envoyait des mails avec son téléphone n'existait tout simplement pas à l'époque ! Rasséréné d'avoir trouvé un peu de rationalité dans ce chaos, il nota une nouvelle remarque dans son calepin :

3 – Aujourd'hui, en décembre 2011, je n'ai aucune possibilité d'entrer physiquement en contact avec Emma...

Malheureusement, elle est morte.
4 – ... mais l'inverse n'est pas vrai !

Il songea à cette possibilité : si elle le voulait, l'« Emma de 2010 » pouvait à tout moment prendre un avion pour Boston et rencontrer le « Matthew de 2010 ». Le ferait-elle ? Vu l'entrain qu'elle mettait à répondre à ses messages, c'était fort peu probable.

Nerveux, il jeta un coup d'œil à l'écran d'ordinateur. Toujours aucune nouvelle de la sommelière. Il essaya de se mettre dans la tête d'Emma : une femme intelligente, mais déstabilisée par ses émotions. Il la devinait fragile, effrayée et incrédule face à la situation. Lui avait la vidéo de Vittorio et la conversation avec son frère pour se convaincre de la réalité de ce qu'il vivait. Mais Emma n'avait pas ces éléments. Elle devait le prendre pour un fou et c'est pour cette raison qu'elle ne répondait pas à ses appels. Il devait trouver un moyen de la convaincre.

Mais lequel ?

Il regarda par la fenêtre. Joggeurs et vélos se partageaient la piste qui longeait la rivière, tandis que sur l'eau, les avirons fendaient les flots sous les cris des oies sauvages.

Le *diner* s'était vidé depuis son arrivée. Sur la table en formica qui jouxtait la sienne, Matthew remarqua le journal qu'avait laissé un des clients. C'était le *New York Times* du jour. Il ramassa le quotidien et une idée prit forme dans sa tête. À l'aide de la webcam de l'ordinateur, il photographia la une du journal – en mettant bien la date en évidence – et envoya le cliché à Emma accompagné d'un petit mot :

De : Matthew Shapiro
À : Emma Lovenstein
Emma,
Si vous aviez besoin d'une preuve que je vis
en 2011, la voici.
Faites-moi signe.
Matt

★

New York

Emma parcourut le courrier et cliqua pour ouvrir la pièce jointe. Elle zooma pour agrandir la photo et secoua la tête. Rien n'était plus facile aujourd'hui que de truquer un cliché sur Photoshop…

Ça ne prouve rien, espèce de taré !

★

Boston

Le tonnerre gronda. Le ciel s'était couvert brusquement et un déluge s'abattit sur le *diner*. En quelques minutes, une foule bruyante envahit le restaurant pour se protéger de la pluie.

Les yeux rivés sur son écran, Matthew ignora l'agitation.

Toujours pas de réponse.

Visiblement, Emma n'avait pas été convaincue par la photo. Il fallait qu'il trouve autre chose. Et vite.

Il se connecta au site Internet du *New York Times* et lança une recherche dans les archives du quotidien. En quelques clics, il mit la main sur l'information qu'il cherchait.

Cette fois, Emma Lovenstein ne pourrait plus l'ignorer…

★

De : Matthew Shapiro
À : Emma Lovenstein

Je vous dérange encore une fois, Emma.
Même si vous ne me répondez pas, je suis
certain que vous êtes devant votre écran…

Vous aimez le sport ? Le basket ? Si c'est
le cas, vous savez sans doute qu'il y a
aujourd'hui (je parle de « votre » aujourd'hui)
un match très attendu : l'affrontement entre
les Knicks de New York et les Celtics de
Boston.

Branchez votre radio ou allumez votre télé sur
Channel 9, et je vous apporterai la preuve que
vous attendez…

Matt

Emma sentit son rythme cardiaque s'accélérer.
Chaque courrier de Matthew lui donnait l'impression que les mâchoires d'un étau se refermaient sur
elle, menaçant de la broyer. Mais l'excitation se
mêlait aussi à la peur. Elle rabattit l'écran, prit son
ordinateur portable sous le bras et quitta son bureau
pour emprunter l'ascenseur jusqu'à l'étage inférieur
où se trouvait l'espace de repos du personnel de
l'Imperator. Elle poussa la porte et entra dans une

vaste salle aux murs clairs, meublée de tables en bois blond, de sofas et de fauteuils Wassily.

Emma salua les gens qu'elle connaissait : quelques employées qui papotaient en lisant des magazines sur un canapé moelleux, un groupe plus « masculin » qui s'était réuni autour du grand écran plat accroché au mur pour regarder… un match de basket.

Emma s'installa à une table, brancha la prise de son ordinateur puis se leva pour aller se chercher une boisson au distributeur. Elle ouvrit sa canette en se rapprochant de la télévision.

« La partie vient tout juste de reprendre au Madison Square Garden, s'enthousiasmait le journaliste. À l'orée de ce dernier quart-temps, les Knicks de New York mènent par 90 à 83.

Depuis le début de la partie, les deux équipes nous offrent un face-à-face passionnant. Les joueurs des différentes formations rivalisent de… »

Un nœud se forma dans le ventre d'Emma. C'était bien le match auquel avait fait allusion Matthew. Elle retourna s'asseoir pour suivre un peu à l'écart le déroulement de la partie. Après quelques minutes, un nouveau mail apparut sur l'écran de son ordinateur.

De : Matthew Shapiro
À : Emma Lovenstein

Vous avez trouvé un écran ou un poste de radio, Emma ?

Pour l'instant, New York est largement devant, n'est-ce pas ? Si vous regardez le match dans un bar ou un endroit public, je suis même certain que les hommes autour de vous sont déjà persuadés que leur équipe gagnera…

Elle interrompit la lecture du mail pour lever la tête en direction du groupe d'employés scotchés devant le match. Rigolards, ils se tapaient dans les mains et applaudissaient à chaque point marqué par leur équipe. Visiblement, ils étaient aux anges. Elle poursuivit :

… Pourtant, c'est Boston qui va l'emporter sur le score de 118 à 116. À la toute dernière seconde. Souvenez-vous bien du score, Emma :

New York 116 − Boston 118

Vous ne me croyez pas ?
Regardez donc votre téléviseur…

Son cœur cognait dans sa poitrine. Maintenant, ce type lui faisait vraiment peur. Crispée, les membres tétanisés, elle se leva difficilement de sa chaise et s'approcha pour suivre la fin du match en adressant des prières muettes pour que la prévision de Matthew ne se réalise pas.

« Nous entrons à présent dans les cinq dernières minutes. New York mène toujours par 104 à 101. »

Elle vécut les derniers moments de jeu avec appréhension. Pour dissiper son anxiété, elle essaya de respirer profondément. Il restait moins de deux minutes de temps de jeu et New York menait toujours.

Une minute trente.

Un panier des Celtics remit les deux équipes à égalité, 113 partout, puis un enchaînement de deux tirs à trois points de chaque côté rééquilibra la balance : 116 – 116.

Emma se mordit la lèvre. Il restait moins de dix secondes lorsque Paul Pierce, l'un des joueurs de Boston, perça habilement la défense et se débarrassa de son adversaire par un stepback avant d'adresser un shoot... et de marquer deux points.

« Boston mène de deux points ! 118 – 116 ! Les Knicks n'ont pas la chance de leur côté ! »

Tandis que le joueur fêtait son action, le stade

se mit à gronder de déception. Paniquée, Emma regarda le chronomètre.

Celui-ci indiquait « 00.4 ». Il ne restait que quatre dixièmes de seconde. C'était perdu.

Non ! Car dès la remise en jeu, un joueur des Knicks tenta l'impossible : un tir direct à huit mètres du cadre. Dans une trajectoire miraculeuse, la balle rentra dans le panier.

« Un tir époustouflant ! s'égosilla le commentateur. Stoudemire a sans doute inscrit le panier le plus important de toute sa carrière ! New York remporte le match ! 118 – 119 ! »

Emma exulta avec l'ensemble de ses collègues, mais pas pour la même raison. Tout en elle se détendit brusquement. Matthew avait tort ! Il ne vivait pas dans le futur ! Il n'avait pas pu prédire l'issue du match ! Elle n'était pas folle !

Sur l'écran, l'enceinte de Madison Square Garden s'enflammait. Les joueurs new-yorkais entamaient un tour du stade. Le public était debout et scandait des cris de victoire… jusqu'à ce que l'arbitre demande à revoir l'action en vidéo et que les images montrent ce que personne n'avait voulu voir : le ballon avait quitté les mains du joueur quelques centièmes de seconde après la sonnerie du buzzer !

« Quel money time ! Au terme d'un match d'une intensité incroyable et d'un suspense hitchcockien, Boston a donc fait chuter les Knicks par 118 à 116, mettant fin à une série d'invincibilité de huit matchs ! »

Prise de nausées, Emma se réfugia dans les toilettes de l'étage.

Je deviens dingue !

Elle était terrifiée, incapable de livrer bataille contre le démon intérieur qui dévastait sa raison. Comment donner un sens à ce chaos ? Un bidonnage paraissait invraisemblable : le match était en direct et il n'était pas possible de truquer une partie aussi acharnée. La chance ? Peut-être Matthew avait-il lancé ce résultat au hasard. Pendant un instant, elle se raccrocha à cette idée.

Merde !

On ne peut pas communiquer avec un homme du futur. Cela n'est tout simplement pas POSSIBLE !

Emma se regarda dans le miroir. Son mascara avait coulé, son teint était cireux, cadavérique. Elle essuya les traces de maquillage avec un peu d'eau tout en essayant de remettre de l'ordre dans ses idées. Un détail qui l'avait troublée remonta alors à la surface. Pourquoi, lors du premier courrier qu'elle avait reçu, Matthew lui avait-il écrit : « Je suis le nouveau propriétaire de votre MacBook » ? Qu'est-ce que cela signifiait ? Qu'elle avait vendu son ordinateur dans le futur ? Que ce type l'avait acheté d'occasion et que, par une sorte de faille temporelle, ils pouvaient à présent correspondre en étant chacun sur une ligne de temps différente ? Ça ne tenait pas debout.

Essoufflée comme si elle venait de courir un cent mètres, elle s'appuya contre le mur et prit soudain conscience de sa vulnérabilité et de sa solitude. Elle n'avait personne auprès de qui prendre conseil ou trouver du réconfort. Pas de vraie famille à qui se confier, à part un frère rigide et méprisant. Pas de véritables amis. Pas de mec. Même sa psy qu'elle payait une fortune avait déserté.

Un nom improbable jaillit pourtant de sa mémoire : celui de... Romuald Leblanc.

S'il y avait une personne qui pouvait peut-être l'aider avec cette histoire d'ordinateur, c'était bien le petit génie de l'informatique !

Le moral soudain regonflé, elle sortit des toilettes et monta dans l'ascenseur jusqu'à l'étage du service de communication. Il y avait quelqu'un d'astreinte, mais en ce samedi, le service tournait au ralenti et le stagiaire ne travaillait pas le week-end. En insistant, elle parvint à obtenir le numéro de portable du Français et l'appela sur-le-champ. Au bout de deux sonneries, l'adolescent répondit d'une voix mal assurée :

— Allô ?

— J'ai besoin de toi, binoclard. Où es-tu ? Encore devant tes écrans à mater des filles en string ?

9

Les passagers du temps

*L'avenir, fantôme aux mains vides, qui
promet tout et qui n'a rien.*

Victor HUGO

New York, 2010
Meatpacking District
Un quart d'heure plus tard

Un froid vif congelait les quais de l'Hudson.

Emma claqua la portière du taxi. Un souffle glacé
la cueillit dès sa descente de voiture. Frigorifiée,
elle enfonça les mains dans les poches de son manteau. En cette fin d'après-midi, l'ancien quartier
des abattoirs était plongé dans le brouillard. Elle
resserra son écharpe et franchit l'arche d'acier qui
menait au Pier 54, l'embarcadère historique des
paquebots transatlantiques. Le lieu où Romuald lui
avait donné rendez-vous.

Un bruit de moteur lui fit lever la tête et elle découvrit une véritable escadrille composée d'une vingtaine d'hélicoptères miniatures et d'avions radiocommandés qui virevoltaient dans un ciel de neige. Éparpillés le long de la jetée goudronnée, des hommes de tout âge rivalisaient d'habileté pour piloter leurs engins.

Elle chercha des yeux Romuald et mit plusieurs secondes avant de le reconnaître. Emmitouflé dans une épaisse parka, l'adolescent portait un bonnet de ski qui lui couvrait les oreilles et lui descendait jusqu'aux sourcils. Il essayait de faire décoller son appareil, un engin à quatre hélices qui restait désespérément cloué au sol.

— Salut, tête de blatte, lança-t-elle en s'approchant par-derrière.

Il sursauta et réajusta ses lunettes.

— Bonjour, mademoiselle Lovenstein.

— On est où, là ? À la réunion des geeks anonymes amateurs d'aéromodélisme ?

— Ce sont des drones, expliqua l'adolescent.

— Quoi ?

— Ces petits appareils : ce sont des drones civils.

Fascinée, Emma suivit du regard l'un des quadricoptères miniatures qui s'éleva très haut à la manière des cerfs-volants de son enfance, avant de placer une accélération et de fondre sur la jetée. Elle nota qu'aucun des engins radiocommandés n'avait la même apparence : avions, hélicoptères à quatre ou six rotors, objets en forme de soucoupe volante… Des OVNI artisanaux assemblés par une communauté de bricoleurs et de passionnés. Elle s'imagina ces gens dans leur garage : des informaticiens, des fans de robotique, attelés à souder des composants électroniques et des pièces détachées pour customiser leur engin avant de sortir le tester devant leurs copains.

De vrais gosses.

Elle passa d'un groupe à un autre et constata que la plupart des pilotes avaient couplé leur drone avec leur smartphone pour commander leur engin depuis leur terminal mobile. Certains embarquaient même des caméras ultralégères qui filmaient et envoyaient les images directement sur l'écran du téléphone.

Elle revint vers Romuald qui se débattait toujours avec son quadricoptère. Personne ne se dévouait pour l'aider. Aucune belle âme parmi la « communauté » pour lui donner un coup de main. En l'observant, elle eut de la peine pour lui. Elle le devinait solitaire, intelligent, un peu paumé.

Comme moi…

— Pourquoi il ne vole pas, le tien ?

— Je ne sais pas, répondit-il, l'air inquiet. Il y a trop de vent. Je n'ai pas fait le bon réglage, je…

— Ce n'est pas grave.

— Si ! répondit-il en baissant les yeux.

Emma pressentait qu'il était sans doute inhabituel pour lui d'être mis en difficulté sur ses connaissances en mécanique ou en informatique. Elle changea de sujet.

— C'est légal, au moins, ces trucs ? demanda-t-elle, partagée entre admiration et inquiétude.

— Les drones ? Plus ou moins, dit-il en reniflant. Il y a quelques règles à respecter : ne pas survoler d'êtres humains, maintenir son appareil dans son champ de vision, ne pas voler plus haut qu'une centaine de mètres…

Elle hocha la tête, surprise que ce type de technologie ne soit pas réservé aux militaires ou aux laboratoires de recherche. Qu'est-ce qui empêchait les gens d'utiliser ces drones pour espionner leurs voisins ou survoler des lieux privés ? Son côté parano se réveilla brusquement et elle imagina la prochaine étape : des drones miniatures de la taille d'un insecte qui pourraient en toute discrétion filmer les gens dans leur intimité et enregistrer leur conversation. Un monde de surveillance généralisée. Le genre de monde en tout cas dans lequel elle ne voulait pas vivre.

Elle chassa cette idée et regarda vers le nord. Plus loin, bien au-dessus des quais, serpentait la structure d'acier et de béton de la High Line new-yorkaise au pied de laquelle se trouvait le café Novoski, où on pouvait boire le meilleur chocolat chaud de la ville.

— Bon, remballe ton matériel, ordonna-t-elle à Romuald. Je t'offre un bon goûter.

★

Café Novoski
10 minutes plus tard

Romuald engloutit un imposant morceau de strudel aux cerises accompagné d'une rasade de chocolat chaud.

— Rassure-moi, tu t'es nourri ces trois derniers jours ?

L'adolescent hocha la tête avant d'avaler l'autre moitié du gâteau.

— Un jour, je t'apprendrai à manger de façon élégante devant une jeune femme, promit-elle en essuyant avec une serviette en papier des miettes de pâtisserie restées collées à la commissure des lèvres du gamin.

Il baissa les yeux comme il en avait souvent l'habitude et tira sur le bas de son pull-over comme pour faire disparaître ses rondeurs. Elle s'inquiéta pour lui.

— Où habites-tu, Romuald ?

— À l'auberge de jeunesse de Chelsea.

— Tu as donné de tes nouvelles à tes parents récemment ?

— Vous en faites pas, éluda-t-il.

— Si, justement, je m'en fais un peu pour toi. Tu as de l'argent, au moins ?

— Suffisamment, assura-t-il.

Il se frotta les cheveux avec nervosité et s'empressa d'amener la conversation sur autre chose.

— Pourquoi souhaitiez-vous me voir ?

— Je voudrais que tu examines mon ordinateur, demanda-t-elle en sortant le portable de son sac pour le poser devant l'adolescent.

Romuald but une nouvelle gorgée de cacao avant de soulever l'écran qui s'ouvrit sur le logiciel de messagerie.

— Quel est le problème ?

— Je reçois des mails bizarres depuis quelque temps. Tu pourrais identifier leur origine ?

— Normalement, ce n'est pas très compliqué, confirma le jeune homme.

Elle le mit au défi.

— OK, montre-moi ce que tu sais faire. Ça concerne toute ma correspondance avec Matthew Shapiro.

Avec célérité, Romuald sélectionna les messages envoyés par Shapiro et les isola dans un dossier.

Procédant par ordre chronologique, il ouvrit l'entête développé du premier mail, passant en revue l'adresse IP de l'expéditeur, le type de messagerie utilisé et la séquence des différents serveurs traversés par le courrier depuis son envoi jusqu'à sa réception.

En théorie, rien n'était plus facile que de remonter à la source d'un e-mail sauf que, dans le cas présent, quelque chose clochait. Une expression de contrariété se peignit sur le visage de Romuald.

Il retira ses lunettes aux verres sales pour les essuyer avec un pan de son pull-over. Excédée, Emma lui arracha la paire des mains, chercha dans son sac une lingette optique, nettoya les verres et les replaça sur le nez de l'adolescent.

— Alors ? s'impatienta-t-elle.

Sans répondre à la question, Romuald s'empressa d'ouvrir un deuxième message, auquel il appliqua le même traitement, puis continua avec un troisième courrier : une des réponses qu'Emma avait faites à Matthew.

— Ohé ! Tu trouves quelque chose, tête de blatte ?

— Les… les dates, murmura Romuald. On dirait que ce mec vous envoie des messages du futur…

— Oui, j'avais remarqué, merci. Comment tu l'expliques ?

Il secoua la tête.

— Justement, je ne l'explique pas.

— Fais un effort, s'il te plaît !

Romuald sélectionna l'un des messages de Matthew, puis, d'un clic sur le pavé tactile, ouvrit la zone masquée de l'en-tête.

— Sur le Net, les échanges de données se font entre deux adresses IP, OK ?

Emma approuva de la tête. Le jeune Français continua :

— D'un ordinateur à un autre, le même message peut transiter par plusieurs serveurs intermédiaires qui horodatent chaque passage.

Emma se rapprocha. Sur l'écran, on pouvait suivre le trajet de l'e-mail depuis l'ordinateur de Matthew jusqu'à son propre ordinateur.

— Lorsque ce type vous envoie un message, reprit Romuald, les premiers serveurs apparaissent tous avec la date 2011, puis soudain, au beau milieu du trajet, l'un des serveurs fait une sorte de « saut temporel » pour passer en 2010. Et le phénomène inverse se produit lorsque c'est *vous* qui lui écrivez.

— Il doit bien y avoir une explication rationnelle, appuya-t-elle. Dans ton milieu, tu n'as jamais entendu parler d'un truc dans le même genre ? Sur des forums ? Dans des discussions entre hackers ?

Romuald secoua la tête. Il laissa passer quelques secondes avant d'ajouter :

— Cette histoire de date n'est pas la seule chose troublante…

— C'est-à-dire ?

Il pointa l'écran avec son index.

— Dans les deux cas, la source et le point d'arrivée du message sont identiques. Comme si le mail partait en 2011 pour arriver en 2010… sur le *même* ordinateur.

Romuald mesura l'effet dévastateur de cette révélation. Le visage d'Emma blêmit et elle eut un mouvement de recul. Se voulant rassurant, il promit de faire d'autres recherches et de demander de l'aide à des gens plus compétents.

Il venait d'achever son offre de services lorsqu'un tintement mélodieux annonça l'arrivée d'un nouveau courrier électronique.

★

Emma tourna l'écran de son côté. Comme elle le redoutait, c'était un nouveau message de Matthew.

De : Matthew Shapiro
À : Emma Lovenstein
Objet : Le prix du silence

Emma,

Je peine à interpréter votre silence. Je ne peux pas croire que vous n'ayez pas envie d'en savoir plus sur ce qui nous arrive. De découvrir ce qu'il nous est permis de faire ou ne pas faire. Je peux comprendre vos peurs, mais la curiosité devrait les transcender !

Peut-être avez-vous encore besoin d'autre chose pour vous décider à franchir le pas… Que voulez-vous ? Une nouvelle preuve ? De l'argent ? Voici les deux, si j'ose dire.
S'il vous plaît, répondez-moi.

Matt

Une pièce jointe était annexée au message. Le fichier PDF d'un article du *New York Times* daté du lundi 23 décembre 2010.

Une touriste suédoise gagne 5 millions de dollars au casino le jour de son centième anniversaire

Une touriste chanceuse a remporté dans la nuit de samedi à dimanche plus de 5 millions de dollars (5 023 466 exactement) sur une machine à sous «Little Mermaid» du casino de l'hôtel New Blenheim à Atlantic City. Une somme rondelette gagnée… le jour même de son centième anniversaire ! Originaire de Stockholm, Mme Lina Nordqvist faisait partie d'un groupe de retraités suédois qui participaient à un voyage organisé dans le nord-est des États-Unis. La gagnante a raconté qu'elle avait

misé 2 dollars dans la fente du bandit
manchot vers 20 h 45. Applaudie par toute
la salle de jeu du New Blenheim, Mme Nordqvist a confié qu'elle allait utiliser une
bonne partie de cet argent pour réaliser
son rêve : effectuer avec son mari un tour
du monde en montgolfière…

Sur la photo illustrant l'article, on pouvait voir
l'extravagante centenaire poser près des machines
à sous en s'agrippant à un déambulateur. Elle était
vêtue d'un sweat-shirt « I Love Stockholm » et portait une sorte de chapeau de paille.

Emma regarda sa montre.

17 h 30.

Elle n'avait guère plus de trois heures pour agir.

Il fallait faire vite. Elle ne pouvait pas rester
dans l'indécision plus longtemps. Il fallait qu'elle
sache. Définitivement.

— Tu sais où on peut louer une voiture dans
le coin, Romuald ?

— Je crois qu'il y a un *FastCar* à trois cents
mètres, à l'intersection de Gansevoort et de Greenwich.

— Je vois où c'est, assura-t-elle en abandonnant
sur la table un billet de 20 dollars.

Elle se leva et boutonna son manteau avant d'affronter le froid.

— Merci pour ton aide, Romuald. Prends soin
de toi.

— Je vous appelle si je trouve quelque chose. Et euh… faites attention quand même !

Elle sortit du café en lui adressant un signe de la main à travers la vitre.

*

Lorsque Emma arriva devant l'agence de location, la nuit était tombée. Elle fit la queue pendant vingt minutes dans une salle mal chauffée avant d'être reçue par un employé tellement exécrable et arrogant qu'elle faillit renoncer à son projet. Elle prit finalement le premier véhicule qu'on lui présenta : un SUV General Motors, couleur orange sanguine. Elle régla avec sa carte de crédit, quitta Manhattan par le Holland Tunnel et prit la route vers le sud.

Emma détestait conduire de nuit, a fortiori sur une route qu'elle ne connaissait pas, mais le trajet de New York à Atlantic City était bien balisé. Pour l'essentiel, il consistait à suivre la Garden State Parkway, la voie autoroutière qui traversait le New Jersey par la côte. Pendant tout le voyage, elle s'efforça de ne pas ressasser ses peurs. Elle alluma la radio sur une station musicale et essaya de chantonner pour faire le vide dans sa tête. Mais trop d'idées s'y bousculaient.

De peur d'arriver en retard, elle jetait de fréquents coups d'œil à l'horloge du tableau de bord. Alors qu'elle se crut arrivée, son angoisse monta d'un cran lorsqu'elle se retrouva coincée dans un embouteillage. Un carambolage impliquant plusieurs véhicules empêchait d'accéder à l'*expressway* qui longeait la côte.

Elle attendit un long moment avant que la bretelle d'autoroute se libère et qu'elle puisse enfin accéder à la capitale du jeu de la côte Est : une ville qu'elle avait toujours tenue pour un repoussoir et dans laquelle elle n'avait jamais mis les pieds.

Nouveau coup d'œil à l'horloge.

20 h 25.

Elle débarqua sur Atlantic Avenue, qui permettait d'accéder au fameux *boardwalk*, l'interminable promenade de bord de mer sur laquelle se succédaient la plupart des grands casinos qui faisaient la renommée de la station balnéaire.

En ce début de soirée, la ville bourdonnait d'activité : l'artère principale où se concentraient les principaux hôtels, les restaurants, les salles de spectacle était livrée aux bus de touristes, aux limousines bling-bling et aux pousse-pousse ridicules.

20 h 29.

En marquant un arrêt à un feu tricolore, Emma en profita pour se repérer au milieu de ces cascades de lumières et de néons. Au centre du *boardwalk,* elle reconnut la silhouette singulière du New Blenheim, le dernier-né des casinos de la ville, dont elle avait vu des photos dans un magazine. Construit au milieu des années 2000, le complexe avait été conçu comme une marina et s'articulait autour de quatre pyramides ondulées, évoquant de grandes vagues bleues qui s'élevaient à soixante mètres au-dessus de la mer. La nuit, les quatre bâtiments et leurs deux mille chambres brillaient d'une lumière turquoise et ressemblaient à une escadrille de voiliers intergalactiques prêts à donner l'assaut contre un ennemi invisible.

20 h 34.

Emma doubla un taxi et se faufila jusqu'à l'entrée du parking du New Blenheim qui plongeait sur six étages. Elle gara la voiture de location et courut jusqu'aux nombreux ascenseurs qui desservaient le hall de l'hôtel. Là, elle prit le temps de chercher sur un plan interactif la salle des machines à sous.

20 h 39.

Le complexe hôtelier était colossal, comptant une dizaine de restaurants, un spa, une piscine, deux boîtes de nuit, trois bars et une surface consacrée aux jeux qui s'étendaient sur plus de 10 000 mètres carrés. Elle avait localisé l'espace réservé aux machines à sous et mémorisé le trajet pour y parvenir. Elle n'avait pas droit à l'erreur.

20 h 40.

Elle traversa le hall en courant, changea deux fois d'ascenseur, emprunta le gigantesque tunnel de verre qui reliait entre elles les quatre pyramides. Un dernier escalator pour descendre d'un étage, un vigile à qui elle présenta sa carte d'identité, et elle arriva dans le repaire des machines à sous.

20 h 41.

L'enfer du jeu se présentait sous la forme d'un hall immense au plafond bas. Privé de fenêtres, le lieu était déprimant, malgré les tintements guillerets qui émanaient des machines. Emma changea 50 dollars en jetons et parcourut à pas rapides le tourbillon sonore et lumineux de l'armée de bandits manchots : Jackpot Candy, Cleopatra, Three Kings, White Orchid, Dangerous Beauty… Des centaines de machines formant un réseau tentaculaire actif vingt-quatre heures sur vingt-quatre. Elle se noya dans la foule bruyante qui se déplaçait entre les « attractions » : jeunes types qui jouaient les flambeurs, expéditions familiales pour faire sauter la banque, joueurs addicts aux visages de zombis qui dilapidaient méthodiquement leur fortune, essaim de trentenaires venus enterrer la vie de garçon de leurs copains, vieillards décatis et édentés retrouvant les saveurs des fêtes foraines de leur enfance…

20 h 43.

Emma n'avait jamais compris que l'on puisse venir se perdre dans ce genre d'endroit. Quelques gouttes de sueur perlèrent sur son front et un léger vertige la fit vaciller. Malgré son étendue, l'espace donnait l'impression d'être confiné et hors du temps. Au bord de la nausée, elle s'appuya un court moment pour reprendre sa respiration.

C'est alors qu'elle aperçut un chapeau de paille au milieu des casquettes ! Elle se rapprocha du groupe de retraités suédois. Aucun doute, c'était bien elle : Lina Nordqvist, la retraitée centenaire avec son sweat-shirt « I Love Stockholm ». Sa main droite tenait un grand pot de jetons serré contre sa poitrine. Sa main gauche était agrippée à l'armature métallique d'un déambulateur à roulettes. À la vitesse d'une limace, elle se dirigeait vers une rangée de machines au bout de laquelle se trouvait la « Little Mermaid ». Oubliant les bonnes manières, Emma lui grilla la politesse pour s'installer la première devant l'écran.

— *Du gick in i mig ! Jag är en gammal dam ! Tillbaks till skolan med dig så att du kan lära dig lite hyfs !* s'énerva la vieille, très mécontente.

20 h 44.

Cause toujours, tu m'intéresses… pensa Emma en s'excusant mollement. Elle attendit que la Suédoise ait tourné les talons pour insérer son premier jeton dans la fente de la machine.

20 h 45.

Cette histoire n'a aucun sens, se répéta-t-elle en appuyant sur le bouton de l'écran tactile pour lancer le cycle de combinaisons de l'appareil.

Cette fois, les jeux sont faits… songea-t-elle alors que les cinq rouleaux se mettaient à tourner à pleine vitesse sur eux-mêmes.

★

Boston, 2011
22 heures

— *Fuck ! Fuck !* Et triple *fuck* ! cria April en sortant du four un moule brûlant.

Surprise par la chaleur, elle laissa tomber le récipient en verre qui se brisa sur le sol avec fracas.

Assoupi sur le canapé, Matthew sursauta et se leva d'un bond. Après avoir couché sa fille, il s'était écroulé de fatigue devant une énième diffusion de *It's a Wonderful Life*, le classique de Noël de Capra.

— Tu devrais faire encore plus de bruit,

suggéra-t-il. Je ne suis pas certain qu'Emily se soit réveillée.

— Oh, ça va ! Mon beau pain d'épice est tout brûlé ! se lamenta April. Pour une fois que j'essaie de me mettre aux fourneaux !

Matthew se frotta les paupières. Il avait froid, se sentait fiévreux et angoissé. Il avait passé l'après-midi à envoyer des messages à Emma, accumulant des preuves pour la convaincre que ce qu'ils vivaient était bien réel, mais tous ses courriers étaient restés sans réponse. Il quitta le salon pour la cuisine où il aida April à réparer ses bêtises, puis il vérifia ses mails pour la cinq centième fois de la journée.

Cette fois, sa boîte aux lettres clignotait ! Alors qu'il n'y croyait plus, Emma lui faisait signe par quelques lignes lapidaires.

De : Emma Lovenstein
À : Matthew Shapiro
Objet : Jackpot

Matthew,
Vous qui aimez tant les journaux, jetez donc un nouveau coup d'œil à l'article du *New York Times*…

Emma

À quoi faisait-elle allusion ? Pourquoi voulait-elle qu'il consulte encore cet article ? Se pourrait-il que…

Il sentit monter l'adrénaline, approcha un tabouret et s'assit devant l'ordinateur posé sur le plan de travail de la cuisine. Il avait besoin d'avoir les idées claires. Tout en se connectant aux archives du *New York Times*, il glissa une capsule de café dans la machine et se prépara un breuvage serré. Il retrouva facilement l'édition du lundi 23 décembre 2010, en téléchargea une version PDF et à l'aide du pavé tactile feuilleta les pages du journal numérique à la recherche de l'article. D'abord, il ne vit rien. Il se souvenait pourtant parfaitement de cette photo surréaliste de la retraitée suédoise, appuyée sur son déambulateur, posant fièrement devant les flamboyantes machines à sous. Mais le cliché avait disparu. Il s'imposa une nouvelle lecture et mit finalement la main sur un article beaucoup plus modeste, sans illustration, qui évoquait l'histoire du jackpot d'Atlantic City.

**Une jeune New-Yorkaise gagne
5 millions de dollars au casino
en n'ayant misé qu'un seul jeton !**

Une jeune femme ayant souhaité garder l'anonymat a remporté samedi soir plus de 5 millions de dollars (5 023 466 exactement) sur une machine à sous « Little Mermaid » du casino de l'hôtel New Blenheim à Atlantic City. Une somme rondelette gagnée en n'ayant misé que 2 dollars. La gagnante a raconté qu'elle venait juste d'arriver dans la salle de jeu lorsqu'elle a inséré le jeton dans la fente du bandit manchot vers 20 h 45. Applaudie par tous les joueurs du New Blenheim, elle a confié qu'elle allait utiliser une partie de cet argent pour «peut-être acheter une nouvelle voiture, mais certainement pas un nouvel ordinateur…».

Stupéfait, il lut l'article une deuxième fois en en mesurant toutes les implications. Il avait la gorge sèche et le front tapissé de sueur. Il essaya de boire une gorgée de café, mais il eut de la difficulté à déglutir. Il allait se lever de son siège lorsqu'un nouveau message se matérialisa sur l'écran :

De : Emma Lovenstein
À : Matthew Shapiro

Alors, Matthew, que fait-on à présent ?

Emma

La question se répercuta en lui comme un écho. Que faire à présent ? Il n'en savait strictement rien, mais au moins n'était-il plus le seul à se le demander.

Soudain, une prise de conscience bien plus forte lui remua le cœur : au moment où Emma lui envoyait ce courrier, Kate était encore vivante…

Troisième partie

Apparences

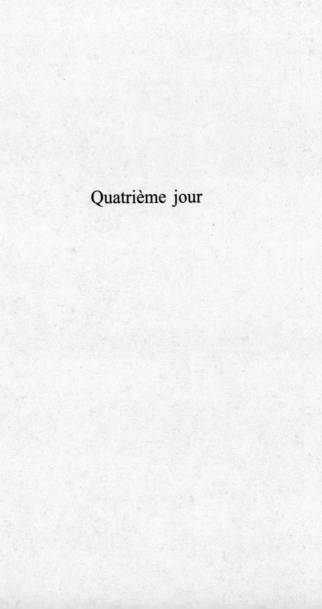

Quatrième jour

10

La main qui berce l'enfant

La main qui berce l'enfant est la main qui domine le monde.

William WALLACE

Boston
Le 22 décembre 2010
11 heures du matin

De l'envie.

Du ressentiment.

De la jalousie.

Le cocktail de sentiments éprouvés par Emma en contemplant le bonheur de la famille Shapiro avait un goût amer.

En ce dimanche matin, Matthew, sa femme et la petite Emily se promenaient dans les allées enneigées du Public Garden. Le grand parc bostonien était recouvert d'une fine couche de poudreuse tombée au lever du jour. Cette première chute de neige de l'hiver blanchissait le paysage et donnait à la ville un air de fête.

— Viens dans mes bras, chérie ! lança Matthew en soulevant sa fille pour lui montrer un grand cygne argenté qui poursuivait un groupe de canards sur les eaux calmes du lac.

À quelques mètres de là, assise sur un banc, Emma observait la scène sans chercher à dissimuler sa présence. Elle ne courait aucun risque d'être repérée puisque le « Matthew de 2010 » ne connaissait ni son visage ni même son existence. Une situation paradoxale qui semblait à la jeune femme aussi improbable qu'excitante. Grâce au sommeil, elle avait retrouvé un peu de calme. Elle avait dormi toute la nuit dans l'autobus *Greyhound* qui avait fait le trajet d'Atlantic City à Boston. La veille, après avoir touché le jackpot, l'administration du casino lui avait fait remplir quelques papiers. Une formalité nécessaire pour que son compte en banque soit crédité de la somme qu'elle avait gagnée. À travers les vitres du New Bernheim, elle avait aperçu les premiers flocons dans le ciel d'Atlantic City. Comme elle n'avait aucune envie de conduire des heures sous la neige, elle avait remis les clés de la voiture de location au concierge de l'hôtel du Casino pour qu'il la restitue à l'une des agences de la ville. Puis elle avait pris un taxi jusqu'à la gare routière et avait acheté un ticket de bus pour Boston. À moitié vide, l'autocar avait quitté Atlantic City à 23 h 15. Le chauffeur avait roulé à un rythme tranquille toute la nuit. La jeune femme avait ouvert un œil lors d'une escale à Hartford, mais ne s'était tout à fait réveillée que lorsque le *Greyhound* avait franchi les portes de la capitale du Massachusetts à 8 heures du matin.

Emma était descendue au Four Seasons, le grand hôtel qui donnait sur le parc. Avec plusieurs millions de dollars sur son compte, c'était désormais quelque chose qu'elle pouvait se permettre. Elle avait appelé l'Imperator pour dire qu'elle était malade et qu'elle ne viendrait pas travailler de toute la semaine. Puis elle s'était douchée, avait acheté des vêtements chauds à la boutique de l'hôtel et était sortie pour arpenter les rues tortueuses de Beacon Hill. Elle n'avait pas de plan précis en tête. Seulement des interrogations. Fallait-il qu'elle aborde Matthew ? Pour lui dire quoi ? Et comment le faire sans passer pour une folle ?

Avant de prendre une décision, elle avait besoin d'observer le bonhomme. Elle connaissait son adresse : une *brownstone* à l'intersection de Louisburg Square et de Willow Street. En s'y rendant, elle avait été fascinée par le charme unique de Beacon Hill. En marchant sur les trottoirs aux pavés déformés, elle s'était imaginée dans la peau d'une héroïne d'Henry James. Le quartier entier paraissait s'être figé au XIXe siècle. Les devantures des boutiques étaient habillées de bois peint, des lampadaires à gaz diffusaient une lumière d'un autre temps, tandis que des ruelles étroites serpentaient vers des jardins secrets dont on apercevait quelques branchages derrière les portails en fer forgé.

Elle avait facilement trouvé la maison des Shapiro, décorée de guirlandes et de couronnes en sapin ornées de pommes de pin et de rubans. Comme hors du temps, elle avait attendu près d'une heure, habitée par cette sensation unique d'évoluer sous un *snow globe* de son enfance : une boule de verre géante que l'on aurait secouée pendant la nuit pour faire tomber une neige pailletée sur les briques rouges des maisons. Un dôme invisible, la protégeant des agressions et de la folie du monde...

Vers 10 heures, la porte s'était ouverte et elle l'avait aperçu pour la première fois en chair et en os. LUI, Matthew. Coiffé d'un bonnet de laine, il avait descendu prudemment les marches glissantes du perron, tenant sa fille dans les bras. Arrivé en bas de l'escalier, il avait installé Emily dans la poussette en lui chantonnant le refrain d'une comptine rigolote. Emma trouva qu'il avait encore plus de charme que dans son imagination. Elle reconnut en lui ce côté sain, franc et solide qu'elle avait perçu à travers ses mails. Et le voir attentionné avec sa fille le rendait encore plus attirant.

Puis elle l'avait aperçue, ELLE. L'autre femme, Kate Shapiro. Une jeune blonde, mince et élancée, qui n'était pas seulement jolie, mais simplement... parfaite. Une beauté classique, toute patricienne, nimbée de douceur maternelle et de mystère : de grands yeux limpides, des pommettes saillantes, un visage au teint clair et aux lèvres pleines, un chignon d'héroïne hitchcockienne...

Après avoir accusé le coup – Kate était le genre de femme à côté de qui elle se sentait minable –, Emma avait pris la petite famille en filature jusqu'au Boston Public Garden, le parc qui servait de trait d'union entre Beacon Hill et Back Bay.

— Regarde, chérie ! lança Kate à sa fille en désignant un écureuil dont la queue touffue dépassait de derrière un arbre.

La petite fille bondit hors de sa poussette pour poursuivre l'animal, mais au bout de deux foulées, elle s'étala, le nez dans la poudreuse. Plus vexée que blessée, elle éclata néanmoins en sanglots.

— Allez, mon cœur, viens avec papa.

Matthew la remit dans sa poussette et le trio

continua sa promenade, traversant Charles Street pour rejoindre le Boston Common, où une patinoire était installée les mois d'hiver. Pour consoler Emily, Kate acheta des marrons chauds au stand d'un vendeur ambulant. Ils les dégustèrent en observant les patineurs réussir des figures audacieuses ou chuter lourdement sur la glace. Ce deuxième cas de figure réjouissait particulièrement Emily.

— C'est toujours plus amusant lorsque ce sont les autres qui tombent, n'est-ce pas, bébé ? la taquina son père.

Puis ils migrèrent lentement vers le centre de la vaste pelouse où étaient rassemblés l'essentiel des promeneurs. Matthew hissa sa fille sur ses épaules. Les yeux brillants, elle admira la richesse des décorations de l'immense sapin de Noël qu'en vertu d'une vieille tradition, la ville d'Halifax offrait chaque année aux habitants de Boston.

À quelques pas de là, Emma ne quittait pas Emily du regard. Comme la petite fille, elle avait aussi les yeux qui brillaient. Mais la flamme qui y brûlait était teintée d'amertume.

Elle n'avait jamais connu ce bonheur familial, cette tranquillité qui émanait d'eux, l'amour qui circulait librement de l'un à l'autre. Pourquoi ? Qu'avait-elle de moins que les autres pour n'avoir pas accès à cette félicité ?

Boston
22 décembre 2011
Au milieu de la nuit

En pantalon de pyjama et tee-shirt des Red Sox, Matthew alluma la rampe d'éclairage qui entourait le miroir de la salle de bains.

Impossible de fermer l'œil. Il avait la gorge sèche, des palpitations et une sale migraine. Il chercha deux capsules d'ibuprofène dans l'armoire à pharmacie et les avala d'un trait avec une gorgée d'eau. Il descendit l'escalier jusqu'à la cuisine. Depuis trois heures qu'il tournait et retournait dans son lit, une idée ne l'avait pas quitté. Une évidence qui s'était peu à peu imposée à lui. Une idée folle, trop belle pour être vraie, qui lui donnait le vertige : il devait tout tenter pour convaincre Emma d'empêcher l'accident de Kate ! En songeant à cette possibilité, un mot lui revenait sans cesse à l'esprit. *Anastasis* : le terme employé par les Grecs pour évoquer la résurrection des morts. Comme dans un roman de science-fiction. Existait-il réellement cette opportunité de revenir en arrière pour changer le cours de son existence ? C'était un espoir fragile, mais une chance qu'il devait jouer à fond.

Il pensa à ce rêve fou qu'avaient partagé tous les hommes : remonter le temps, pour corriger leurs erreurs et les injustices de la vie. Il songea au mythe d'Orphée et se vit dans la peau du joueur de lyre descendu jusqu'à la porte des Enfers pour supplier les dieux de lui rendre sa femme défunte. Kate était son Eurydice, mais pour la ramener à la vie, il avait désespérément besoin de l'aide d'Emma Lovenstein.

Dans la pénombre, il alluma l'applique murale qui courait sous l'étagère en bois laqué de la cuisine. Il souleva l'écran de l'ordinateur portable, s'installa sur l'un des tabourets et rédigea un message à Emma dans lequel il mit tout son cœur et toute sa foi.

★

Boston
Le 22 décembre 2010

La famille Shapiro quitta les pelouses du Boston Common pour migrer vers l'est. Emma les suivit prudemment, restant à bonne distance, essayant de se repérer et d'apprivoiser la ville. Boston lui avait plu immédiatement : plus chic, plus civilisée, moins rugueuse et agitée que New York. À chaque croisement de rues, entre architecture classique et construction moderne, le passé et le présent semblaient fusionner dans une harmonie apaisée.

Bientôt, des effluves de café torréfié flottèrent dans l'air, à l'approche du North End, le quartier italien. Sur Hanover Street, les vitrines des traiteurs et des pâtisseries faisaient saliver le chaland : *mozzarella di buffala,* artichauts à la romaine, pain de Gênes croustillant, struffoli au miel, cannoli débordant de crème…

En se tenant par la main, Matthew et sa femme pénétrèrent dans un restaurant tout en baies vitrées où ils devaient avoir leurs habitudes. *The Factory* était une trattoria à la mode à l'ambiance mifamiliale, mi-branchée, fréquentée aussi bien par des étudiants connectés que par de jeunes parents locaux-bobos. Prise de cours, Emma entra à leur suite et demanda une table.

— Vous êtes seule, mademoiselle ? l'interrogea la serveuse d'un ton de reproche.

Emma acquiesça de la tête. Il était tôt. Le restaurant commençait à se remplir, mais il restait visiblement de la place.

— Vous n'avez pas de réservation, n'est-ce pas ?

Deuxième reproche.

Cette fois, elle ne répondit pas, subissant en silence la morgue de cette fille, aux traits fins, aux longs cheveux raides et au micro-short qui mettait en valeur ses jambes de vingt ans.

— Veuillez patienter. Je vais voir s'il nous reste quelque chose.

Emma la regarda faire demi-tour, traversant la salle comme si elle défilait sur un *cat-walk*. Pour se donner une contenance, elle s'avança vers le bar – un bloc en fibrociment entouré de tabourets en métal – et commanda une caipiroska.

Le soleil s'était levé. Une belle lumière inondait la salle. Aménagé sur plusieurs étages, l'endroit rappela à Emma les ambiances de certains restaurants new-yorkais, avec un décor industriel qui égrenait des nuances de gris et de bois brut. Sur le comptoir, un jambon de Parme affiné était exposé comme une œuvre d'art près d'une trancheuse manuelle, tandis qu'au fond de la salle on entendait le feu crépiter dans un grand four à pizza.

— Veuillez me suivre, mademoiselle, proposa la serveuse en revenant vers elle.

D'un clin d'œil, le barman fit comprendre à Emma qu'il lui apporterait son cocktail à sa table. Par chance, on l'installa sur une banquette à moins de dix mètres de Matthew et de sa femme. Rassurée d'avoir retrouvé un poste d'observation privilégié, elle vida d'un trait sa vodka et commanda un autre verre avec un tartare de dorade et une pizzetta aux artichauts et à la roquette.

Elle plissa les yeux pour mieux voir les Shapiro.

Ils formaient une famille heureuse. Les blagues fusaient, la bonne humeur était communicative. Matthew faisait le clown pour amuser sa fille et Kate riait de bon cœur. Visiblement, le couple était uni par une forte complicité. Le genre de personnes dont on ne peut s'empêcher de dire qu'« elles vont bien ensemble ». Emma posa le regard sur la petite Emily.

E-MI-LY. Les trois syllabes résonnaient étrangement en elle. Depuis toujours, elle s'était dit que c'était *ce prénom* qu'elle donnerait à sa fille si elle devenait mère. Cette coïncidence ravivait une angoisse et une douleur mal cicatrisées.

Elle n'en avait parlé à personne, même pas à sa psy, mais pendant les deux années de sa relation en pointillé avec François, elle avait secrètement essayé de tomber enceinte. Elle avait menti à son amant, lui faisant croire qu'elle prenait la pilule. Au contraire, elle calculait très précisément les périodes de son cycle et chaque fois que c'était possible, elle avait des relations sexuelles au moment opportun. Au début, elle s'était dit que si elle donnait un enfant à François, il se déciderait à quitter sa femme. Puis elle avait compris que cela n'aurait aucun effet sur l'indécision de son amant, mais le désir d'enfant était resté ancré en elle.

Malheureusement, le bébé espéré n'était jamais venu.

Elle ne s'en était pas alarmée outre mesure. Après

207

tout, elle n'avait que trente-trois ans. Mais un jour, en feuilletant un numéro de *Newsweek* dans la salle d'attente de sa psy, elle était tombée sur un article qui évoquait le phénomène de « ménopause précoce ». Elle avait été touchée par le témoignage de ces femmes dont la fertilité avait commencé à décliner au tout début de la trentaine. *A priori*, elle n'avait pas de raison particulière de se sentir concernée : elle n'avait jamais eu de problèmes avec ses règles et son cycle était régulier. Mais une inquiétude sourde l'avait tenaillée bien après la lecture du papier. Pour mettre fin à ses angoisses, elle avait fini par acheter un test d'« horloge biologique » vendu en pharmacie. La procédure était sérieuse. Elle exigeait d'aller faire une prise de sang le deuxième jour de ses règles. L'échantillon était ensuite envoyé à un laboratoire qui analysait trois types d'hormones permettant de mesurer le nombre d'ovocytes et de le comparer au nombre normalement attendu pour une femme du même âge.

Emma avait reçu les résultats par courrier une semaine plus tard, découvrant que ses réserves d'ovocytes étaient celles d'une femme de plus de quarante ans ! Cette révélation l'avait anéantie. Elle aurait dû refaire le test, ou aller consulter un gynécologue ; elle avait préféré refouler cette information, qui lui revenait à présent avec la force destructrice d'un boomerang.

Emma entendit la peur et la colère battre dans sa poitrine. Tout son corps tremblait. Pour chasser ce souvenir, elle accrocha son regard à la table de la famille Shapiro.

Mais la colère ne reflua pas. Elle se sentait de nouveau frappée d'une injustice, assaillie de questions qui n'avaient pas de réponses. Pourquoi certains font-ils les bonnes rencontres au bon moment ? Pourquoi certains ont-ils droit à l'amour et au réconfort d'une famille ? Était-ce lié au mérite, à la chance, au hasard, au destin ? Qu'avait-elle loupé dans sa vie pour être si solitaire, si friable, en manque absolu de confiance en elle ?

Elle fit signe à un serveur pour lui demander de débarrasser la table et sortit son ordinateur portable de son sac. Boston était une ville ultra-connectée et le restaurant mettait un spot Wi-Fi en libre accès à la disposition de ses clients. Elle ouvrit sa messagerie pour relever ses mails et, comme elle s'y attendait, trouva un message de Matthew.

De : Matthew Shapiro
À : Emma Lovenstein
Objet : *Sustine et abstine*

« Supporte et abstiens-toi. »

Vous connaissez cette maxime des stoïciens, Emma ?
Elle incite à l'acceptation de la fatalité

et du destin. Pour ces philosophes, il ne sert à rien de vouloir changer l'ordre des choses imposé par la « Providence ».

Pourquoi ? Parce que nous n'avons aucune prise sur la maladie, le temps qui passe ou la mort de l'être aimé. Nous sommes totalement impuissants devant ces souffrances. Nous ne pouvons que les endurer de la façon la plus humble possible.

C'est ce que j'essaie de faire depuis un an : accepter la mort de ma femme Kate, l'amour de ma vie. Accepter l'inacceptable, faire mon deuil, continuer à vivre pour ma fille Emily.

Mais tout a changé depuis l'achat de votre ordinateur. Pas plus que vous, je ne suis en mesure de comprendre cette distorsion du temps. Sans doute y a-t-il des phénomènes qui résistent à toute explication logique ou scientifique et c'est ce que nous expérimentons tous les deux. Nous avons « trébuché dans le temps », comme dirait Einstein.

Aujourd'hui, avec votre aide, j'ai peut-être la possibilité de bénéficier d'une grâce qu'aucun homme n'a jamais obtenue du ciel : la résurrection de l'être aimé.

Je vous supplie de m'aider, Emma.

Vous tenez la vie de ma femme entre vos mains. Je vous ai déjà raconté les circonstances de sa mort : le 24 décembre, peu après 21 heures, alors qu'elle venait de finir sa garde, un camion de livraison de farine a percuté son véhicule au moment où elle quittait le parking de l'hôpital. Vous avez le pouvoir d'effacer cet accident, Emma.

Faites n'importe quoi pour l'empêcher de prendre sa voiture : crevez les quatre pneus de sa Mazda, mettez du sucre dans le réservoir d'essence, arrachez un câble d'alimentation sous le capot. Ou trouvez un moyen pour qu'elle n'aille pas travailler ce jour-là. N'importe quoi pour éviter ce moment funeste !

Vous pouvez me rendre ma femme, mais surtout, vous pouvez rendre sa mère à ma petite fille. Vous pouvez réunir notre famille. Je sais que vous êtes quelqu'un de généreux. Je ne doute pas que vous m'aidiez et je vous en serai reconnaissant éternellement.

Vous pouvez me demander N'IMPORTE QUOI, Emma. Si vous voulez davantage d'argent, je peux vous communiquer les chiffres de la loterie, de la Bourse ou les scores des prochains matchs de basket. Demandez-moi n'importe quelle somme et je vous la ferai gagner...

Je vous embrasse,

Matt.

Ce courrier la fit sortir de ses gonds. Incapable de maîtriser son impulsivité, elle lui répondit quelques lignes dans lesquelles étaient concentrées toute sa colère et toute sa frustration.

De : Emma Lovenstein
À : Matthew Shapiro
Objet : Re : *Sustine et abstine*

Ce n'est pas de l'argent que je veux, pauvre type !

Je veux de l'amour ! Je veux une famille !

Je veux des choses qui ne s'achètent pas !

À peine avait-elle cliqué pour envoyer le message qu'elle s'aperçut que Matthew et sa famille avaient quitté le restaurant. Elle referma le capot de son ordinateur et réclama l'addition. Comme elle n'avait plus de liquide, elle donna sa carte, mais dut patienter, le temps qu'on lui rapporte son rectangle de plastique.

★

Elle sortit en hâte sur North Square et retrouva les Shapiro flânant sur Hanover Street. Elle les suivit jusqu'à une longue esplanade de verdure agrémentée d'arbres, de fontaines, de jets d'eau et de lampadaires. Après quinze ans de travaux colossaux, Boston avait réalisé l'exploit d'enterrer l'immense autoroute qui défigurait autrefois la ville. À présent, les huit voies souterraines couraient, invisibles, dans les entrailles de la cité. Elles avaient fait place nette en surface, offrant un espace nouveau à une succession de petits îlots verdoyants et piétonniers.

Emma continua sa filature jusqu'à l'intersection de Cambridge Street et de Temple Street. Au niveau du passage piéton, Matthew et Kate échangèrent un baiser furtif avant de partir dans des directions opposées. Prise au dépourvu, Emma hésita quelques secondes. Elle comprit que Matthew et sa fille retournaient vers leur maison de Beacon Hill et préféra mettre ses pas dans ceux de Kate. La jeune femme passa devant les lignes verticales de la Old West Church puis arriva à proximité d'un quartier plus moderne où les reflets froids du verre et de l'acier avaient supplanté le charme patiné des briques rouges. Emma leva la tête en direction d'un panneau lumineux : elle se trouvait au seuil de l'entrée principale du MGH, le Massachusetts General Hospital, l'un des plus grands et des plus anciens hôpitaux du pays.

L'endroit était une zone tentaculaire dans laquelle les buildings s'entassaient les uns sur les autres sans harmonie ni logique apparente. On devinait qu'au fil des années l'hôpital s'était développé sur le modèle d'une ville-champignon. À la vieille bâtisse initiale s'était greffée une grappe de nouveaux bâtiments toujours plus vastes, toujours plus hauts. Le complexe médical était d'ailleurs encore en travaux : une énorme masse de béton sortait de terre au milieu des grues, des bennes, des tracto-pelles et des baraques de chantier.

Kate se fondit avec aisance dans ce décor hostile pour rejoindre un imposant cube de verre turquoise : l'immeuble qui abritait le Heart Center. La chirurgienne monta d'un pas sportif les marches qui permettaient d'accéder aux portes automatiques et disparut dans le bâtiment. Emma devina alors que Kate prenait sa garde dans l'antenne du MGH spécialisée dans les affections cardiaques.

Elle hésita. Impossible de suivre Kate à l'inté-rieur de l'hôpital. Elle se ferait rapidement repérer et refouler. Quel intérêt d'ailleurs y avait-il à le faire ? Emma était sur le point de renoncer, mais la curiosité était forte. Dévorante. Surtout, elle sentait l'adrénaline qui courait dans ses veines, causant une excitation qui la désinhibait et la rendait intrépide.

Elle tourna la tête à l'affût d'une idée. On avait beau être dimanche, le parking était encombré de camions de livraison garés en double file. Portes grandes ouvertes, ils débarquaient leurs marchandises dans l'anarchie la plus complète : nourriture, médicaments, produits ménagers, linge revenant d'une entreprise de pressing...

Elle se rapprocha de ce dernier fourgon et passa une tête rapide à l'intérieur. Le chargement était constitué de grands paniers contenant des draps, des chemises de patients et des blouses de médecins. Elle chercha du regard le chauffeur. Sans doute faisait-il partie du petit groupe qui prenait une pause près des distributeurs de boissons. Tout à leur conversation, les gars ne prêtèrent pas attention à elle. Le cœur battant, elle tendit la main pour attraper l'un des uniformes. Taillée pour un homme, la blouse était deux fois trop grande, mais Emma s'en contenta, retroussa les manches et s'engouffra dans le centre de cardiologie.

*

Lumineux et clair, le hall d'entrée contrastait avec l'agitation du dehors. Partout, des éléments naturels – bambous, orchidées, plantes tropicales, cascade qui ruisselait le long d'un mur en ardoise – s'agençaient pour créer une ambiance apaisante.

Emma retrouva Kate au milieu du lobby en pleine conversation avec une collègue, mais leur échange ne s'éternisa pas et déjà la chirurgienne grimpait d'autres escaliers, présentant son badge au vigile qui gardait l'accès aux salles réservées au personnel soignant.

Dépourvue du précieux sésame, Emma attrapa une brochure sur un présentoir. Comme dans les cours de théâtre de son adolescence, elle essaya de se composer un personnage crédible en procédant par mimétisme. Avec son sac à dos, sa blouse et son allure déterminée, elle n'était pas très différente des internes et des médecins qui peuplaient les lieux. Elle baissa les yeux et se concentra sur sa brochure comme si elle prenait connaissance d'un dossier médical avant une opération. Le vigile ne la regarda même pas, lui permettant ainsi de suivre Kate jusqu'à la cafétéria du personnel. La chirurgienne y rejoignait deux internes : une jolie métisse au visage fin et un beau gosse athlétique qu'on imaginait avec un maillot de football sur le dos plutôt qu'avec un stéthoscope autour du cou.

Emma s'assit à la table à côté pour pouvoir profiter de la conversation. Sans un sourire, Kate salua ses deux étudiants dont elle supervisait manifestement l'évaluation, refusa le café qu'ils lui proposaient et, d'un ton cassant, entama une litanie de reproches, pointant impitoyablement leurs insuffisances. Ses qualificatifs étaient très durs :

« incompétents », « glandeurs », « dilettantes », « pas au niveau », « branleurs », « nuls », « dangereux pour les patients »… Le visage décomposé, les deux internes exprimèrent bien quelques désaccords, mais leur ligne de défense ne faisait pas le poids face à la virulence des attaques de Kate. Celle-ci se leva d'ailleurs rapidement pour mettre fin à l'entretien non sans avoir au préalable proféré une véritable menace :

— Si vous ne changez pas radicalement d'état d'esprit, si vous ne prenez pas conscience qu'il faut *vraiment* commencer à travailler, vous pouvez dire adieu à vos rêves de spécialisation en chirurgie. En tout cas, je m'opposerai sans états d'âme à la validation de votre clinicat.

Elle les fixa droit dans les yeux pour vérifier que le missile avait atteint son but et tourna les talons pour se diriger vers les ascenseurs.

Cette fois, Emma renonça à la suivre et resta assise à sa table, tendant l'oreille pour écouter les deux internes donner libre cours à leur aigreur :

— Cette salope est aussi bandante qu'odieuse !

— C'est très élégant, Tim. Tu aurais dû lui dire lorsqu'elle était là…

— Putain, Melissa, on bosse quatre-vingts heures par semaine et elle nous traite de branleurs !

— C'est vrai qu'elle est exigeante. Envers les

autres comme envers elle-même. C'est quand même le seul chef de service qui accepte de se taper des gardes...

— Ce n'est pas une raison pour nous parler comme à des chiens ! Pour qui elle se prend, bordel !

— Pour ce qu'elle est : sans doute le meilleur chirurgien de cet hôpital. Tu savais qu'elle avait obtenu un score de 3 200 à son MCAT[1] ? C'est la note la plus élevée depuis la mise en place du test et personne ne l'a jamais dépassée jusqu'à aujourd'hui.

— Tu la trouves si exceptionnelle, vraiment ?

— Elle est brillante, c'est sûr, admit Melissa à contrecœur. Je me demande comment elle a le temps de tout faire : elle bosse ici, au Heart Center, elle dirige un service de chirurgie pédiatrique qu'elle a créé à Jamaica Plain, elle donne des conférences, elle écrit des articles pour les revues médicales les plus prestigieuses, elle est toujours à la pointe de l'innovation dans ses techniques d'opération...

— Donc tu l'admires ?

— Bien sûr. Et en plus, c'est une femme...

1. Le Medical College Admission Test est un examen d'admission standard que passent les étudiants souhaitant intégrer les facultés de médecine d'Amérique du Nord.

— Je ne vois pas ce que ça change.

— Ça change tout. Tu n'as jamais entendu parler de la « double journée » ? Elle doit s'occuper de sa famille, de son mari, de sa fille, de sa maison...

Tim s'étira sur sa chaise. Un long bâillement décrocha sa mâchoire.

— Pour moi, cette femme, c'est Robocop.

Melissa regarda sa montre et but une dernière gorgée de son café.

— On n'est pas à son niveau et on ne le sera probablement jamais, admit-elle, lucide, en se levant. Mais c'est justement ça que je lui reproche : ne pas comprendre que tout le monde n'a pas ses capacités.

Les deux internes poussèrent un long soupir d'accablement. En traînant les pieds, ils se dirigèrent vers les ascenseurs, guère motivés par la perspective de reprendre le travail.

Restée seule, Emma jeta un coup d'œil suspicieux derrière son épaule. Elle en avait appris suffisamment.

Mieux valait ne pas trop s'attarder ici au risque de se faire repérer.

Elle attrapa son sac à dos, mais, au dernier moment, céda néanmoins à la tentation de consulter sa messagerie.

Elle avait un nouveau message de Matthew...

11

Une sorte de guerre

L'amour est une sorte de guerre.

OVIDE

De : Matthew Shapiro
À : Emma Lovenstein

Je ne comprends pas votre colère, Emma. Je la trouve même étrange et déplacée. Comment pouvez-vous refuser de m'aider ?

Matt

De : Emma Lovenstein
À : Matthew Shapiro

Je n'ai pas dit que je ne vous aiderai pas.

E.

10 secondes plus tard.

Mais vous n'avez pas dit le contraire non plus ! Si vous refusez d'empêcher l'accident de Kate, vous serez complice de sa mort !

10 secondes plus tard.

Arrêtez de me parler sur ce ton ! Et cessez de me menacer ou de me faire culpabiliser !

Mais c'est de la vie de ma femme qu'il s'agit, espèce de folle !

Ne me traitez plus jamais de folle !

Alors, faites ce que je vous dis, compris ?

Sinon, quoi ? Vous allez voir les flics pour me faire arrêter ? Vous allez débarquer chez moi, en 2011 ?

J'aurais bien du mal…

Pourquoi ?

2 minutes plus tard.

Pourquoi ?

1 minute plus tard.

Parce qu'en 2011 vous êtes morte, Emma…

Pourquoi dites-vous ça ?

Parce que c'est la vérité. Malheureusement.

Vous mentez…

222

1 minute plus tard.

Vous mentez !

Perplexe, elle attendit encore cinq minutes jusqu'à ce qu'un nouveau mail se matérialise sur son écran. Il provenait bien de Matthew, mais ne contenait qu'une pièce jointe au format PDF. Elle l'ouvrit avec appréhension. Il s'agissait d'un article du *White Plains Daily Voice*, un journal local d'une ville de la banlieue new-yorkaise.

DRAME À WHITE PLAINS : une jeune femme se jette sous un train

Une jeune femme de trente-quatre ans s'est donné la mort hier après-midi, peu après 15 heures, en se jetant sous un train à White Plains. Le North Railroad qui circulait dans le sens Wassaic-New York venait de quitter la gare depuis un kilomètre lorsque à la sortie d'un virage une femme a plongé sous la motrice du train. Surpris, le conducteur a actionné les freins, mais n'a rien pu faire pour empêcher le drame.

Arrivés en même temps sur les lieux, la police et les ambulanciers n'ont pu qu'établir un macabre constat : le cadavre déchiqueté de la jeune femme gisait sur les rails.

La victime, Emma L., originaire de New York, a rapidement pu être identifiée grâce aux papiers retrouvés sur elle ainsi qu'à une lettre rédigée de sa main qui se trouvait dans son portefeuille, et dans laquelle elle expliquait les raisons de son geste désespéré.

Psychologiquement fragile, la jeune femme était suivie depuis plusieurs années par un thérapeute.

Après le drame, le trafic ferroviaire a été interrompu dans les deux sens pendant plus de deux heures, le temps d'appliquer les procédures judiciaires et d'évacuer le corps.

Ce n'est qu'après 17 heures que la circulation sur la Harlem Line a pu reprendre normalement.

The White Plains Daily Voice
- 16 août 2011

★

Emma sentit sa gorge se nouer. Un frisson la paralysa pendant quelques secondes. Abasourdie, elle referma son écran et sortit de l'hôpital précipitamment. Sur le parking, elle se mit à courir comme si elle était poursuivie par la mort. Ses yeux s'embuaient. Perdue, paniquée, elle déambulait au hasard des rues, la tête basse, terrassée par la peur. La réverbération du soleil sur la neige se mêlait à ses larmes, lui donnant une vision déformée de son environnement. Dans sa course, elle bouscula des piétons et traversa une large artère au milieu de la circulation, récoltant un concert de klaxons et une bordée d'injures. À bout de souffle, elle s'engouffra dans le premier café venu.

Elle s'installa au fond de la salle et resta un moment prostrée sur sa chaise. Lorsque la serveuse s'approcha de sa table, elle s'essuya les yeux, retira son manteau et commanda une vodka tonic. Avant même qu'on lui eût servi sa boisson, elle fouilla fébrilement dans son sac à la recherche de ses médicaments. Heureusement, elle avait toujours sur elle son « armoire à pharmacie ». Elle connaissait les produits, les doses : deux barrettes de benzodiazépines et quelques gouttes de chlorpromazine. Elle avala son cocktail d'anxiolytiques et de neuroleptiques et, magie de la chimie, retrouva presque instantanément un semblant d'équilibre. Suffisant en tout cas pour sortir son ordinateur et relire l'article qui annonçait son suicide.

C'était une sensation étrange : apprendre la nouvelle de sa propre mort dans le journal de l'après-midi... Étrange, mais pas si surprenante. Ainsi donc, elle était de nouveau passée à l'acte. Et cette fois, elle ne s'était pas ratée.

C'est bien, ma fille, au moins, on peut dire que tu apprends de tes erreurs, pensa-t-elle cyniquement. *C'est vrai que le train, c'est plus efficace que les pilules ou de s'ouvrir les veines...*

Elle regarda la date du journal : elle s'était suicidée le 15 août de l'année suivante, en plein cœur de l'été. Le moment qu'elle redoutait le plus à New York : celui où la chaleur humide et étouffante déclenchait toujours des migraines accablantes qui déréglaient son humeur.

Mais peu importait la date. Elle vivait depuis si longtemps avec cette idée de mettre fin à ses jours que cela devait bien arriver un jour ou l'autre. Elle repensa à la première crise suicidaire qu'elle avait traversée dans sa vie. Cet état était resté gravé en elle pour toujours. Une souffrance psychologique insupportable qu'elle n'avait pas su endiguer. Un désespoir qui l'avait submergée entièrement. Une solitude extrême, un désarroi, un envahissement total de son être par la panique. Une cannibalisation de sa conscience par des pensées morbides sur lesquelles elle n'avait pas de prise.

Son passage à l'acte n'avait rien eu de rationnel. Dans un ultime sursaut, elle avait abandonné le combat, choisi cette dernière liberté qui n'en était pas vraiment une. Elle referma l'ordinateur, se moucha dans une serviette en papier et commanda un nouveau cocktail. À présent, les médicaments produisaient pleinement leurs effets. Toutes ces molécules chimiques qu'elle ingurgitait depuis des années avaient au moins le mérite d'agir vite et de lui proposer à tout moment une béquille qui l'empêchait de sombrer. Elle essaya de considérer les choses sous un nouvel angle. Et si ce choc avait une dimension salvatrice ? Après tout, l'annonce de son suicide pouvait être analysée comme une seconde chance que lui offrait la vie. Elle aussi allait déjouer l'avenir. Elle n'avait pas envie de se suicider. Pas envie de finir en charpie sous les mâchoires d'un train. Elle allait combattre ses démons. Son démon. Depuis longtemps, elle connaissait son talon d'Achille, la source de tous ses tourments : ce sentiment de solitude et d'abandon qui l'anéantissait. Elle se rappela cette phrase d'Emily Dickinson qu'elle avait écrite sur son agenda lorsqu'elle était au lycée : « Pour être hanté, nul besoin de chambre, nul besoin de maison, le cerveau regorge de corridors plus tortueux les uns que les autres. » Emma était hantée par la solitude et l'insécurité affective. Chaque soir, elle se sentait un peu plus anéantie par la perspective de rentrer chez elle sans avoir personne à retrouver. Elle avait besoin d'une existence structurée. D'un mec solide, d'un enfant, d'une maison. Depuis l'adolescence, elle guettait, elle attendait cet homme qui serait capable de la comprendre. Mais il n'était pas venu. Et la certitude qu'il ne viendrait plus la minait. Elle était seule aujourd'hui. Elle serait seule demain et après-demain. Elle crèverait seule.

Pourtant, cet après-midi, quelque chose l'incitait à ne pas se résigner et son futur idéal lui apparut soudain d'une limpidité cristalline : elle voulait le même type de vie que Kate Shapiro.

Plus précisément, elle voulait *la vie* de Kate Shapiro.

Prendre sa place.

L'idée s'épanouit doucement dans son esprit dans un mélange d'horreur et de fascination.

Elle repensa à la façon dont toute cette histoire avait débuté. Par une conversation à distance au cours de laquelle elle avait été suffisamment éloquente pour plaire à Matthew. Elle l'avait séduit en restant elle-même. Elle avait su lui plaire au point que celui-ci l'invite au restaurant le lendemain même. Il n'avait pas hésité à prendre un avion pour New York simplement pour dîner avec elle. À présent, elle en était certaine : s'ils avaient pu se rencontrer comme prévu, ils seraient tombés amoureux l'un de l'autre. Elle aurait remplacé Kate dans son cœur. Elle aurait été une bonne mère pour Emily. Une femme aimante pour Matthew.

Sauf que Kate était vivante.

Mais plus pour longtemps.

Elle repoussa tout sentiment de culpabilité.

Ce n'était pas elle qui avait décidé de cette mort.

C'était le destin, le hasard, la vie. Dieu peut-être s'il existait...

Elle but une gorgée d'alcool tout en continuant sa réflexion. Lorsqu'elle était dans cet état d'excitation, les idées fusaient d'abord de toute part avant de lentement se mettre en place comme les pièces d'un puzzle pour former une ligne de conduite cohérente. Cette fois, il s'agissait d'un plan de bataille imparable. Il partait d'un constat très simple : le « Matthew de 2011 » n'avait aucun pouvoir sur elle puisqu'elle était décédée à cette date. C'était le bon côté de la mort : elle vous rendait intouchable. Matthew était donc démuni, sans moyens de pression pour l'obliger à sauver Kate.

Et elle n'allait pas le faire.

Elle laisserait l'accident se produire. Elle ignorerait ses mails, elle rentrerait à New York, reprendrait son travail et attendrait que le temps passe. Elle n'allait pas non plus se suicider en août prochain. Car désormais, elle avait une très bonne raison de vivre...

À présent, elle comprenait pourquoi Matthew était en possession de son ordinateur et si elle ne se suicidait pas, son frère n'hériterait pas de ses affaires, il ne pourrait donc pas revendre son portable et Matthew ne pourrait pas l'acheter. Ce qui signifiait qu'il ne prendrait jamais contact avec elle par mail en décembre 2011.

Ce scénario tenait-il la route ? La situation qu'elle vivait aujourd'hui défiait toute logique. Dans les films ou les romans fantastiques, elle n'avait jamais rien compris aux cercles vicieux des paradoxes temporels. Mais son frère qui enseignait la physique à l'université lui avait parlé de ces scientifiques qui postulaient l'existence d'univers parallèles au nôtre, voire d'univers multiples dans lesquels tout l'éventail des possibles est réalisé sur des lignes de temps différentes.

Il existait probablement une « ligne de temps » où elle pourrait rencontrer un Matthew veuf qui n'aurait aucun souvenir de leurs échanges précédents. Un Matthew de qui elle saurait se faire aimer. Un Matthew qui avait déjà une petite fille dont elle saurait prendre soin.

Satisfaite, elle décida de s'en tenir à ce plan. Elle régla son addition et rentra à l'hôtel. Le jour n'était pas encore tombé, mais elle tira les rideaux. La tête lui tournait. Redoutant qu'un nouveau chaos ne s'installe dans son esprit, elle avala deux nouvelles barrettes d'anxiolytiques et se mit directement au lit.

*

2011

— Papa, j'peux regarder *SOS Fantômes* ?

Matthew leva les yeux de son écran.

Couchée sur le canapé devant la télé, Emily venait d'engloutir deux paquets de M & M's en guise de déjeuner.

— Tu as déjà vu ce film dix fois...

— Oui, rigola-t-elle. Mais j'adore le regarder lorsque tu es là ! Comme ça, j'ai pas peur !

— D'accord, capitula-t-il.

De loin, il la regarda mettre le DVD dans le lecteur et lancer la vidéo « comme une grande ».

C'était le premier jour des vacances scolaires et la petite fille s'était levée tard. S'il avait décidé de lâcher la bride aujourd'hui – *open bar* concernant les bonbons et télé à volonté –, c'était plus par commodité que par conviction. Toute son énergie était en effet absorbée par Emma Lovenstein.

Matthew s'en voulait énormément. Il avait compris trop tard combien il avait eu tort de s'énerver contre la seule personne capable de lui ramener sa femme. Comment avait-il pu laisser libre cours à sa colère en sachant qu'Emma était psychologiquement fragile ? Il venait de lui envoyer deux messages d'excuses, mais n'avait pas obtenu de réponse. À présent, il avait en face de lui une femme instable en passe de devenir incontrôlable. Quelqu'un surtout qui possédait un avantage décisif sur lui. Alors que la jeune femme avait toute latitude pour modifier l'avenir, lui ne pouvait agir sur rien. Il était désormais condamné à attendre que Mlle Lovenstein accepte de renouer le contact.

Cette situation dissymétrique était insupportable. On était le 22 décembre. Il ne disposait plus que de deux jours pour éviter l'accident à cause duquel il avait perdu Kate. Il ferma les yeux et se prit la tête entre les mains pour mieux se concentrer. Emma était morte, certes, mais il y avait peut-être encore des gens à qui elle tenait et sur qui il pouvait faire pression. Mais qui ? Son frère Daniel ? Mauvaise pioche. D'après ce qu'il avait compris, le frère et la sœur ne s'aimaient manifestement pas beaucoup. Ses parents ? Daniel lui avait dit que leur mère était morte et que leur père souffrait d'un Alzheimer très avancé. Des amis ? Visiblement, elle n'en avait guère.

C'est la seule personne qui ne m'a jamais trahie...

La phrase s'imposa à lui comme si Emma la lui avait murmurée à l'oreille.

Son chien ! Le fameux Clovis !

Lui était toujours en vie !

Cette prise de conscience lui remonta le moral.

Il venait de trouver un moyen imparable de faire chanter Emma !

Il se leva de son tabouret et éteignit la télévision avec la télécommande.

— Va vite t'habiller, chérie, on part en balade !

— Mais mon film...

— Tu le verras ce soir, ma puce.

— Non, je veux le voir maintenant !

— Et si je te disais qu'on va chercher un petit chien pour le garder pendant les vacances ?

La petite fille bondit de joie.

— C'est vrai, papa ? On va avoir un chien ? Ça fait tellement longtemps que j'en voulais un ! Merci ! Merci !

★

— Vous voulez que je vous aide à enlever un chien ?

— Oui, April. Ton aide serait la bienvenue dans cette délicate opération, confirma Matthew.

— Et pour quelle raison veux-tu faire ça ? demanda la jeune femme en se levant de son bureau.

— Je te raconterai tout dans la voiture, assura Matthew.

— Parce qu'on prend ma voiture, en plus ?

— Je risque d'avoir du mal à trimbaler un chien sur le porte-bagages de mon vélo.

Il était debout devant elle, tenant sa fille par la main, une caisse à outils métallique posée à ses pieds.

— Tu sais qu'on peut aller en prison pour ça, Matt ?

— On va être suffisamment malins pour ne pas se faire prendre. C'est pour ça que j'ai besoin de ton cerveau sexy.

— Si tu crois que c'est avec ce genre de compliments que…

— Allons-y maintenant, s'il te plaît. C'est très important pour moi.

— Un clébard, ça mord, tu es au courant ?

— C'est un tout petit chien.

— C'est-à-dire ?

— Tu t'en souviens peut-être : c'est celui du frère d'Emma Lovenstein. Tu l'as vu lors du vide-grenier sur la pelouse.

— Le shar-peï ! Tu parles que je m'en souviens ! Ce n'est pas un petit chien, Matt. Ce molosse pèse au moins 40 kilos et c'est une boule de muscles !

Emily lâcha la main de son père et se précipita pour entourer April par la taille.

— Je t'en supplie, April, aide-nous ! Aide-nous !

Je veux un petit chien depuis si longtemps. S'il te plaît ! S'il te plaît !

La galeriste dévisagea Matthew d'un air de reproche.

— Tu n'as pas le droit d'instrumentaliser cette gamine ! lança-t-elle en attrapant son manteau.

*

Matthew s'était mis au volant de la Camaro. La voiture quitta le centre de Boston et prit la direction de Belmont.

— Bon, tu m'expliques ? réclama April.

Il attendit d'être arrivé à un feu de signalisation ; là, il se tourna vers Emily pour lui tendre un baladeur.

— Tu veux écouter de la musique, chérie ?

Bien sûr qu'elle le voulait !

Il attendit que sa fille ait mis le casque sur ses oreilles pour informer April de ses intentions. Elle le laissa terminer son raisonnement avant de résumer :

— Donc, tu penses que le fait d'enlever ce pauvre chien va te ramener ta femme ?

— Oui, indirectement, comme je viens de te l'expliquer.

— Je ne crois pas un seul instant à toute cette

histoire d'ordinateur qui permettrait de communiquer à travers le temps.

— Et comment expliques-tu le film de surveillance de Vittorio, l'article de journal sur le casino, les…

— Je n'explique rien, le coupa-t-elle. Et je veux bien t'aider parce que tu es mon ami, mais je pense que personne n'a jamais ramené les morts à la vie et que personne ne le fera jamais. Kate est morte. Tu ne la reverras plus, Matt, et crois bien que j'en suis désolée. Sa disparition t'a dévasté, mais à un moment donné, il faut laisser partir les gens. Ne t'accroche pas à cette idée stupide, je t'en prie. Tu commençais à aller mieux. L'achat de cet ordinateur a provoqué une rechute ; si tu persévères dans cette voie, tu vas te faire encore plus de mal et tu vas surtout faire du mal à ta fille.

Matthew jeta un regard sombre à son amie et ne lui adressa plus la parole jusqu'à Belmont. Comme la veille, il se gara devant le cottage en bardage de bois du petit quartier résidentiel. Par chance, Emily s'était endormie sur la banquette arrière. Matthew et April sortirent pour repérer les lieux. Il était quatre heures de l'après-midi. La rue était déserte. Matthew avança jusqu'au portail et sonna pour s'assurer que la maison était vide. Aucune réponse sauf les aboiements du shar-pei qui, en bon chien de garde, se précipita à la clôture pour dissuader les visiteurs de s'approcher trop près de la maison.

— Salut, Clovis, lança Matthew.

— Non seulement ce n'est pas un *petit* chien, mais en plus, il est en train d'ameuter tout le quartier. Bon, tu as un plan au moins ?

— Absolument, répondit-il en sortant de la poche de son manteau un sac en plastique.

— C'est quoi, ce truc ? Ça pue, c'est une infection !

— Ce sont deux steaks hachés décongelés au micro-ondes que j'ai roulés en boulettes de viande…

— … mélangés à des somnifères, devina April. Vachement original.

— Mon médecin m'en avait prescrit lorsque Kate est morte. Il m'en restait quelques comprimés.

— Ça ne marchera jamais, décréta-t-elle. Et ton plan B ?

— Bien sûr que ça marchera.

Elle secoua la tête.

— À supposer que le chien ne vomisse pas tes boulettes et que tu les aies suffisamment dosées, il va mettre trois plombes avant de s'endormir, et encore, il sera tout juste vaseux. D'ici là, son propriétaire sera revenu ou l'un des voisins aura appelé les flics…

— Ne sois pas défaitiste. Je tente le coup, décida Matthew en balançant les deux grosses boulettes de viande de l'autre côté de la clôture.

Sceptique, Clovis les renifla longuement. Vaguement dédaigneux, il en avala la moitié d'une, mais guère convaincu par leur saveur, les abandonna aussitôt et se remit à aboyer en redoublant d'ardeur.

— Qu'est-ce que j'avais dit ?

— Attendons quelques minutes dans la voiture, proposa Matthew.

En silence, ils patientèrent trois longs quarts d'heure sans aucun résultat. Le chien semblait les narguer, Cerbère fidèle gardant la porte des Enfers. Le soir tombait doucement. Eux-mêmes commençaient à s'assoupir lorsque la sonnerie psychédélique du téléphone d'April fit sursauter tout le monde. La galeriste refusa la communication, mais Emily s'était réveillée en tressaillant.

— On est arrivés, papa ? On est chez le petit chien ? demanda-t-elle en se frottant les yeux.

— Oui, chérie, mais… je ne suis pas certain qu'il soit d'accord pour venir avec nous.

— Tu m'avais promis… commença-t-elle avant de fondre en larmes.

Matthew soupira et se massa les tempes.

— Ça, tu l'as bien cherché, lui lança April d'un ton plein de reproches. Ça t'apprendra à...

Soudain, elle s'interrompit brièvement avant de s'exclamer :

— Hé, Matt, il est passé où, le clebs ?

Il jeta un coup d'œil à travers la vitre. Il avait suffi qu'ils relâchent leur surveillance une petite minute pour que Clovis disparaisse subitement.

— Je n'en sais rien, mais je vais aller voir.

Il sortit de la voiture et ouvrit le coffre pour accéder à la boîte à outils qu'il avait apportée avec lui. Il s'empara d'une grosse pince capable de cisailler le grillage.

— Je laisse le coffre ouvert, prévint-il. Allume le moteur au cas où.

Il s'approcha du portail qui se prolongeait par une palissade en bois et une clôture grillagée. Avec la pince, il fit sauter un à un tous les fils de fer du treillis et s'aventura sur la pelouse.

— Clovis ?

Il s'avança prudemment jusqu'au perron.

— Clovis ? Gentil chien...

Personne.

Il fit le tour de la maison et découvrit le corps du chien, inerte, couché près d'une grande niche en bois peint.

Merde, j'espère qu'il n'est pas mort...

Il s'agenouilla, le prit dans ses bras.

Bordel, il pèse trois tonnes !

Après quelques pas, il sentit que le shar-pei commençait à se débattre mollement. April avait raison : les somnifères l'avaient rendu léthargique. Mais s'il bavait beaucoup, il n'avait heureusement pas la force de mordre.

Matthew se mit à courir vers la sortie. Avec son « chargement », il se faufila à travers l'ouverture de la clôture. Sans trop de délicatesse, il mit le chien dans le coffre et rejoignit sa place à côté d'April.

— Prends le volant, on y va ! cria-t-il à sa colocataire.

— Bravo, papa ! Bravo ! applaudit Emily tandis que la Camaro démarrait en faisant crisser ses pneus.

*

21 heures

Sur le chemin du retour, ils s'étaient arrêtés dans une animalerie pour acheter une laisse, des croquettes, une gamelle. Lorsque le chien avait repris connaissance une fois à la maison, Matthew s'était attendu au pire : des hurlements, des aboiements agressifs, voire une attaque. Au contraire, Clovis avait ouvert un œil, poussé quelques grognements, effectué une roulade sur le parquet, avant de s'ins-

240

taller nonchalamment sur le canapé comme s'il avait toujours vécu dans cette maison. Après avoir récupéré totalement ses esprits, il avait fait le tour du séjour. Son œil était vif, ses réactions positives. Toute la famille avait passé la soirée à jouer avec lui et à le caresser. Emily était aux anges et Matthew avait lutté pour la mettre au lit. Pour qu'elle consente à monter dans sa chambre, Matthew avait dû promettre une bonne dizaine de fois que Clovis serait encore là le lendemain.

Une fois seul dans le salon, il s'installa devant son écran et passa à la seconde étape de son plan.

— Viens, Clovis, viens, mon beau chien ! l'attira-t-il avec un bol de croquettes.

L'animal grimpa sur la chaise où Matthew avait rajouté quelques coussins pour lui permettre d'être à une bonne hauteur.

— Regarde l'écran ! Tu vas revoir quelqu'un que tu n'as plus vu depuis longtemps ! Fais-lui un beau sourire.

Il lança l'application de visioconférence de l'ordinateur. Comme le logiciel l'y invitait, il entra son mot de passe. Filmées par la webcam, sa propre image et celle du chien apparurent alors à l'écran. Pour lancer l'appel vidéo, il saisit le mail d'Emma, cliqua et attendit quelques secondes.

Une sonnerie.

Deux sonneries.

Trois sonneries...

★

2010

Emma émergea difficilement de son sommeil médicamenteux.

Elle jeta un coup d'œil à son téléphone portable, mais ce n'était pas lui qui sonnait. C'était son ordinateur qu'elle avait laissé allumé.

Elle regarda l'heure, souleva ses couvertures et fit quelques pas incertains pour rejoindre le bureau.

Sur l'écran, la petite icône « Face Time » clignotait, signalant un appel entrant de Matthew Shapiro. Elle n'avait jamais utilisé cette application, mais cliqua pour prendre l'appel.

Alors qu'elle ne s'y attendait pas, l'image de son chien apparut ! C'était Clovis, avec son museau rembourré, sa tête d'hippopotame, ses petits yeux enfoncés et son corps musclé couvert de plis qui le faisait ressembler à une peluche.

— Clovis !

Mais qu'est-ce que son chien faisait en 2011 dans la maison de Matthew Shapiro ?

Soudain, le cadrage de la caméra se déplaça vers la gauche sur le visage et le buste de Matthew.

— Bonsoir, Emma. Comment allez-vous ? Avez-vous retrouvé votre calme ?

— À quoi vous jouez, nom de Dieu ?

— Comme vous le constatez, j'ai fait connaissance avec votre toutou. Quelle était votre expression, déjà ? Ah, oui : « la seule personne au monde qui ne m'a jamais trahie ». Vous tenez à lui, n'est-ce pas ?

— Espèce de...

— Allons, ne tombons pas dans les insultes. Moi, c'est à ma femme que je tiens, et je pense que vous n'avez pas bien mesuré ma détermination pour la retrouver.

Matthew avança le bras pour attraper quelque chose sur le plan de travail. D'un bloc porte-couteaux, il tira une lame longue d'une trentaine de centimètres et la brandit devant la caméra.

— C'est un couteau à viande, Emma. Vous avez vu la lame : rigide et tranchante. Une belle pièce, qualité allemande... Je possède aussi cet autre outil : on appelle cela le couperet chinois. Idéal pour préparer les côtelettes.

— Si vous touchez à un seul poil de mon chien, je vous...

— Vous ferez quoi, Emma ?

Elle resta sans voix. Matthew attaqua :

— Vous voyez, je suis très embêté, Emma :

j'aime beaucoup les animaux. Votre Clovis a vraiment une bonne bouille et il plaît beaucoup à ma petite fille, mais si vous ne me promettez pas de faire *tout ce qu'il faut* pour empêcher l'accident de Kate, je n'hésiterai pas une seconde. J'éventrerai votre chien. Je lui crèverai la paillasse pour lui mettre les tripes à l'air. Et je le ferai devant cet écran pour que vous ne perdiez pas une miette de la scène. Ce sera long. Long et douloureux. Je ne le ferai pas de gaieté de cœur, Emma, mais si vous ne me laissez pas le choix…

— Espèce de salopard !

— Réfléchissez, mais réfléchissez vite, Emma…

Elle allait lui hurler sa colère lorsque Matthew raccrocha et que l'image disparut.

Cinquième jour

12

The other woman

*Les morts appartiennent à ceux, parmi les
vivants, qui les réclament de la manière la
plus obsessionnelle.*

James ELLROY

**Le lendemain
23 décembre 2010
9 heures du matin**

La neige avait fondu. L'air était sec et froid,
mais un soleil glorieux triomphait dans le ciel bleu
métallique de Boston.

Emma souffla dans ses mains pour se réchauffer.
Une buée lumineuse sortit de sa bouche et s'éleva
devant ses yeux avant de se dissoudre dans l'air.

Depuis dix minutes, elle faisait les cent pas
devant les portes d'entrée du Heart Center, guettant la fin de la garde de Kate. Elle réprima un

bâillement. La nuit avait été agitée, mais, malgré le manque de sommeil, ses idées étaient claires. Hier, sous le choc de la lecture de l'article de journal annonçant son suicide, elle avait perdu la raison et basculé dans un délire quasi criminel. Elle en avait honte aujourd'hui, mais c'était ainsi : le poids terrible de sa solitude faisait parfois ressortir ce qu'il y avait de pire en elle. Un sentiment brûlant d'injustice, une jalousie qui la consumait et l'entraînait vers les pensées les plus sombres. Mais elle n'était pas une meurtrière, juste une cruche en manque d'amour qui avait voulu s'accrocher un peu trop longtemps à une histoire condamnée d'avance.

L'intervention de Matthew et sa mise en scène avec Clovis avaient joué comme un rappel à l'ordre pour lui faire reprendre pied avec la réalité et, ce matin, elle était bien décidée à écouter la voix de la raison. Elle trouverait une solution pour éviter le funeste accident de Kate le 24 décembre. Elle avait passé la nuit à réfléchir à un moyen imparable d'empêcher le carambolage. Pour l'instant, aucune idée simple ne s'était imposée, mais elle avait encore du temps.

Le froid engourdissait ses membres. Elle trépigna sur place pour se réchauffer. Un grand camion de collecte de sang orné du sigle de la Croix-Rouge stationnait au milieu du parking. Installé un peu plus loin, un chariot métallique ambulant proposait des boissons chaudes et des bretzels. Emma se mit dans la queue pour commander un thé lorsqu'elle aperçut Kate qui franchissait les portes automatiques pour quitter le bâtiment. Téléphone portable à l'oreille, la jeune chirurgienne avait gardé son uniforme hospitalier dont des morceaux d'étoffe bleu pâle dépassaient de son caban sombre.

Avec Emma dans son sillage, Kate dévala les marches du perron, traversa le parking d'un pas rapide et quitta l'enceinte hospitalière. Emma la suivit jusqu'à la station Hubway de Cambridge Street qui proposait un système de vélos en libre-service. Apparemment, Kate était une habituée de ce genre de transport. Elle sortit sa carte d'abonnement et enfourcha une bicyclette.

Pendant que Kate enfilait ses gants, enfonçait son bonnet et nouait son écharpe, Emma paya au distributeur automatique les six dollars pour se procurer une *casual membership card* qui lui permit à son tour d'emprunter un vélo. Elle attendit que Kate donne ses premiers coups de pédale pour se placer dans sa roue, gardant une distance raisonnable pour ne pas la perdre des yeux tout en évitant de se faire remarquer.

Les cinq cents premiers mètres se résumaient à faire en sens inverse le chemin qu'elle avait effectué la veille. Tout en se cramponnant d'une main à son guidon, Emma remonta ses chaussettes sur son pantalon pour éviter que l'air glacial ne s'engouffre jusqu'à ses mollets. Au croisement d'Hanover Street, la chirurgienne ne prit pas la rue qui partait vers le quartier italien, mais longea le City Hall avant de s'engager dans l'artère qui menait au Faneuil Hall et au Quincy Market. Au prix d'une conduite sportive et de quelques infractions, elle parvint à s'extraire assez rapidement de cette zone touristique. Au niveau de Columbus Park, elle remonta un long sens unique, évitant astucieusement les bouchons, puis roula allègrement sur les trottoirs pour s'échapper vers le port et la façade maritime de la ville. Il était à peine 9 h 20 lorsqu'elle gara son vélo à l'extrémité du Long Wharf, en face de la devanture noire de ce qui ressemblait à un pub irlandais.

Emma stoppa sa bicyclette cinquante mètres avant d'arriver au bout de la jetée. Pouvait-elle prendre le risque de suivre Kate dans le bar ? Elle stabilisa le vélo contre un lampadaire, attrapa le câble en acier de l'antivol pour en entourer le pylône avant de le fixer dans son point d'attache. Elle parcourut à pied les quelques mètres qui la séparaient du front de mer.

Dans ses années fastes, le Long Wharf avait été

le quai principal d'un des ports de commerce les plus animés du monde. Aujourd'hui, la rade s'était transformée en une élégante marina aux rues pavées bordées de restaurants et de cafés. C'était surtout le point de départ des ferrys qui desservaient les nombreuses îles de la baie de Boston et les villes de Salem et de Provincetown. Arrivée au terme de la promenade en bois, Emma mit sa main en visière pour ne pas être éblouie. Le soleil était levé depuis deux heures et commençait à être haut dans le ciel, déversant une pluie d'étoiles aveuglante à la surface de l'océan. La vue était à couper le souffle : les mouettes, le vent, les vieux bateaux qui voguaient sur les flots, l'ivresse de l'infini. Et l'air du large qui revigora la jeune femme et lui donna le courage de pénétrer dans le pub.

★

Poutres au plafond, murs lambrissés, vitraux, jeux de fléchettes et lumière tamisée : le décor rustique du Gateway était typique et chaleureux. Le soir, l'endroit devait s'animer au son de la musique traditionnelle et des pintes de Guinness qui s'entre-choquent, mais le matin, c'était un café convivial et tranquille qui servait des petits déjeuners aux travailleurs du port. Emma plissa les yeux et mit un moment à repérer Kate, assise seule dans un box au fond de la salle devant une tasse de café.

Un écriteau indiquait de passer sa commande avant d'aller s'asseoir. Emma patienta derrière un colosse en chemise de bûcheron et bonnet de marin qui repartit quelques secondes plus tard avec un plateau débordant de fish and chips, de bacon, de saucisses et d'œufs frits. Elle se contenta d'un thé et de toasts et alla s'asseoir à son tour sur la banquette de l'un des box près de la table de Kate. Qu'est-ce que la chirurgienne faisait dans cet endroit après avoir travaillé toute la nuit ? Pourquoi n'était-elle pas rentrée directement chez elle après sa garde ?

De son poste d'observation, Emma la devinait fatiguée, le visage marqué par l'inquiétude. Les yeux en mouvement, Kate lançait des regards incessants tantôt sur l'écran de son téléphone, tantôt sur la porte d'entrée. Visiblement, elle attendait quelqu'un, et ce rendez-vous n'était pas anodin. Emma s'étonna de ce changement. La mère de famille séduisante et épanouie qu'elle avait suivie la veille avait cédé la place à un être rongé par l'angoisse qui triturait ses mains avec fébrilité.

Elle se força à tourner la tête pour que son regard ne se fasse pas trop insistant, et grâce au reflet du miroir mural, elle ne perdit pas une miette des gestes de la chirurgienne. Kate sortit une lingette de son sac ainsi qu'un poudrier. Elle nettoya son visage, se remaquilla nerveusement, arrangeant quelques mèches que sa course à vélo avait libérées de son chignon. Puis elle se leva et s'éclipsa en direction des toilettes.

Emma comprit qu'elle devait agir. Kate avait emporté avec elle son sac à main et son téléphone, mais laissé son caban sur la banquette. Emma respira profondément avant de se lancer. Elle se leva calmement et fit quelques pas comme si elle se dirigeait à son tour vers les toilettes, mais au dernier moment elle s'arrêta devant la table de Kate. En priant pour que personne ne regarde vers elle à ce moment-là, elle fouilla les poches du manteau. Sa main se referma sur quelque chose de froid et de métallique. Un trousseau de clés.

Une décharge d'adrénaline lui traversa le corps. Elle vérifia que les clés de voiture faisaient bien partie du trousseau et poussa une exclamation muette :

La voilà mon idée !

Pour éviter l'accident, elle allait tout simplement dérober les clés du fameux coupé Mazda que Kate devait conduire le soir du drame. Ensuite, elle volerait la voiture, l'abandonnerait à trois cents kilomètres de là, l'incendierait ou la balancerait dans un ravin.

Plus de voiture, plus d'accident !

Elle s'empara des clés et traversa le bar pour quitter l'établissement avant le retour de Kate. Elle pressa le pas et baissa la tête pour ne croiser aucun regard, mais dans sa fuite précipitée, elle bouscula un client qui venait de commander une boisson au comptoir. Il encaissa le choc, mais renversa la moitié de sa tasse de café sur son plateau.

Emma se confondit en excuses.

— Pardon, je suis désolée, je...

C'était un grand type mince aux cheveux clairs coupés court, vêtu d'un jean noir, de baskets en toile, d'un pull à col roulé et d'une veste en cuir à l'encolure doublée de mouton. Son visage ovale, très maigre, était mangé par une barbe de trois jours et encadré de lunettes de soleil en écailles blondes.

— Laissez tomber ! assura-t-il sans même la regarder.

Pressée de disparaître, Emma fut soulagée de s'en tirer à si bon compte. Avant de pousser la porte, elle ne put s'empêcher de tourner la tête pour jeter un dernier regard.

Dans le fond de la salle, l'homme avait rejoint Kate.

Il l'enlaçait.

Il l'embrassait.

Ce n'est pas possible.

Elle arrêta son mouvement et resta scotchée, incapable de faire le moindre geste. Kate ne pouvait pas avoir d'amant. Emma plissa les yeux. Elle devait se tromper, mal interpréter certains gestes. Cet homme n'était peut-être qu'un membre de sa famille, son frère ou bien...

— Je peux vous aider, ma p'tite dame ?

Derrière son comptoir, le patron l'observait d'un air dubitatif.

— Faut vous décider. Vous rentrez ou vous sortez. Z'allez finir par vous prendre la porte dans la figure.

— Je... je cherche des serviettes en papier.

— Bah, fallait les demander. Tenez.

Elle attrapa la liasse qu'il lui tendait et retourna s'asseoir à sa table, s'efforçant d'être la plus discrète possible. Elle eut le réflexe de sortir son téléphone, le bascula en mode caméra et le posa sur la table pour filmer la scène.

Son cœur battait fort dans sa poitrine. Elle songea à Matthew qui idéalisait sa femme. À la scène à laquelle elle avait assisté hier : cette complicité familiale et amoureuse qui émanait de leur couple.

Comment pouvait-on à ce point feindre des sentiments ?

Non, quelque chose ne cadrait pas. Vu la dévotion que Matthew continuait de porter à sa femme après sa mort, il paraissait peu probable que celle-ci ait été amoureuse d'un autre homme. Shapiro n'était pas un imbécile, il s'en serait aperçu, c'était évident. Mais n'est-il pas pire aveugle que celui qui ne veut pas voir ?

Nom de Dieu !

Elle ne savait plus que penser. Elle essaya de se persuader que Kate et le mystérieux inconnu n'étaient pas amants, mais leurs attitudes étaient pourtant sans ambiguïté : promiscuité, doigts emmêlés, regards accrochés l'un à l'autre. Kate se laissa même aller à caresser le visage et les cheveux du type.

Emma vérifia que son téléphone continuait de filmer. La scène à laquelle elle assistait apparaissait à ce point surréaliste qu'elle devait en garder la trace.

Le type avait une petite quarantaine. Une beauté peut-être un peu sophistiquée et fragile. Un physique qui n'était pas totalement étranger à Emma...

Elle ne pouvait pas entendre ce qu'ils disaient, mais il ne faisait aucun doute qu'ils étaient tous les deux préoccupés. Par quoi ? L'homme était-il marié de son côté ? Essayaient-ils de se persuader de quitter leurs conjoints respectifs ? Ces suppositions renvoyèrent Emma à sa propre histoire et à des souvenirs pénibles de sa relation avec François.

Elle chassa ces pensées et prit soudain conscience du danger. Le pub était aux trois quarts vide. On allait finir par remarquer son manège. Elle éteignit son téléphone et battit discrètement en retraite.

L'air glacé lui fit du bien. Elle en inspira plusieurs goulées pour recouvrer ses esprits. Elle renonça à reprendre son vélo et s'avança vers l'un des taxis de la file de voitures qui patientaient devant l'entrée de l'hôtel Marriott.

Tant pis pour la caution de la bicyclette !

Au moment de monter dans le véhicule, elle réalisa que le trousseau de Kate devait sans doute contenir la clé de la maison familiale. Elle avait donc la possibilité de s'introduire au domicile des Shapiro et c'est cette destination qu'elle donna au chauffeur. Arrivée à Louisburg Square, elle fit le tour de la bâtisse, se demandant si Matthew et sa fille se trouvaient à l'intérieur. Elle s'interrogea sur l'opportunité de sonner à la porte pour le vérifier, mais y renonça.

Inutile que le « Matthew de 2010 » soit au courant de mon existence...

Elle remarqua aussi le petit sticker collé sur la

fenêtre qui mettait en garde contre la présence d'un système d'alarme.

Merde...

Avoir les clés ne lui servirait pas à grand-chose si une sirène hurlante se déclenchait quelques secondes à peine après qu'elle aurait poussé la porte.

Elle nota mentalement le nom de la société de surveillance avant de rebrousser chemin pour ne pas attirer l'attention. Désireuse de réfléchir tranquillement, elle se réfugia dans une boutique de cupcakes de Charles Street. Un lieu hybride à l'ambiance rétro qui offrait à ses clients la possibilité de déguster les pâtisseries, attablés à un comptoir en bois brut. Emma s'installa sur un tabouret et sortit son ordinateur. Pour la forme, elle commanda un café et une part de cheese-cake avant de se connecter à un annuaire en ligne pour trouver le numéro de téléphone des Shapiro. Elle appela et tomba sur le répondeur. Un message familial où même la petite Emily avait été mise à contribution. Elle raccrocha et rappela dans la foulée pour être certaine que la maison était vide. Puis elle contacta l'Imperator et demanda à parler à Romuald Leblanc.

— J'ai besoin de toi, tête de blatte.

— J'allais justement vous téléphoner, mademoiselle Lovenstein.

— Tu as du nouveau sur mon histoire ?

— J'ai envoyé certains de vos mails à Jarod. C'est l'un de mes amis informaticiens. Le plus doué que je connaisse. Il m'a dit qu'au début des années 2000, sur de nombreux forums, certains internautes avaient laissé des messages en prétendant venir du futur et être des voyageurs temporels. Bien entendu, c'étaient de mauvaises blagues, mais dans votre cas, c'est différent : le saut dans le temps marqué par l'horodatage des serveurs est un élément très troublant que mon ami est incapable d'expliquer. Je suis désolé.

— Tu as fait de ton mieux, merci. En fait, je t'appelle pour autre chose. Si je te donne l'adresse d'une habitation à Boston ainsi que le nom de la société de surveillance ayant installé le système d'alarme, serais-tu capable de le désactiver ?

— De le « désactiver » ? répéta mécaniquement le geek. Qu'est-ce que vous entendez par là au juste ?

— Tu te fous de moi ou quoi ? Est-ce que tu saurais neutraliser un système d'alarme à distance ?

— Non, c'est impossible. Comment voulez-vous que je fasse ?

— Je croyais que rien n'était impossible avec tes ordinateurs…

— Je n'ai jamais dit ça, se défendit-il.

Elle le provoqua :

— D'accord, j'ai compris. Tu es un beau parleur,

mais lorsqu'il s'agit de passer à l'action, il n'y a plus personne…

— Hé ! se défendit-il. Grâce à qui avez-vous obtenu votre rendez-vous chez le coiffeur ?

— Je ne te parle pas d'un rendez-vous chez le coiffeur, là ! Je te parle de quelque chose de beaucoup plus grave.

— Mais je ne suis pas magicien, s'excusa presque Romuald.

— Je te donne l'adresse, tu as de quoi noter ?

— Mais je vous ai dit que…

— Tu as de quoi noter ? insista-t-elle.

— Allez-y, soupira-t-il.

— C'est chez Matthew et Kate Shapiro. Ils vivent à Boston, à l'intersection de Mount Vernon Street et de Willow Street. La société qui a installé leur alarme s'appelle The Blue Watcher. Elle est basée à Needham dans le Massachusetts.

— Et que voulez-vous que je fasse avec ça ?

— Ce que tu veux, mais grouille-toi. Dans un quart d'heure, je rentrerai dans cette foutue baraque. Si tu ne trouves rien, les flics viendront me choper et tu seras *responsable* de mon arrestation.

Elle raccrocha sans lui laisser le temps de répondre. Elle avait bien conscience qu'elle assignait à l'adolescent une mission difficile, mais elle avait confiance en son intelligence.

Elle but une gorgée de café et prit une bouchée de gâteau. Elle croyait ne pas avoir faim, mais elle mangea la pâtisserie avec un bon appétit. Tout en dégustant le cheese-cake, elle visionna le film qu'elle venait de tourner avec son téléphone. Le son était inexploitable, l'image était un peu sombre et saccadée, la prise de vue avait été effectuée de trop loin, mais les images ne laissaient planer aucun doute sur la nature de la relation entre Kate et le mystérieux inconnu.

Qui était cet homme ? Un collègue chirurgien ? Un ami du couple ? Pourquoi Emma avait-elle toujours l'impression diffuse que le physique de ce type ne lui était pas totalement inconnu ?

Hésitante sur le comportement à adopter, la jeune femme transféra le film de son téléphone sur son ordinateur avant d'ouvrir sa messagerie. L'esprit traversé d'interrogations, elle commença à rédiger un courrier à Matthew puis s'arrêta. Sous prétexte d'établir la vérité, avait-elle le droit de remuer le passé ? De s'immiscer dans l'intimité d'une famille qu'elle ne connaissait pas ? De raviver la douleur d'un homme qui ne parvenait pas à faire le deuil de son épouse ?

Sauf que cette femme n'est sans doute pas l'icône qu'il idolâtre...

Le doigt posé sur le pavé tactile de l'ordinateur, elle relut son message, hésita encore quelques secondes et appuya finalement sur ENVOI.

★

2011

— Je l'adore, ce petit chien ! s'exclama Emily en déboulant dans la cuisine avec le shar-peï dans son sillage.

Une bonne odeur de chocolat chaud flottait dans l'air. Tout en feuilletant le journal sur sa tablette tactile, April surveillait d'un œil la casserole qui chauffait sur la plaque à induction. Derrière son écran, l'œil mauvais, Matthew guettait depuis plusieurs heures une réponse d'Emma à son ultimatum de la veille.

La petite fille grimpa sur le tabouret pour s'asseoir à côté de son père.

— La gamelle de Clovis est vide. Je pourrai la remplir de croquettes ?

Matthew émit un grognement d'approbation.

— On le fera toutes les deux, promit April en versant le lait dans un mug. Mais en attendant, bois ton chocolat.

Elle posa la tasse à côté de la petite fille.

— Fais attention, c'est très chaud !

— Tu m'as mis des petits marshmallows ! Miam ! Merci, April.

Matthew leva un sourcil réprobateur à l'intention de sa colocataire.

— On va se calmer avec les sucreries, d'accord ? Cette gamine va finir par ressembler au bonhomme Michelin !

— C'est Noël, papa ! s'exclama la petite fille.

— La bonne exc...

Le tintement signalant l'arrivée d'un courrier électronique lui fit interrompre sa phrase. Son regard glissa sur son écran. Il parcourut le mail d'Emma au titre provocateur.

De : Emma Lovenstein

À : Matthew Shapiro

Objet : Connaissez-vous réellement votre femme ?

Cher Matthew,

Je suis ravie de savoir que votre petite fille aime beaucoup mon Clovis. C'est un chien fidèle et affectueux. Cela va peut-être vous étonner, mais je suis très heureuse de le savoir chez vous. Pas une seule seconde je n'imagine que vous lui ferez du mal. Vous êtes un type bien, Matt, et je ne vous vois pas torturer ce pauvre animal innocent.

J'ai beaucoup hésité avant de vous envoyer ce petit film en pièce jointe. J'espère qu'il ne vous heurtera pas trop. Veuillez me pardonner cette intrusion dans votre vie intime, mais

savez-vous qui est l'homme en compagnie de
votre femme ?

Emma

De quoi parle-t-elle ? se demanda-t-il en copiant
le fichier sur le bureau. Puis il cliqua pour lancer
le film.

Après quelques secondes, une image un peu floue
apparut à l'écran.

— Qu'est-ce que tu regardes, papa ? demanda
Emily en se penchant vers l'écran.

— Fais attention, ma puce, la mit en garde April,
tu vas…

Trop tard.

Pleine à ras bord, la tasse de chocolat se renversa sur l'ordinateur, projetant sur le clavier près
de 400 millilitres de liquide brûlant et gluant.

L'image se figea, puis l'écran devint noir.

Désespéré, Matthew dévisagea sa fille avec des
yeux exorbités. Son cœur se serra dans sa poitrine,
sa respiration se bloqua et des larmes de rage lui
embuèrent le regard : il venait de perdre l'unique
moyen de communiquer avec Emma.

L'unique moyen de sauver sa femme.

13

La traversée du miroir

La vie a besoin d'illusions, c'est-à-dire de non-vérités tenues pour des vérités.

Friedrich NIETZSCHE

Boston, 2010

Bip, bip, bip...

En entrant dans la maison, Emma avait déclenché un léger signal sonore qui ressemblait à un sonar.

Elle ferma la porte et se tourna vers le boîtier de l'alarme. Impossible de rentrer le code pour désactiver le système : elle ne le connaissait pas.

Bip, bip, bip...

Encore combien de temps avant que le bruit discret du détecteur ne laisse la place à un signal plus intimidant ? Elle tenta d'avaler sa salive, sans succès. Elle avait la gorge sèche, le front couvert de sueur. Elle resta immobile quelques secondes, dans la peau du condamné attendant l'office du bourreau. Enfin, les bips de mise en garde s'interrompirent et le hurlement assourdissant d'une sirène fit vibrer les murs.

Vloiiiing ! Vloiiiing ! Vloiiiing !

Elle avait beau s'attendre à ce déferlement, la violence de la sonnerie provoqua une coulée d'angoisse dans ses veines. Elle sentit un début de panique. Elle frissonna. Le sang battait dans ses tempes de plus en plus fort. À ce moment, son téléphone vibra dans sa poche. Elle décrocha et parla le plus fort possible pour couvrir le bruit de la sonnerie.

— Allô.

— Madame Kate Shapiro ?

— Elle-même.

— Société de surveillance Blue Watcher, nous venons de…

— Mon alarme, oui, je suis désolée. Mon mari a dû changer le code sans m'en avertir. Pouvez-vous la faire cesser ?

— Pas avant d'avoir procédé aux vérifications d'usage.

Vloiiiing ! Vloiiiing ! Vloiiiing !

Si Romuald n'avait pu désactiver le système à distance, il avait néanmoins réussi à pénétrer dans le serveur de l'entreprise. Il avait subtilement modifié le numéro à contacter en cas de déclenchement de la sonnerie, remplaçant les portables de Kate et de Matthew par le seul numéro d'Emma. Il avait aussi réalisé une copie d'écran du dossier révélant les réponses aux trois questions secrètes nécessaires pour authentifier le correspondant et couper la sirène.

— Dans quelle ville vos parents se sont-ils rencontrés ? demanda l'employé.

Emma baissa les yeux pour lire les réponses que lui avait communiquées Romuald et qu'elle avait notées au stylo sur son poignet.

— À Saint-Pétersbourg.

— Quel était votre film préféré lorsque vous étiez enfant ?

— *Les Aventures de Bernard et Bianca*.

— Comment s'appelait votre meilleure amie lorsque vous étiez étudiante ?

— Joyce Wilkinson, répondit-elle sans hésiter.

Instantanément, la sirène cessa de hurler.

— Je vous remercie, madame Shapiro. À l'avenir, demandez à votre mari de vous prévenir en cas de changement de code.

Emma raccrocha et essuya les perles de sueur sur son front. Elle s'avança vers la fenêtre, tout en restant dissimulée derrière le rideau. Aucun mouvement ne troublait Louisburg Park, mais cela risquait de ne pas durer.

Que dirait-elle si un flic sonnait à la porte ? Ou si Matt ou Kate rentraient chez eux à l'improviste ? Elle refoula cette idée et décida de commencer son exploration.

Sa colère envers Kate la motivait et avait eu comme premier bénéfice de la faire sortir de son état dépressif en lui donnant l'envie de se battre, pour elle, pour son avenir, pour Matthew…

Emma ne savait pas très bien ce qu'elle cherchait. Une confirmation de l'infidélité de Kate ? Un indice qui pourrait la mettre sur la piste de l'identité du mystérieux inconnu ? En tout cas, elle devait aller au-delà des apparences. Fouiller dans l'inconscient de la maison : les placards, les armoires, les tiroirs, les ordinateurs, la cave…

Le rez-de-chaussée était aménagé comme un loft avec un grand salon et une cuisine ouverte. Le chauffage diffusait une douce chaleur. La pièce était agréable, accueillante, familiale. Près du canapé, un beau sapin de Noël aux lumières clignotantes, sur le comptoir de la cuisine, des miettes de pain, un pot de confiture qu'on avait oublié de ranger, un dessin d'enfant à moitié colorié, le *New York Times* du jour ouvert au cahier Culture.

Sur les murs et dans les cadres posés sur les

étagères, on pouvait voir de nombreuses photos des membres de la famille dont des clichés en noir et blanc qui représentaient à coup sûr Kate enfant : une jolie petite fille blonde et sa mère autour d'un piano ou marchant main dans la main dans les rues d'une ville russe – sans doute Saint-Pétersbourg. Puis des clichés à la couleur passée : une frêle adolescente posant devant la Space Needle et plus tard une jeune étudiante presque diaphane en jean et sac à dos sur les pelouses qui s'étendaient devant le campanile de l'université de Berkeley. Un saut dans le temps faisait alors passer de l'étudiante timide à une jeune femme pleine d'assurance. C'était la Kate d'aujourd'hui, celle qu'elle avait aperçue, la chirurgienne sûre d'elle au physique avantageux, posant avec sa fille et son mari.

Ces clichés soulevaient plusieurs questions, mais Emma réserva son analyse pour plus tard. Elle dégaina son téléphone et consacra trois minutes à fixer sur l'objectif toutes les photos affichées dans la pièce. Dans la cuisine, elle garda aussi une trace de l'emploi du temps hebdomadaire de Kate placardé sur un panneau de liège.

Délaissant provisoirement le rez-de-chaussée jugé trop exposé, elle monta au premier étage.

Il s'articulait autour d'une grande suite paren-tale à la décoration dépouillée, desservie par deux salles de bains et prolongée par un dressing, une chambre d'enfant et une pièce presque vide qui faisait office de bureau.

La chambre du couple était envahie de livres posés à même le sol des deux côtés du lit. À gauche, des essais de philosophie (*Vie de saint Augustin, Lectures de Nietzsche*...), à droite, des publications scientifiques (*Les Chirurgies de l'insuffisance cardiaque, Les Cardiopathies congénitales, Sang artificiel et cellules souches*...). Pas difficile de deviner la place de chacun...

Cette vision du lit conjugal raviva chez Emma les braises de la jalousie. Nerveuse, elle inspecta les étagères et fouilla les tiroirs de la commode. Dans l'un d'eux, elle trouva les passeports du couple. Elle ouvrit le premier : Matthew Shapiro, né le 3 juin 1968 à Bangor (Maine), puis le deuxième : Ekaterina Lyudmila Svatkovski, née le 6 mai 1975 à Saint-Pétersbourg (Russie).

Kate est russe...

Ça expliquait la blondeur, les yeux clairs, cette beauté froide et distante...

Le bruit d'un moteur de voiture monta de la rue. Craignant un retour du couple, elle jeta un coup d'œil par la fenêtre – fausse alerte – avant de poursuivre ses investigations.

Elle ne perdit pas de temps dans la salle de

bains de Matthew, mais s'attarda dans celle de « madame ». Elle ouvrit les portes, les tiroirs et les compartiments de tous les meubles. L'élément principal – une étagère suspendue – débordait de produits de beauté : crèmes, lotions, maquillage. Dans la colonne en bois peint qui faisait office d'armoire à pharmacie, elle trouva des tubes en plastique dont elle parcourut les étiquettes (aspirine, paracétamol, ibuprofène), des flacons d'alcool à 70°, de sérum physiologique, d'eau oxygénée. Derrière les boîtes de pansements adhésifs et de compresses, elle fit une découverte plus inattendue. Des molécules aux noms complexes, mais familiers, qui étaient ceux d'antidépresseurs, d'anxiolytiques et de somnifères. Emma n'en crut pas ses yeux : Kate et elle fréquentaient les mêmes sulfureux « amis ». Pendant quelques secondes, elle en éprouva un étrange réconfort.

Malgré les apparences, Kate n'était pas la femme épanouie et sereine qu'elle s'était imaginée. Elle était sans doute *comme elle* : tourmentée, anxieuse, peut-être vulnérable. Son mari était-il au courant du contenu de l'armoire à pharmacie ? Probablement pas, sinon la chirurgienne n'aurait pas rangé si soigneusement les tubes. Et puis Matthew n'avait pas l'air d'être le genre d'homme à aller fouiller dans les affaires de sa femme.

Elle poursuivit son exploration en pénétrant dans la salle-penderie.

Mon rêve...

C'était le dressing parfait : vaste, épuré, raffiné et fonctionnel. Des portes coulissantes en bois clair alternaient avec des panneaux de verre et des façades en miroir qui agrandissaient encore l'espace.

Avec une curiosité assumée, elle ouvrit méthodiquement chaque penderie, fouilla chaque armoire, inspecta chaque tiroir, souleva des piles de vêtements, examina des dizaines de paires de chaussures et de pièces de lingerie. Posés contre le mur, une échelle en bois sombre et un marchepied permettaient d'accéder aux espaces les plus hauts. Elle s'y hissa pour passer au crible le contenu de cette partie du dressing. Assez vite, elle mit la main sur un blouson de cuir plié et posé à plat sur la plus haute des étagères. C'était une veste de motard usée avec un col en mouton retourné. Le même genre de veste que portait l'« amant » de Kate ce matin ! Emma l'examina avec attention. Elle palpa la doublure. Dans l'une des poches à rabat, elle trouva un cliché délavé. C'était une photo de Kate, seins nus, qui devait remonter à une quinzaine d'années. La pose sexy et provocante d'une jeune femme d'à peine vingt ans qui fixait l'objectif avec une intensité rare. Emma retourna la photo à la recherche d'une indication, mais rien n'était inscrit au verso.

Son excitation monta de plusieurs crans. Comme elle l'avait fait précédemment, elle garda une trace du cliché sur son téléphone avant de le remettre dans la poche du blouson et de ranger ce dernier.

Il faut partir à présent...

Par acquit de conscience, elle alla jeter un œil au dernier étage. Cette partie de la maison n'était pas chauffée. Elle abritait ce qui devait être une chambre d'amis, une autre salle de bains et deux grandes pièces encore en travaux.

Elle redescendit au rez-de-chaussée et effectua un dernier tour. Sur une petite table en bois marqueté se trouvait l'ordinateur familial. Elle l'avait déjà remarqué tout à l'heure, mais elle avait pensé qu'il était protégé par un mot de passe.

Sait-on jamais...

Elle fit bouger la souris pour mettre l'appareil sous tension. L'écran s'ouvrit sur la session de Kate. Pas de mot de passe, pas de protection.

Donc pas d'infos intéressantes, pensa-t-elle.

Elle fureta tout de même dans les différents dossiers. Kate n'utilisait apparemment cet ordinateur qu'à des fins professionnelles. Il regorgeait d'articles, de fichiers, de films se rapportant à la chirurgie et aux malformations cardiaques. Idem pour l'historique du navigateur Internet et le courrier électronique. Seule entorse à cet univers médical, *Les Tribulations d'une Bostonienne*, un blog « artisanal » sur les bonnes adresses de Boston (restaurants, cafés, magasins...) que la chirurgienne semblait tenir avec plus ou moins d'assiduité. Emma nota l'adresse du site sur son avant-bras et essaya d'ouvrir la session de Matthew. Celle-ci n'était pas plus protégée que celle de sa femme. Apparemment, la confiance régnait dans le couple, du moins sur ce point. Emma se livra à la même analyse et ne trouva rien de bien marquant. Il y avait néanmoins plusieurs centaines de photos, regroupées en désordre dans un dossier. Elle commença à les faire défiler, mais il y en avait trop pour les voir toutes. Elle fouilla dans la poche de son manteau pour y prendre son trousseau. Son porte-clés était une petite bouteille en métal représentant une bouteille de pinot noir californien. Un objet publicitaire qu'on lui avait donné lors de la visite d'un domaine viticole. En faisant coulisser la partie haute de la bouteille, l'embout d'une clé USB apparut. Emma la connecta à l'ordinateur pour y copier les photos, se laissant la possibilité de les regarder plus tard tout à son aise. La copie était en cours lorsqu'elle entendit la pétarade d'une moto. Elle retira la clé USB sans attendre et s'approcha de la fenêtre.

Merde...

Cette fois, c'étaient bien Matthew et Kate qui se garaient juste devant la porte d'entrée.

Trop tard pour faire demi-tour !

Une seule solution : battre en retraite.

Elle empruntait les marches qui menaient aux chambres au moment où la porte d'entrée s'ouvrit.

De l'étage, elle entendait distinctement les voix de Matthew et de Kate. Elle prit peur et se réfugia dans la chambre du couple. En essayant de faire le moins de bruit possible, elle souleva la fenêtre à guillotine. En jetant un dernier coup d'œil à la pièce, elle aperçut au loin, dans le dressing, quelque chose qui ne l'avait pas frappée la première fois, mais qui l'étonnait maintenant. Pourquoi y avait-il une échelle en bois posée contre le mur ? Le marchepied qu'elle avait utilisé suffisait largement pour accéder aux plus hautes étagères. Elle arrêta son mouvement et revint à pas de loup dans la salle-penderie.

Et pourquoi l'échelle est-elle en bois sombre alors que tous les meubles de l'étage sont en bois clair ?

Emma leva les yeux au plafond et, malgré les

voix du couple qui montaient du salon, déploya l'échelle et grimpa sur les premiers barreaux.

L'échelle n'est pas là pour accéder à la penderie, mais pour accéder... au plafond.

Arrivée sur les derniers barreaux, Emma poussa la plaque de plâtre du faux plafond. En tendant la main, elle sentit quelque chose. Une lanière, la bandoulière d'un sac, plutôt. Elle tira et un gros sac en toile tomba. Par un réflexe désespéré, elle parvint à le rattraper.

C'était un fourre-tout en toile rouge plastifiée avec un logo blanc représentant la « virgule » d'une célèbre marque de sport. Le sac était lourd, bourré à craquer. En équilibre sur l'escabeau, elle l'ouvrit d'un geste vif, regarda à l'intérieur, et sous le coup de la surprise faillit le lâcher.

Le rythme de son cœur s'accéléra. Elle entendait des pas qui montaient dans l'escalier.

Elle remit le sac dans sa cachette, replaça le faux plafond, descendit l'échelle et traversa la pièce en trombe. La fenêtre de la chambre était restée ouverte. Elle enjamba le cadre, dévala l'escalier de secours en fonte et s'enfuit à toutes jambes.

★

Le clavier de l'ordinateur baignait dans le chocolat chaud.

— Pardon, papa, je suis désolée ! Pardon ! Pardon ! supplia Emily en constatant l'étendue de la catastrophe.

D'un bond, Matthew se leva de son tabouret, débrancha l'appareil et le retourna à la verticale pour faire couler le liquide gluant.

— J'ai pas fait exprès ! s'excusa la petite fille en se réfugiant dans les bras d'April.

— Bien sûr, chérie, essaya-t-elle de la rassurer.

Silencieux, Matthew épongeait l'ordinateur avec un torchon.

Que faire ?

Son cœur palpitait avec violence. Il fallait agir. Vite.

April sortit de son sac à main plusieurs disques à démaquiller en coton et les tendit à Matthew pour terminer le nettoyage du clavier.

— Tu crois que les circuits sont touchés ?

— Je le crains.

— Mais ce n'est pas certain, tempéra-t-elle. L'année dernière, j'ai laissé tomber mon téléphone portable allumé dans les toilettes. En le séchant et en enlevant la carte SIM, j'ai réussi à le rallumer et il marche toujours aujourd'hui !

Matthew réfléchit. Inutile qu'il essaie de démonter l'ordinateur. Il ne connaissait pas grand-chose à l'informatique. Il eut la tentation d'essayer de rallumer la machine puis se ravisa.

C'est le meilleur moyen de provoquer un court-circuit et de griller des composants...

— Je vais l'apporter chez un réparateur, décida-t-il en regardant sa montre. Tu peux garder Emily encore une heure ?

Il appela un taxi, passa rapidement sous la douche, enfila un jean, un pull, un gros manteau et sortit dans la rue avec l'ordinateur dans une mallette en cuir.

Débarquer dans un Apple Store à deux jours de Noël relevait de l'inconscience. Le MacBook n'était de toute façon plus sous garantie. Il demanda au chauffeur de le conduire chez un petit revendeur dans une rue derrière Harvard Square. Un magasin que fréquentaient certains de ses étudiants.

La boutique venait à peine d'ouvrir et Matt était visiblement le premier client. Derrière le comptoir, un ancien hippie à la silhouette épaisse terminait son petit déjeuner.

La soixantaine bien tassée, il arborait une crinière poivre et sel et portait un gilet en cuir ouvert sur un tee-shirt barré du drapeau cubain. Sa bedaine débordait d'un jean délavé orné d'un gros ceinturon.

— J'peux vous aider, chef ? demanda-t-il en essuyant les paillettes de sucre glacé de son donut qui s'étaient collées dans les broussailles de sa barbe.

Matthew sortit l'ordinateur de sa mallette, le posa sur le comptoir et raconta sa mésaventure.

— Quelle idée aussi de laisser une boisson chaude à proximité d'un ordinateur ! s'exclama le vendeur.

— C'est ma fille. Elle a quatre ans et demi et…

Sentencieux, le vieux ne le laissa pas finir sa phrase.

— J'crois que l'chocolat chaud, c'est l'pire substance à renverser sur du matos informatique.

Matthew soupira. Il n'était pas venu ici pour qu'on lui fasse la leçon.

— Bon, vous pouvez m'aider ou pas ?

— Faut voir. Si la carte mère n'est pas bousillée, m'est d'avis qu'il faudra au moins changer le top case. Mais vu ce que ça va vous coûter, j'me d'mande si c'est rentable. L'est pas très récente, vot' bécane.

Ses yeux disparaissaient à moitié derrière de petites lunettes rondes cerclées de métal.

— Elle a une grande valeur sentimentale. Vous pouvez l'ouvrir ?

— C'est ce que j'vais faire. J'vous prépare un devis pour la semaine prochaine ?

— La semaine prochaine ? Impossible ! J'ai besoin de cet ordinateur aujourd'hui.

— Ah, ça va être difficile, chef.

— Combien ?

— … ?

— Combien pour vous y mettre tout de suite ?

— Tu crois que l'argent peut tout acheter, chef ? Tu crois que ton pognon te donne tous les droits ?

— Arrêtez de vous prendre pour Che Guevara et cessez de m'appeler « chef ».

Le vendeur réfléchit un instant et finit par proposer :

— Si t'es prêt à aligner cinq Benjamins[1], on peut commencer à discuter. C'ton problème, après tout…

— Très bien. Je vous donnerai cet argent, mais mettez-vous au boulot. Maintenant.

Armé d'un tournevis, le vieux démonta l'habitacle en aluminium et entreprit de nettoyer les circuits avec une solution d'alcool isopropylique, éliminant consciencieusement toute trace de lait

---

1. Billets de 100 dollars.

chocolaté, prenant garde de ne pas abîmer les connexions électroniques.

— Faut à tout prix éviter qu'en rallumant l'ordinateur, la chaleur ne transforme en caramel l'sucre du chocolat, expliqua-t-il en marmonnant dans sa barbe.

Une fois cette opération terminée, il brancha une sorte de vieille lampe radiateur munie d'un réflecteur de cuivre.

— Pour faire sécher les composants, y a rien de mieux.

— Il faut attendre combien de temps ? s'impatienta Matthew.

— La patience est la vertu cardinale, chef. Va m'chercher mon fric et reviens d'ici trois quarts d'heure. Apparemment, le disque dur est intact. Pour 200 dollars supplémentaires, j'peux t'en faire une copie pour que tu puisses au moins récupérer tes données.

Le type profitait honteusement de la situation, mais Matthew ne chercha même pas à marchander tout en se désolant que la vie de sa femme dépende désormais des manipulations de ce margoulin sans scrupules.

— OK, à tout à l'heure.

Il sortit dans la rue, s'arrêta au premier distributeur pour retirer 700 dollars et fit quelques pas pour rejoindre l'un des nombreux cafés de Harvard Square. Il se laissa tomber sur un siège, démoralisé.

Qu'allait-il se passer à présent ? Même si l'ordinateur redémarrait, rien ne garantissait à Matthew qu'il pourrait reprendre contact avec Emma. Leur dialogue à travers le temps ne tenait qu'à un fil, fragile, irrationnel, presque magique... mais qui risquait de se dissoudre dans du chocolat chaud ! Il repensa au dernier mail d'Emma. Ses dernières phrases s'étaient incrustées dans sa mémoire :

J'ai beaucoup hésité avant de vous envoyer ce petit film en pièce jointe. J'espère qu'il ne vous heurtera pas trop. Veuillez me pardonner cette intrusion dans votre vie intime, mais savez-vous qui est l'homme en compagnie de votre femme ?

Ce ton lui déplaisait. Que sous-entendait-elle ? Que Kate le trompait ? Que le film en question compromettait son honneur ? Non, c'était impossible. Il n'avait jamais douté de l'amour de sa femme et rien n'avait jamais fissuré cette confiance, ni avant ni après sa mort.

Matthew prit une gorgée de café et essaya de se faire l'avocat du diable.

Peut-être que leur vie sexuelle était un peu plus terne qu'aux premières heures de leur relation. Elle avait été torride, puis la naissance d'Emily était arrivée très vite. Mais les choses avaient repris leur cours. Peut-être moins intensément qu'au début, mais n'était-ce pas le lot commun de la plupart des couples ?

Il continua de se faire mal. Et si Kate avait eu un amant ? Il secoua la tête. Aurait-elle eu envie d'en prendre un qu'elle n'aurait pas trouvé le temps ! Kate travaillait nuit et jour, tout le temps. Des horaires infernaux à l'hôpital qu'elle prolongeait par la lecture et l'écriture d'articles et d'ouvrages médicaux. Son peu de temps libre, elle le passait auprès de lui et d'Emily.

Pensif, il se frotta le menton. Après la mort de sa femme, il s'était débarrassé de tous ses vêtements. Un camion de l'Armée du Salut avait emporté toutes ses affaires sans qu'il fasse le moindre tri pour ne pas s'infliger de douleur supplémentaire. Par la force des choses, il avait classé les papiers de Kate après son décès. Du côté financier, ils avaient un compte commun et il n'avait remarqué aucune dépense surprenante. Rien de suspect non plus dans les dossiers de son ordinateur. La seule chose qui l'ait stupéfié était les antidépresseurs qu'il avait trouvés dans sa salle de bains. Pourquoi Kate ne lui en avait-elle jamais parlé ? Il avait mis ça sur le compte de la surcharge de travail. Peut-être aurait-il dû creuser davantage...

*

— T'as mon oseille, chef ?

Matthew tendit les sept billets de 100 dollars au vieux hippie qui les fit disparaître dans la poche de son jean.

— C'est bon ? demanda-t-il en désignant les composants qui continuaient de sécher sous le réflecteur de la lampe.

— Ouais, on va pouvoir r'monter tout ça, dit-il en joignant le geste à la parole.

L'opération dura encore un bon quart d'heure, au terme duquel le vendeur prit un ton solennel :

— C'est le moment d'croiser les doigts, chef.

Il appuya sur le bouton de mise sous tension et le miracle se produisit. L'ordinateur se mit en marche, ronronna puis invita à rentrer le mot de passe de la session.

Alléluia !

Le clavier tactile fonctionnait parfaitement. Soulagé, Matthew tapa le code qui fut validé par le système.

— Peut dire que vous avez une veine de cocu ! s'exclama le hippie.

Matthew ignora la remarque. Il ouvrit un dossier, puis une application. Il allait se connecter à

284

Internet lorsque brutalement l'écran se figea avant de devenir noir.

Plus rien.

Il essaya de le rallumer.

Rien à faire.

— L'est grillé, affirma le vendeur. C'était trop beau pour être vrai.

— Mais il doit bien y avoir quelque chose à faire. Remplacer des composants ou bien…

— Ça sera sans moi, chef. Ta machine est morte. C'est la vie.

Il lui tendit un disque dur externe.

— J'ai extrait de ta bécane tout c'qui était récupérable. C'est l'essentiel, non ?

Non.

Ce n'était pas l'essentiel…

14

Ekaterina Svatkovski

Tu ne convoiteras point la femme de ton prochain.

Exode, 20, 17

Boston, 2010
11 heures du matin

Le ciel s'était couvert à une vitesse stupéfiante. Le soleil radieux du début de matinée avait cédé la place à un épais voile nacré d'où n'avaient pas tardé à tomber les premiers flocons. À présent, une neige fine et serrée tourbillonnait dans les rues du South End.

Emma chassa les cristaux neigeux qui s'accrochaient à ses cheveux et resserra sa capuche. Elle déambulait depuis une vingtaine de minutes. En sortant de la maison des Shapiro, elle était repassée par son hôtel, mais sa chambre n'était pas encore prête. Elle avait alors décidé de faire quelques pas pour réfléchir au grand air. Malheureusement, le froid était si vif qu'elle avait l'impression qu'il anesthésiait son cerveau.

Elle arriva à l'angle de Copley Square et de Boylston Street, là où s'élevait le bâtiment solennel de la bibliothèque publique de la ville. Sans hésiter, elle grimpa les marches du perron et pénétra dans un hall somptueux décoré de fresques et de statues.

On se serait cru dans un palais de la Renaissance italienne. Elle fit quelques pas au hasard, dépassant le comptoir d'accueil et la billetterie – qui vendait les tickets d'une exposition temporaire – pour arriver dans une petite cour intérieure qui ressemblait au cloître d'une abbaye. En suivant les indications d'un gardien, elle passa les portiques de sécurité et emprunta le grand escalier de marbre qui montait jusqu'à la salle de lecture.

Le Bates Hall était une pièce monumentale qui s'étendait sur près de soixante-dix mètres de longueur sous un immense plafond voûté. De part et d'autre de la salle s'étiraient des dizaines de tables en bois sombre équipées de lampes en laiton aux abat-jour d'opaline.

Emma s'installa à l'extrémité de la salle pour profiter de la lumière naturelle. Elle sortit son téléphone et son ordinateur portable puis se mit au travail, essayant de passer au crible toutes les « pièces à conviction » qu'elle avait collectées lors de son expédition.

Première chose à l'avoir intriguée : l'ascendance russe de Kate ou plutôt de celle qui avait américanisé son prénom, mais qui s'appelait en réalité Ekaterina Lyudmila Svatkovski.

Née le 6 mai 1975 à Saint-Pétersbourg (Russie).

Elle regarda les photos de l'enfance de Kate. Âgée de six ou sept ans, on la voyait poser près d'une pianiste – sa mère sans aucun doute – dans des salles de concert ou de répétition. On retrouvait ensuite les deux femmes sur des clichés en extérieur sur lesquels apparaissaient parfois des clochers à bulbes caractéristiques de l'architecture orthodoxe. Plus tard, vers onze ou douze ans, le décor changeait. À la grisaille de la Venise du Nord succédait celle de la cité d'émeraude. Emma reconstitua mentalement cet itinéraire : l'exil de Saint-Pétersbourg vers Seattle.

Les yeux dans le vague, Emma se caressa le menton puis tapa sur Google : « Svatkovski + pianiste ». La mère de Kate avait droit à sa propre fiche Wikipédia. Elle la parcourut avec curiosité.

Anna Irina Svatkovski (12 février 1954 à Saint-Pétersbourg – 23 mars 1990 à Seattle) était une

289

pianiste russe. Elle est décédée de complications liées à une sclérose en plaques.

Enfant prodige du piano, elle étudie au conservatoire Rimsky-Korsakov de Saint-Pétersbourg, bénéficiant de l'enseignement de grands maîtres du lieu.

Elle débute sa carrière soliste à l'âge de seize ans avec le premier concerto de Rachmaninov accompagnée par l'orchestre de Saint-Pétersbourg. Elle est ensuite l'invitée de nombreux festivals et se produit dans les lieux les plus prestigieux tels que la Philharmonie de Berlin ou le Carnegie Hall de New York. Elle grave pour Deutsche Grammophon son premier enregistrement : la *Sonate en si mineur* de Franz Liszt. Le disque restera comme une référence absolue de l'œuvre.

Alors qu'une brillante carrière s'ouvre à elle, son destin bascule en 1976 : une poussée de sclérose en plaques se déclenche alors qu'elle vient de donner naissance à sa fille. Les complications de cette maladie la contraignent à mettre entre parenthèses sa vie de concertiste. Au début des années 1980, elle part se faire soigner aux États-Unis, mais décède en 1990 après avoir passé ses dernières années dans la misère.

Emma s'imagina l'enfance et le début d'adolescence de Kate. Une vie difficile dans un pays étranger, la culpabilité de se croire responsable de la maladie de sa mère, puis le traumatisme de sa mort qui avait dû influencer le choix de la carrière médicale de la jeune Kate. Elle compta en s'aidant de ses doigts. Si sa mère était morte en 1990, Kate n'avait alors que quatorze ou quinze ans. Qui l'avait élevée à partir de cette époque ? Son père ? Peut-être, mais ni la notice ni les photos ne signalaient son existence.

Les clichés suivants étaient plus joyeux. On y voyait Kate à la prestigieuse université de Berkeley souvent en compagnie de la même jeune femme, une étudiante d'origine indienne. *La fameuse Joyce Wilkinson ?* se demanda Emma en repensant à la dernière « question secrète » de la société de surveillance. Quelque chose d'autre la titillait : sur ces clichés, Kate avait visiblement entre dix-huit et vingt ans, mais les traits de son visage n'étaient pas exactement les mêmes qu'aujourd'hui. Emma transféra les photos sur son ordinateur pour les comparer sur grand écran à des images plus récentes. La transformation était évidente, mais pas saisissante : pommettes plus hautes, visage plus symétrique. La jeune femme était assurément passée entre les mains d'un chirurgien esthétique. Mais pour quelle raison ? Pourquoi vouloir devenir « plus que parfaite » lorsque vous êtes déjà aussi jolie ?

Peut-être un accident qui avait nécessité une chirurgie réparatrice ?

Elle laissa planer la question sans pouvoir y apporter de réponse, puis s'intéressa au cliché glamour qu'elle avait aussi importé sur l'écran de l'ordinateur. À peine plus âgée que sur les photos précédentes, Kate fixait l'objectif d'un air de défi. Les mains croisées sur la poitrine laissaient deviner la forme de ses seins et ne cachaient ni son ventre ni la naissance de sa féminité. La photo dégageait une sensualité troublante.

Qu'est-ce que ça fait de pouvoir avoir n'importe quel mec en claquant des doigts ? demanda Emma comme si elle s'adressait à Kate. *Est-ce que la vie est plus facile ? Est-ce que l'on connaît les mêmes chagrins d'amour, les mêmes tourments que le commun des mortels ?*

Sans doute, si l'on en jugeait par les médicaments qu'elle avait trouvés dans son armoire à pharmacie…

Elle fronça les sourcils et rapprocha son visage de l'écran tout en effectuant un agrandissement de la photo. À cette époque, Kate portait un tatouage sur le haut du bras gauche. Un signe que l'on ne retrouvait sur aucun des autres clichés. Était-ce un tatouage temporaire ou se l'était-elle fait retirer ? C'était impossible à dire. En revanche, Emma pouvait peut-être deviner le motif. À l'aide du pavé tactile, elle isola la zone du dessin pour la recadrer et l'agrandir encore. La figure d'un cheval pourvu d'une corne torsadée se dessina sur l'écran.

Une licorne...

Elle fit une copie du symbole sans savoir si cet élément relevait de l'anecdote ou avait une véritable importance. Puis elle leva les yeux de son écran et se frotta les paupières. Par la fenêtre de la bibliothèque, elle apercevait la neige qui tombait en flocons de plus en plus drus. Cette vision la fit frissonner. Ici, il faisait pourtant bon. Le chauffage ronronnait. Propice à la réflexion, le lieu était sécurisant, presque chaleureux et intimiste, malgré son gigantisme, comme si un vieux club anglais avait installé ses quartiers dans une cathédrale. Emma se raccrocha à des éléments qui la rassuraient : les milliers d'ouvrages richement reliés sur les rayonnages, le bruissement des pages qui se tournent, le glissement des stylos sur le papier, les touches d'ordinateur que l'on effleure.

Elle eut soudain besoin de se sentir protégée. Car en découvrant le sac de sport rouge caché dans le faux plafond de la maison des Shapiro, elle avait conscience d'avoir vu quelque chose qu'elle n'aurait jamais dû voir. Quelque chose de potentiellement très dangereux.

Elle ferma les yeux et se repassa la scène mentalement. Lorsqu'elle avait ouvert la fermeture éclair, elle était tombée sur des dizaines de liasses de cent dollars. Elle fit un rapide calcul. Le fourretout pesait au moins cinq kilos. Combien pesait un billet de 100 dollars ? À peine un gramme ? Le sac devait donc contenir pas loin de 500 000 dollars...

Un demi-million...

Quel genre de personne possède un demi-million de dollars planqué dans le plafond de son dressing ? se demanda-t-elle en regardant la photo de Kate dont les yeux semblaient la transpercer.

Qui es-tu vraiment, Kate Shapiro ?

Qui es-tu vraiment, Ekaterina Lyudmila Svatkovski ?

★

Emma rassembla ses affaires. Elle s'apprêtait à ranger son ordinateur dans son sac lorsqu'elle se rappela qu'elle n'avait pas encore visionné les photos de Matthew rapatriées depuis le PC familial. Elle brancha sa clé USB au cas où. Le transfert avait été interrompu par l'arrivée de Matthew et de sa femme, mais plusieurs centaines de clichés avaient néanmoins été copiés. Elle les visionna rapidement en adoptant un ordre antichronologique : des scènes de la vie quotidienne, brossant le tableau d'une vie familiale heureuse articulée autour de la petite Emily. Emma accéléra le diaporama pour remonter plus loin dans le temps : avant la naissance de la petite fille, avant même le mariage de Matthew et de Kate. Et ce qu'elle découvrit la stupéfia : Matthew avait été marié avant de rencontrer Kate ! Sur des dizaines de photos apparaissait une petite femme brune, mince, aux cheveux longs souvent noués en une tresse. Même sur les photos, elle souriait rarement. Son visage était fin, souvent figé dans une pose sévère qui évoqua à Emma une intellectuelle, une maîtresse d'école à l'ancienne ou une bibliothécaire coincée.

Elle fit défiler les images jusqu'à tomber sur les photos de leur mariage. Elles ne dataient pas d'hier. Ce n'étaient même pas des images numériques, mais des clichés scannés. Sur l'un d'entre eux, on voyait le dessert géant préparé pour l'événement : un gâteau à étages, rose et blanc, débordant de crème. Une inscription sur un carré de pâte d'amandes indiquait :

Sarah + Matt
20 mars 1996

Internet permit à Emma de retrouver la trace d'une certaine « Sarah Shapiro » dans le compte rendu en ligne d'un voyage scolaire effectué par les élèves de CM1 d'une école primaire de Roxbury. Le document était vieux de six ans, mais Emma essaya à tout hasard d'appeler l'établissement. Bien que l'on soit en période de vacances scolaires, le secrétariat répondit à son appel. Sarah Shapiro avait bien enseigné dans cette école. Depuis son divorce, elle avait repris son nom de jeune fille – Higgins – et demandé une mutation dans un autre établissement. On communiqua à Emma le nom d'une école primaire à Wattapan. Nouveau coup de fil. Nouveau secrétariat. Non seulement Sarah Higgins enseignait bien ici, mais encore l'école primaire continuait d'accueillir des enfants défavorisés pendant les congés de Noël. En ce moment même, Sarah encadrait une sortie scolaire à la patinoire municipale de Wattapan…

★

Boston, 2011
11 h 15
Matthew rentra chez lui, inquiet et abattu. Il ouvrit la porte et découvrit un mot épinglé sur le tableau en liège :

> Nous sommes allées faire un tour au marché de Noël de Marlborough Street. Si tu es sage, on te rapportera une bouteille de cidre !

Clovis, le shar-pei, vint se frotter contre sa jambe. Pensif, Matthew lui gratta la tête. Le chien avait renversé sa gamelle d'eau ; il la lui remplit tout en réfléchissant. L'ordinateur portable était définitivement hors service, mais il pouvait toujours utiliser le vieux PC de la maison pour lire le disque dur. Il s'installa donc à la petite table marquetée sur laquelle était posé l'ordinateur familial. Il brancha le périphérique que lui avait remis le vieil hippie et commença son exploration. Le support informatique étant presque vide, il ne fut pas long à mettre la main sur le fichier vidéo (IMG_5662.MOV) qu'il cherchait.

Il lança le film manifestement tourné avec un téléphone portable et resta pétrifié pendant les trois minutes que durait l'enregistrement. Il n'en croyait pas ses yeux ! Kate était blottie contre un homme qu'il ne connaissait pas. Ils s'embrassaient, se caressaient, se lançaient des regards énamourés d'adolescents.

— NON !

Il s'empara du premier objet qui tomba sous sa main – un mug en porcelaine débordant de crayons – et le fracassa contre le mur. L'explosion de la tasse effraya Clovis qui se cacha sous la table basse. Matthew ferma les yeux, se prit le visage entre les mains et demeura prostré un long moment. Anéanti.

Ce n'est pas possible...

Il releva la tête. Il devait y avoir une explication. Même les images les plus explicites pouvaient parfois avoir un sens caché. De quand datait le film, d'abord ? Dans son message, Emma indiquait qu'elle venait juste de le tourner. Il datait donc du matin du 23 décembre 2010, soit un jour à peine avant l'accident et la mort de Kate. Le lieu ensuite. Les boiseries lui rappelaient le Grill 23 ou le McKinty's dans lesquels ils se rendaient parfois, mais à y regarder de plus près le miroir et l'horloge murale ne cadraient pas avec ces deux adresses. Le type : grand, cheveux blonds coupés court, manteau de cuir noir. Le connaissait-il ? Peut-être, mais il était incapable de mettre un nom sur son visage. Leur comportement enfin, le plus insupportable pour lui. Kate aimait cet homme, ça crevait les yeux. Leur complicité était évidente, leurs souffles se mêlaient, leurs deux cœurs étaient parcourus du même frisson. Depuis combien de temps durait cette relation ? Comment avait-il fait pour ne pas s'en douter ?

Il serra le poing, envahi par la colère et une immense déception. Kate, l'amour de sa vie, l'avait trahi et il ne l'apprenait que maintenant, un an après sa mort ! Le sentiment de trahison laissa place au dégoût. Toujours sous le choc, il se traîna jusqu'à la véranda et ouvrit la baie vitrée. Il avait besoin d'air frais, comme un plongeur trop longtemps resté en apnée. Il haleta, ses jambes se dérobèrent sous lui et il se laissa tomber sur l'une des chaises de jardin. Son corps était secoué de sanglots, des larmes coulaient sur son visage sans qu'il puisse les arrêter. Un goût d'acide monta dans sa bouche.

Soudain, un cri jaillit du salon.

— Papa, papa, on t'a acheté du cidre et des bonshommes en pain d'épice ! lança Emily en débarquant sur la terrasse.

Elle se jeta dans ses bras et il enfouit le beau visage de sa petite fille au creux de son cou tout en essuyant ses larmes avec sa manche.

April remarqua sa tristesse et l'interrogea du regard.

— *Je te ra-con-te-rai,* articula-t-il en silence pour qu'elle puisse lire sur ses lèvres.

— Tu as pu faire réparer l'ordinateur, papa ?

Il secoua la tête.

— Non, ma puce, mais ce n'est pas grave.

— Je suis désolée, dit-elle en baissant les yeux tristement.

— Ce sont des choses qui peuvent arriver, mon

cœur. Tout le monde commet des erreurs. Ça te servira de leçon pour la prochaine fois.

— Ça, c'est sûr ! répondit-elle en levant son beau visage vers le soleil.

Comme souvent, le trop-plein de luminosité lui donna envie d'éternuer.

— À tes souhaits, mon bébé.

— Je suis plus un bébé !

Cet éternuement...

Matthew plissa les yeux, puis se pétrifia, cloué sur place par un souvenir refoulé qui venait de lui exploser à la figure comme une grenade.

*

Six mois plus tôt, le 4 juillet 2011, jour de la fête nationale, il avait accepté une invitation de Rachel Smith, une de ses collègues à Harvard, qui organisait un barbecue dans sa résidence secondaire à Cap Cod : un ancien phare niché sur un bras de mer rocheux, l'océan à perte de vue. Pendant que les hommes s'occupaient des grillades, les femmes papotaient près de l'eau et les enfants jouaient dans le phare sous la surveillance d'une nounou de la famille.

— Qui veut du poulet ? Qui veut des hot-dogs ? cria à la cantonade David Smith, un type sym-

300

pathique, toujours d'humeur égale, qui travaillait comme médecin généraliste à Charlestown.

Immédiatement, les quatre gamines sortirent en courant de leur repaire pour se précipiter vers la nourriture. C'était une magnifique journée d'été. Le soleil tapait fort. En arrivant dans la lumière, Emily mit la main devant sa bouche et éternua à deux reprises.

— Ça lui fait ça chaque fois qu'elle passe de l'ombre à la lumière, nota Matthew. C'est bizarre, non ?

— Ne t'inquiète pas, lui dit David. C'est un phénomène connu : la lumière fait éternuer environ une personne sur quatre. C'est une particularité génétique bénigne. En médecine, on appelle ça le réflexe photo-sternutatoire.

— Comment tu l'expliques ?

Le médecin remua dans l'air sa longue fourchette à steak comme s'il se trouvait devant un tableau noir.

— Bon, tu vois les nerfs optiques ? Ils sont situés à proximité d'un grand nerf crânien : le nerf trijumeau qui contrôle la sensibilité de tout le visage. C'est lui par exemple qui permet la production de larmes et de salive ainsi que les expressions du visage. Et c'est ce nerf qui déclenche les éternuements.

— D'accord, acquiesça Matthew.

David continua en pointant le soleil.

— Lors d'un afflux brutal de lumière, il y a chez certaines personnes une sorte d'interférence entre ces deux nerfs : la luminosité stimule le nerf optique qui « court-circuite » le nerf trijumeau et provoque l'éternuement.

— Comme deux fils électriques ?

— T'as tout compris, mon pote.

— Et tu es certain que ce n'est pas grave ?

— Absolument ! C'est juste une petite anomalie congénitale au niveau du nerf crânien. D'ailleurs, tu dois toi-même avoir ce problème, non ?

— Pas du tout, je n'ai jamais ressenti ça.

— Alors Kate devait l'avoir, c'est sûr.

— Pourquoi ?

— C'est ce que l'on appelle un trait génétique de transmission autosomique dominante.

— Ce qui signifie ?

— Que toute personne atteinte de cette anomalie a au moins un de ses parents atteints. Donc, si ce n'est pas toi, c'était obligatoirement Kate. Tiens, prends ton steak avant qu'il ne brûle.

Matthew avait hoché la tête et s'était éloigné quelques instants. Pensif. Pendant quatre ans, pas une seule fois il n'avait vu Kate éternuer à la lumière...

— Papa, regarde mon gros hot-dog ! cria Emily en se jetant dans ses bras, envoyant dans son élan une belle giclée de ketchup sur la chemise de son père. Oh...

— Ce n'est pas grave, mais attention, chérie, tu fais des gestes trop brusques.

Il essuya la tache de sauce tomate sur son vêtement tout en repensant à ce que venait de lui raconter le médecin. Puis il choisit de ne pas se tracasser avec ça et refoula cet épisode très loin dans sa mémoire.

★

Maintenant, cette scène lui revenait brutalement à l'esprit.

Retour au présent. Retour à la colère. À la sidération. À la détresse surtout. Un doute atroce s'instillait en lui. Et si Emily n'était pas sa fille ? Il se refit le film à l'envers. Il avait rencontré Kate en octobre 2006. D'après ce qu'elle lui avait laissé entendre, Emily avait été conçue le 29 octobre. Elle était née huit mois plus tard, le 21 juin, le jour de l'été. Un bébé prématuré d'un mois, c'était commun. Sauf qu'Emily n'avait rien d'une prématurée : 3,4 kilos à la naissance, grande de 52 centimètres, elle n'était pas restée longtemps en observation à l'hôpital. Mais là encore, tout à sa joie d'être père, il ne s'était pas embarrassé de ces « détails ».

— Ça va, papa ? Tu veux goûter ton pain d'épice ?

La question d'Emily ne le sortit pas tout à fait de ses pensées.

— Plus tard, chérie, marmonna-t-il.

Il se tourna vers April et, sans lui donner la moindre explication, lui annonça :

— Il faut que j'aille faire une course.

*

Boston, 2010
12 h 30

Le taxi abandonna Emma sur Somerset Street, au cœur de Wattapan. Situé à l'extrême sud de Boston, le quartier n'était pas le genre d'endroit auquel les guides touristiques consacrent plusieurs pages. À cause de la neige, les rues étaient presque désertes. Emma ne s'y sentit pas en danger, mais le décor n'était pas des plus reluisant : des petits immeubles en brique en attente de rénovation, des entrepôts, des maisons aux toits de tôle, des murs saturés de graffitis et des palissades entourant des terrains vagues.

En remontant l'avenue à la recherche de la patinoire, elle croisa un groupe de clochards qui squattaient le trottoir pour se réchauffer autour d'un brasero, en descendant des canettes de bière dissimulées dans des sacs de papier kraft. Des insultes imbibées d'alcool fusèrent sur son passage, mais il en aurait fallu plus pour l'intimider ou la faire renoncer.

Enfin, elle arriva devant le bâtiment de la patinoire municipale. Un gigantesque hangar métallique à la façade « repeinte » par les tags des lascars du quartier. Emma s'y engouffra. Elle acheta un ticket pour pouvoir pénétrer dans la salle, mais descendit directement dans les gradins sans passer par les vestiaires.

Des cris d'enfants résonnaient bruyamment dans l'enceinte. Sur la glace, une moitié de la surface était réservée à un groupe d'écoliers de six ou sept ans qui suivaient un cours d'initiation au hockey dispensé par un jeune moniteur. Deux institutrices accompagnaient la séance, relevant les gamins qui chutaient, fixant leurs patins, réajustant leurs casques ou leurs protège-tibias.

Emma s'approcha au bord de la surface verglacée. Parmi les deux monitrices, elle reconnut immédiatement Sarah Higgins. Elle avait coupé ses cheveux très court et perdu encore quelques kilos.

Vêtue d'une paire de jeans et d'un pull à grosses mailles, elle avait évidemment un peu vieilli par rapport aux photos.

— Madame Shapiro ?

Elle se retourna brusquement comme sous le choc d'une décharge électrique et fixa Emma, sidérée. Depuis quand ne l'avait-on plus appelée comme ça ?

— Qui êtes-vous ? demanda l'institutrice en patinant pour se rapprocher du bord.

— Une amie de Matthew. Je crois qu'il a des ennuis et j'aimerais l'aider.

— Ça ne me regarde pas.

— Vous avez cinq minutes à m'accorder ?

— Pas maintenant. Vous voyez bien que je travaille.

— C'est vraiment important, insista Emma.

Sarah poussa un soupir de résignation.

— Il y a une sorte de buvette, un peu plus haut. Allez m'y attendre. Je vous y rejoins dans un quart d'heure.

★

Vingt minutes plus tard

— J'ai été mariée presque dix ans avec Matthew, mais je le connais depuis plus longtemps encore,

306

commença Sarah avant de prendre une gorgée de thé.

Assise devant elle, Emma l'écoutait avec attention en triturant nerveusement la paille qui flottait dans son verre de Coca.

— Nous nous sommes rencontrés en 1992 sur les bancs de l'université du Massachusetts. Matt étudiait la philosophie et moi les sciences de l'éducation.

— Un coup de foudre ?

— Disons que c'était davantage une attirance intellectuelle. Nous avions lu les mêmes livres, partagions les mêmes idées, les mêmes préférences politiques. Nous nous sommes d'ailleurs embrassés pour la première fois le soir de la première élection de Bill Clinton. Nous étions tous les deux bénévoles dans son comité de soutien...

Sarah détourna la tête et ferma brièvement les yeux. Tout cela paraissait si loin aujourd'hui.

Emma la relança :

— Vous vous êtes séparés il y a quatre ans, c'est bien ça ?

— Un peu plus. Tout cela a été très brutal, en fait. Très inattendu.

— Votre couple traversait une mauvaise passe ?

— Même pas. Nous vivions tranquilles, nous étions heureux. Moi du moins, je l'étais...

— Matthew est parti du jour au lendemain ?

Sarah eut un rire nerveux.

— C'est l'expression qui convient, en effet. Un soir, il est rentré à la maison, il m'a avoué qu'il avait rencontré une femme, qu'il en était amoureux et qu'il voulait vivre avec elle. Il était déterminé, sûr de lui. Il ne m'a pas laissé le choix.

— Cette femme, c'était Kate ?

— Bien sûr ! Il l'avait rencontrée quelques jours plus tôt à l'hôpital. Il s'était blessé avec un sécateur en jardinant et c'est elle qui l'avait soigné. Et dire que c'est moi qui avais insisté pour le conduire aux urgences ce jour-là ! Matt prétendait que c'était trois fois rien et ne voulait pas y aller...

Emma ne put s'empêcher de la bousculer.

— Vous ne vous êtes pas battue pour le retenir ?

Sarah haussa les épaules.

— Vous avez bien regardé cette femme ? Je n'avais pas les armes pour lutter. Elle était plus jeune, plus belle, plus brillante que moi. Et puis, pendant des années, nous avions essayé sans succès d'avoir un enfant, alors...

Sa voix s'étrangla, mais elle poursuivit :

— Matthew est quelqu'un de romantique et d'idéaliste. Lorsqu'il a rencontré Kate, il s'est persuadé d'avoir trouvé son âme sœur. Et apparemment, elle aussi l'aimait. Peut-être même plus que moi. En tout cas, elle savait mieux le lui montrer.

À présent, des larmes brillaient dans ses yeux.

— Pendant quelque temps, j'ai espéré que tout ça ne soit qu'une passade, puis lorsque j'ai appris que Kate était enceinte, j'ai compris que tout était définitivement fini entre Matt et moi.

Soudain, le groupe d'enfants envahit la buvette dans une clameur. Sarah regarda sa montre et se leva.

— Bon, je dois y aller. Pourquoi prétendez-vous que Matthew a des ennuis ?

— Je… je ne peux pas vous le dire encore. Vous êtes restée en contact avec lui ?

Sarah secoua la tête.

— Vous plaisantez ? Ces dernières années ont été cauchemardesques et je commence à peine à me remettre de ce divorce. Je n'ai plus adressé la parole à Matthew depuis quatre ans et j'ai bien l'intention de continuer ainsi.

15

Les blessures de la vérité

*Les vérités qu'on aime le moins
apprendre sont celles qu'on a le plus
d'intérêt à savoir.*

Proverbe chinois

Boston, 2010
17 heures
Il faisait nuit. La neige s'entassait dans les rues
de Boston en couches épaisses et silencieuses. De
gros flocons duveteux tombaient sur le pare-brise
du taxi avant d'être chassés par les puissants essuie-
glaces. La voiture arriva sur Boylston Street et
déposa Emma au pied du Four Seasons. Le portier
l'aida à descendre de la berline et l'escorta avec
son parapluie jusqu'aux portes de l'hôtel.

Plongée dans ses pensées, la jeune femme traversa le hall sans s'arrêter. Alors qu'elle se diri-

geait vers les ascenseurs, le réceptionniste en chef l'interpella :

— Madame Lovenstein, votre petit frère est arrivé il y a une heure. J'ai pris l'initiative de l'installer dans une chambre attenante à votre suite.

— Mon petit frère ? Comment ça, mon petit frère ?

Elle monta jusqu'au septième étage et débarqua dans sa chambre pour y découvrir... Romuald Leblanc. Allongé sur le canapé, il grignotait les chips du minibar en buvant une canette de soda. Il avait branché ses enceintes sur lesquelles reposait un baladeur qui crachait un morceau de Jimi Hendrix.

— Tête de blatte ?

Emma regarda autour d'elle. Le gamin avait apporté avec lui tout son barda : une valise, un sac à dos, une besace... Même son drone était posé sur la table basse du salon.

— Qu'est-ce que tu fous ici ? demanda-t-elle en baissant le son de la musique.

— Chuis venu vous aider, répondit l'adolescent, la bouche pleine.

— M'aider à quoi ?

— Je pense que vous avez des ennuis : vous ne venez plus travailler, vous recevez des e-mails étranges, vous vous introduisez en douce chez les gens... Visiblement, vous menez une enquête.

— Et en quoi cela te concerne ?

— Ça me concerne parce que vous finissez toujours par me demander de l'aide.

Emma le regarda en plissant les yeux. Il n'avait pas forcément tort, mais elle refusait de rentrer dans cette logique.

— Écoute, mon garçon, c'est très aimable à toi, mais tu vas me faire le plaisir de reprendre tes affaires et de te tirer de là, fissa !

— Pourquoi ?

— D'abord parce que tu es mineur. Ensuite parce que tu es sur le territoire américain illégalement et qu'en France, tes parents doivent s'inquiéter pour toi. Enfin, parce que j'ai déjà assez de problèmes comme ça sans me charger d'un poids supplémentaire : toi !

Il se leva du canapé d'un bond, bien décidé à ne pas abandonner.

— Mais je peux vous aider à enquêter ! À deux, on va plus vite et on réfléchit mieux. D'ailleurs, la plupart des grands enquêteurs forment un duo : Sherlock Holmes et le docteur Watson, Batman et Robin, Starsky et Hutch, Brett Sinclair et Danny Wilde…

— Bon, ça va, tu ne vas pas tous me les citer ! s'énerva Emma.

— Loïs et Clark, Hit-Girl et Big Daddy, Richard

Castle et Kate Beckett… continua Romuald dans de grands gestes.

— ÇA SUFFIT MAINTENANT ! cria-t-elle. Je t'ai dit non. Et non, c'est non !

Elle sortit son ordinateur de son sac, le posa sur la table et souleva l'écran.

— Tu m'as aidée, c'est vrai et je t'en remercie. Pour la peine, je vais t'offrir un billet retour pour Paris. Je veux bien aussi te payer une nuit d'hôtel, mais au Hilton de l'aéroport, pas ici.

Le geek émit un grognement de colère. Joignant le geste à la parole, Emma fit glisser le curseur pour se connecter au site de Delta Airlines.

— Attendez ! réclama Romuald.

Emma interrompit son geste.

— Quoi encore ?

— Cette photo ! s'exclama-t-il en pointant l'ordinateur.

C'était une capture d'écran de la scène filmée dans le pub représentant Kate en compagnie de son « amant ».

— Quoi ? Tu connais cette femme ?

— Elle non, mais l'homme, bien sûr !

Emma sentit un frisson dans son ventre comme un shoot brutal d'adrénaline.

— Je t'écoute.

— Ce type, c'est Nick Fitch. C'est une véritable

légende et l'un des hommes d'affaires les plus mystérieux et les plus riches du monde.

★

Boston, 2011

Allongée sur un pouf moelleux en compagnie de son petit chien, Emily regardait enfin son film préféré : le fameux *SOS Fantômes*.

— Ça fait peur, hein, Clovis ? rigola-t-elle en se blottissant contre le shar-peï.

Assis sur l'un des tabourets entourant l'îlot de la cuisine, Matthew était plongé dans la lecture de la notice du kit qu'il venait d'acheter dans l'un des drugstores de Charles Street. April le regardait d'un œil réprobateur et consterné.

Rien n'était plus simple que de faire un test de paternité aux États-Unis. Pour la somme de 30 dollars, vous pouviez acheter un kit sans ordonnance dans l'une des vingt mille pharmacies du pays. Même certaines grandes surfaces les commercialisaient.

La réalisation du test était à la portée de n'importe qui : il suffisait de fournir deux échantillons de cellules exfoliées prélevés sur l'intérieur de la joue grâce à des sortes de gros cotons-tiges. Le premier échantillon était celui du père et le second celui de l'enfant.

Matthew se lança le premier. Il enfonça le bâtonnet de coton dans sa bouche et, pendant une trentaine de secondes, frotta l'intérieur de sa joue avant de glisser l'échantillon dans l'enveloppe prévue à cet effet, sur laquelle il avait auparavant complété le formulaire imprimé. Puis il sortit de la poche de sa veste le paquet de sucreries acheté à l'épicerie.

— Chérie, tu veux des oursons à la guimauve ?

— C'est vrai, tu m'en as acheté ? s'écria la petite fille en écarquillant les yeux.

Elle se leva de son pouf pour se précipiter vers lui.

— Merci, papa !

— Mais d'abord, il y a un tout petit exercice à faire.

— Ah bon ?

— C'est trois fois rien, tu vas voir, ouvre la bouche.

La petite fille s'exécuta et, délicatement, il renouvela l'opération pour lui prélever quelques cellules de peau.

— Je compte jusqu'à trente et tu as tes nounours, d'accord ? 1, 2, 3…

April lui lança un regard plein de colère et de mépris.

— Tu es vraiment misérable, murmura-t-elle.

Il ne prit même pas la peine de lui répondre.

— ... 28, 29 et 30. Bravo, ma puce, tu as bien mérité tes bonbons.

— Je peux en donner à Clovis ?

— Juste un petit bout pour lui faire goûter, toléra-t-il en glissant l'échantillon d'Emily dans la deuxième enveloppe.

Puis il inséra le tout dans une troisième enveloppe à bulles en joignant son règlement (159 dollars pour le laboratoire ainsi qu'un surplus de 99 dollars pour que l'analyse ait lieu le jour même). Il termina l'opération en inscrivant le nom du laboratoire :

InfinitGene
425 Orchid Street
West Cambridge, MA 02138

En achetant le test, il avait volontairement choisi un laboratoire du Massachusetts pour que l'analyse puisse se faire le plus rapidement possible et qu'on lui communique les résultats dans la soirée, avant minuit, sur sa boîte mail. Il y avait cependant une *deadline* : le labo devait recevoir les échantillons avant 14 heures.

Il regarda l'horloge murale.

13 h 10.

C'était bien sûr trop tard pour UPS ou pour FedEx, mais il pouvait toujours porter lui-même en voiture l'enveloppe au laboratoire. Même avec la circulation, il y serait en moins d'une demi-heure.

— Tu peux me prêter la Camaro, April ?

— Tu peux aller te faire foutre, Matthew ?

À l'autre bout de la pièce, Emily réagit promptement :

— Il ne faut pas dire des gros mots, April ! la gronda la petite fille en bouchant les oreilles du shar-peï.

Matthew enfila son manteau et prit sa mallette.

— Tant pis, j'attraperai un taxi sur Beacon Street, dit-il en mettant la grande enveloppe sous son bras.

★

Restée seule, April encaissa le choc. Il fallait absolument qu'elle empêche son ami de faire une connerie.

Elle s'approcha du coussin capitonné où Emily et Clovis se prélassaient.

— Je suis obligée de te laisser seule quelques minutes, mon cœur, alors tu vas me promettre de ne pas faire de bêtises, d'accord ?

Un peu inquiète, la petite fille pinça les lèvres.

— Je ne joue pas avec les allumettes, c'est ça ?

— Tu restes sagement devant *SOS Fantômes* et

tu attends l'arrivée du Bibendum Chamallow. C'est ton passage préféré, n'est-ce pas ?

Elle acquiesça en silence.

April pointa ensuite un index menaçant en direction du shar-pei.

— Et toi, l'hippopotame, tu as intérêt à bien monter la garde !

Elle passa son imperméable, cueillit ses clés de voiture et sortit sur Louisburg Square. La Camaro était garée de l'autre côté du parc. Elle mit le contact, fila tout droit pour attraper Charles Street et grilla allègrement le feu au croisement qui permettait de rejoindre Beacon Street.

Si Matt avait pris un taxi sur l'avenue, il devait encore être dans les environs. April zigzagua entre les véhicules, dévisageant les passagers à l'arrière des taxis chaque fois qu'elle en croisait un.

Rapidement, au bout de cinq cents mètres, elle repéra Matthew dans un *CleanAir Cab*, l'un de ces taxis hybrides qui se multipliaient en ville depuis deux ou trois ans. D'un coup d'accélérateur, elle se porta à son niveau et adressa un signe à son ami pour l'inciter à descendre. Mais Matthew n'était pas décidé à obtempérer. Au contraire, il se pencha vers le chauffeur pour lui demander de presser l'allure.

April soupira et rétrograda pour se replacer dans la roue de la Toyota. Elle laissa le taxi s'engager sur la structure de fer du Harvard Bridge, puis accéléra. Sur quelques mètres, les deux véhicules roulèrent dangereusement côte à côte jusqu'à se frôler. Puis le chauffeur de taxi prit peur et décida de se ranger sur la file de droite.

— Sortez de ma voiture ! ordonna-t-il à Matthew. Vous allez m'attirer des ennuis.

À son tour, April s'était garée derrière le *green cab*.

Matthew essaya de convaincre le chauffeur de reprendre sa course, mais il ne voulut rien savoir et démarra au quart de tour pour rejoindre le centreville.

April mit ses feux de détresse et claqua la porte de la Camaro dans un concert d'avertisseurs sonores. Il était dangereux et strictement interdit de stationner sur l'une des quatre voies du pont.

— Allez, Matt, rentrons à la maison, cria-t-elle en le rejoignant sur la rampe réservée aux promeneurs et aux joggeurs.

— Il n'en est pas question ! De quoi tu te mêles, bon sang ?

— À quoi ça va t'avancer de faire ce test de paternité ? demanda April en haussant la voix pour couvrir le bruit de la circulation. Est-ce que tu aimeras moins Emily si ce n'est pas ta fille biologique ?

320

— Bien sûr que non, mais je ne veux pas vivre dans le mensonge.

— Réfléchis bien, Matt, conseilla-t-elle en lui posant la main sur le bras.

— C'est tout réfléchi. J'ai droit à la vérité. Je veux comprendre ce qui s'est passé avec Kate. Je veux savoir *pourquoi* elle m'a trompé et *avec qui*.

— Kate est morte, Matt. Il serait temps que tu l'acceptes. Tu as vécu des années heureuses avec elle et quoi qu'il ait pu arriver avant, c'est toi qu'elle a choisi pour être le père de son enfant.

Matt écouta l'argument, mais sa peine était trop grande.

— Tu ne comprends pas. Kate m'a trahi. J'avais mis toute ma confiance en elle. J'ai quitté ma femme pour elle, j'ai…

— Tu n'aimais plus Sarah depuis longtemps, objecta-t-elle.

— Peu importe. Pendant quatre ans, j'ai laissé entrer dans ma vie une étrangère, quelqu'un que je croyais connaître. Il faut que je sache qui elle était vraiment. Il faut que j'enquête sur elle.

April empoigna Matthew par le col et le secoua sans ménagement.

— Mais elle est morte, putain ! Réveille-toi ! Pourquoi perdre du temps à fouiller dans le passé des gens ?

— Pour les connaître vraiment, répondit-il en se libérant de son emprise.

— Et moi, tu me connais vraiment ? demanda-t-elle, changeant de façon inattendue l'angle de la conversation.

Il fronça les sourcils.

— Oui, je crois. Enfin, tu es ma meilleure amie et…

— Qu'est-ce que tu connais *réellement* de moi, Matt ?

— Eh bien, tu es née près de San Diego. Tes parents tenaient une boutique d'antiquités. Tu as étudié l'art à l'UCLA[1], tu…

— Ça, c'est ce que je t'ai raconté, mais ce n'est pas la vérité. Ma mère a dû coucher avec la moitié des hommes du Nevada et n'a jamais été capable de me dire qui était mon père. Elle n'était pas antiquaire : c'était une pocharde qui n'a jamais rien fait de sa vie à part escroquer les gens et se soûler la gueule. L'art ? Je ne l'ai pas étudié à l'université, mais à Chowchilla, dans la plus grande maison d'arrêt pour femmes de Californie. Eh oui, Matt, tu vois, j'ai fait de la prison.

Déconcerté, Matthew regarda sa colocataire dans les yeux. Pendant quelques secondes, il pensa même qu'elle plaisantait, mais ce n'était pas le cas.

1. University of California, Los Angeles.

— Je ne vais pas te peindre un tableau à la Dickens, poursuivit April, mais j'ai eu une adolescence et une jeunesse compliquées : de mauvaises fréquentations, des fugues précoces et de la dope. Beaucoup de dope. À une époque, j'étais prête à faire n'importe quoi pour m'en procurer. Vraiment n'importe quoi.

Une larme coula soudain sur la joue de la jeune femme. Dans sa tête, des images douloureuses et humiliantes refirent surface comme par effraction, mais elle les repoussa.

— Évidemment, ma descente aux enfers m'a conduite en prison. À vingt-deux ans, les flics m'ont arrêtée après un vol avec violence. J'en ai pris pour trois ans fermes à Chowchilla. Voilà qui je suis vraiment...

Elle s'arrêta comme pour reprendre son souffle, chassa une mèche de cheveux que le vent faisait flotter devant ses yeux.

— Mais je ne suis pas que ça, reprit-elle enfin. Je suis aussi cette femme qui s'est battue pour avoir une seconde chance, qui a refait sa vie à l'autre bout du pays, qui n'a plus touché à la came depuis dix ans et qui a monté avec succès sa propre galerie d'art.

— Tu pouvais me faire confiance, affirma Matthew. Pourquoi ne m'as-tu pas dit cela dès le début ?

— Parce qu'il faut aller de l'avant. Parce que le passé est le passé. Parce qu'il faut laisser les morts avec les morts…

Matthew baissa la tête. April acheva de le convaincre.

— Restes-en là. Ne prends pas le risque de tout remettre en question et de t'infliger encore plus de peine. Les apparences sont souvent trompeuses et Kate n'aura jamais la possibilité de te donner sa version des faits. Laisse-lui le bénéfice du doute. En faisant ce test de paternité, en fouillant la vie de Kate, tu ne vas faire que deux victimes : toi et ta petite fille. Tourne la page, Matt, je t'en supplie.

Abasourdi, des larmes plein les yeux, Matthew abandonna sa mallette à April. Elle en sortit l'ordinateur portable et l'enveloppe destinée au laboratoire. Du haut de la rambarde, elle les précipita de toutes ses forces dans le fleuve. Puis elle aida Matthew, effondré, à s'installer sur le siège de la Camaro avant de le ramener chez lui.

★

L'enveloppe à bulles fut emportée par la force du courant de la Charles River et se retrouva rapidement noyée dans l'océan Atlantique. Quant à l'ordinateur, il s'enfonça dans les eaux froides d'où personne ne pourrait jamais le repêcher, empêchant définitivement toute nouvelle communication entre Matthew et Emma.

*

Sauf que les choses n'étaient pas si simples…

Quatrième partie

La femme de nulle part

16

Le Prince Noir

Gardez le mystère, il vous gardera.

Odes de Salomon, 8

Boston, 2010
18 h 30

Zen et lumineux, le restaurant japonais occupait un bel espace au rez-de-chaussée de l'hôtel. Emma et Romuald se frayèrent un passage jusqu'au bar à sushis et s'assirent côte à côte sur deux tabourets.

Romuald sortit sa tablette tactile de son sac à dos et la tendit à Emma pour qu'elle puisse prendre connaissance des documents qu'il avait téléchargés.

— Nick Fitch se situe quelque part entre Steve Jobs et Mark Zuckerberg, commença l'adolescent. Même s'il n'est pas très connu du grand public, c'est une véritable légende dans le milieu de l'informatique.

Tout en écoutant le jeune Français, Emma commença à parcourir la notice biographique.

Nicholas Patrick dit **Nick Fitch**, né le 9 mars 1968 à San Francisco, est un informaticien et chef d'entreprise américain, fondateur et P.-D.G. de l'entreprise Fitch Inc.

Le pirate

À dix-sept ans, suite à un pari avec un ami, il s'introduit à l'aide d'un ordinateur de son université dans les serveurs de la NASA, réputés comme les plus protégés au monde. Il se promène pendant de longues minutes sur le réseau de l'agence gouvernementale sans y dérober un seul fichier. Dans les jours qui suivent, la police l'interpelle sur le campus de Berkeley. Il sera jugé quelques mois plus tard pour intrusion illégale dans un système informatique. En raison de son âge et de l'absence de vol, il bénéficiera de la clémence du tribunal qui le condamnera à deux mois de détention en centre de redressement assortis d'une année de mise à l'épreuve.

— Ce type a eu un peu la même jeunesse que toi, remarqua Emma.

— Vous ne pouviez pas me faire de plus beau compliment ! s'exclama Romuald en souriant de toutes ses dents.

Ravi, il attrapa un temaki à l'anguille et le fourra dans sa bouche.

Le restaurant fonctionnait selon le principe du kaiten : les mets défilaient sur un tapis roulant qui serpentait à travers toute la salle, invitant les clients à se servir directement. Sous cloches transparentes, les spécialités étaient disposées dans de petites assiettes de couleurs différentes selon leur prix.

Emma commanda un thé et poursuivit la fiche biographique de l'amant de Kate.

Le créateur de jeux vidéo

Au tout début des années 1990, Nick Fitch se fait connaître en créant *Promised Land*, un jeu de stratégie en temps réel situé dans un monde d'heroic-fantasy. Le joueur y incarne un chevalier, le Prince Noir, défenseur des Trois Terres, luttant pour repousser les assauts de créatures belliqueuses et les complots des ennemis du Royaume. La licence du jeu est vendue pour un montant record à l'éditeur DigitalSoft. Différentes versions seront déclinées jusqu'en 2001.

Création du système d'exploitation

Alors qu'il est encore étudiant, Nick Fitch développe un système d'exploitation original, Unicorn, dont il décide de publier le code source sur Internet, le rendant de facto libre, ouvert et gratuit.

Des communautés de développeurs commencent alors à l'utiliser, le dupliquer et l'améliorer. Peu à peu, la plateforme acquiert une réputation de stabilité et de fiabilité, mais sa popularité reste limitée au petit monde informatique.

La création de Fitch Inc.

Pour développer le système Unicorn, Nick Fitch crée sa propre structure, Fitch Inc., une société qui se charge de rendre l'utilisation du système d'exploitation plus aisée et ludique pour les néophytes. Fitch Inc. devient le distributeur exclusif de Unicorn, commercialisant de nombreux services liés au logiciel, comme l'assistance technique, le conseil et la formation des salariés. Certains « Unicorniens » de la première heure reprochent alors à Fitch de vouloir transformer son système d'exploitation en un produit simple et standardisé. Cette logique plus commerciale porte néanmoins ses fruits puisque Unicorn devient peu à peu un logiciel capable de concurrencer Windows, le produit phare de Microsoft. S'il reste peu utilisé sur les ordinateurs personnels, c'est sur les serveurs d'entreprise, les systèmes de navigation GPS et surtout les smartphones que Unicorn va se tailler la part du lion.

— Cette femme, c'est une bombe ! s'exclama Romuald.

Emma leva la tête pour constater que l'adolescent s'était emparé de son ordinateur portable.

— Ne te gêne pas, surtout. Fouille dans mes affaires !

— Donc, c'est elle, Kate Shapiro ? demanda-t-il en tournant l'écran dans sa direction. La femme du type qui vous envoie des messages du futur ?

— Oui, c'est elle.

— On dirait… un ange, lâcha-t-il sans quitter des yeux la photo de Kate.

La photo plus sensuelle. Celle où on la voyait seins nus, les mains croisées sur la poitrine.

Emma lui lança un regard mauvais.

— Les hommes… Quel que soit l'âge, vous êtes tous les mêmes, c'est désespérant.

Romuald restait la bouche ouverte, scotché devant la beauté insolente de Kate. Emma s'énerva :

— Arrête de baver devant cette fille, tu es ridicule. En plus, elle est refaite ! Regarde ! lui montrat-elle en faisant défiler les autres clichés.

— C'est vrai, admit-il, mais elle n'en est pas moins belle pour autant. Elle a un rapport avec Nick Fitch, n'est-ce pas ?

Elle ouvrit de grands yeux.

— Qu'est-ce qui te fait dire ça ?

— À cause du tatouage de licorne sur le bras gauche. Cet animal mythique a toujours été le symbole de Fitch. D'abord pour le jeu vidéo qu'il a créé à dix-huit ans, puis plus tard pour le nom de son système d'exploitation. C'est d'ailleurs aujourd'hui le logo de sa société.

— Unicorn, murmura Emma.

La licorne en anglais... Ce petit vicieux a raison... pensa-t-elle en poursuivant sa lecture.

Le triomphe de Unicorn dans les entreprises, les administrations et les agences gouvernementales. Implanté massivement sur les serveurs des entreprises, le système Unicorn équipe également l'armée américaine. En très peu de temps, Fitch Inc. est devenu un partenaire privilégié et incontournable du département de la Défense. Depuis 2008, les centaines de smartphones et les tablettes des soldats américains accueillent une version modifiée de Unicorn. Le Pentagone a en effet jugé que le système d'exploitation était le plus sécurisé pour permettre à son personnel d'envoyer des documents sensibles et confidentiels depuis un appareil connecté.

Le système d'exploitation équipe également les drones de combat de l'US Air Force ainsi que le système de gestion des destroyers, les lance-missiles de la Navy.

Vie privée

Surnommé le Prince Noir, en raison de son jeu vidéo et de sa tenue immuable (jean noir, pull à col roulé sombre et veste de cuir), Nick Fitch est une personnalité énigmatique et iconoclaste. Le chef d'entreprise est un homme secret qui n'a plus donné d'interviews à la presse depuis 1999 et qui a toujours protégé sa vie privée. « *Avoir un nom connu, mais un visage inconnu, cela me va très bien* », expliquait-il au magazine *Wired* lors de son dernier entretien. Passionné de jazz et de musique contemporaine, il est connu pour posséder une grande collection d'œuvres surréalistes qu'il a rassemblées dans une exposition permanente au sein de l'UC Berkeley Art Museum. Selon le magazine *Forbes*, sa fortune est aujourd'hui estimée à plus de 17,5 milliards de dollars.

Emma leva la tête de la tablette tactile et se massa les paupières. Dans quoi avait-elle mis les pieds ? Un génie de l'informatique devenu milliardaire, un empire bâti sur les nouvelles technologies, l'armée américaine… Son « enquête » sur Kate l'entraînait dans des méandres qu'elle n'avait pas soupçonnés.

Tout cela a-t-il un sens ? se demanda-t-elle, soudain découragée. *Quelle est ma légitimité pour enquêter sur cette femme ? Qu'est-ce que je fous ici, la veille du réveillon de Noël, enfermée dans un hôtel avec un adolescent grassouillet aussi paumé que moi ? C'est pathétique…*

Derrière le comptoir, elle observa un moment le geste minutieux du sushiman qui étalait le riz sur la feuille de nori avant de le garnir de surimi, d'avocat et de concombre pour le rouler en maki. Puis son regard se posa sur Romuald. Scotché devant son écran, le geek ne levait la tête que pour saisir les petites assiettes qui passaient devant lui : carpaccio de Saint-Jacques, sushi chaud, temaki à l'oursin, patte de king crabe…

— Tu sais que tu n'es pas obligé de goûter toute la carte du restaurant…

Absorbé par sa recherche, il mit quelques secondes à réagir.

— Regardez ça, fit-il en tournant l'ordinateur vers Emma. C'est très intrigant…

Sur l'écran, il avait ouvert une multitude de fenêtres : des photos du visage de Kate avant et après son opération de chirurgie esthétique. Romuald avait annoté les clichés, les marquant de plusieurs traits et de mesures diverses.

— Qu'est-ce qui est intrigant ?

— C'est quand même bizarre de se faire une opération de chirurgie esthétique lorsqu'on est si belle et si jeune, non ?

— Oui, je m'étais fait la réflexion aussi. Surtout que les modifications sont minimes.

— Oui et non. En fait, une fois refait, le visage de Kate respecte tous les canons de beauté.

— Tu parles des proportions ?

— Oui. Il y a eu des études mathématiques sur la « beauté parfaite ». Les scientifiques ont cherché à comprendre pourquoi certains visages inspiraient une attraction immédiate. Et ils sont arrivés à prouver que la beauté parfaite suivait un algorithme mathématique.

— Un algorithme ?

— Un ensemble de règles qui tiennent à la symétrie du visage et au respect de certaines proportions.

— Comment sais-tu ça, toi ?

— Je suis en terminale scientifique. Un prof nous a fait étudier un article de *Sciences & Vie* sur le sujet et ça m'avait marqué. Mais ces théories ne sont pas nouvelles : elles reprennent des commandements déjà connus du temps de Léonard de Vinci.

— À part la symétrie du visage, quelles sont les autres règles ?

— Si je me souviens bien, dans un visage parfait, la distance entre les pupilles doit être légèrement inférieure à la moitié de la largeur totale du visage. Et l'écart entre les yeux et la bouche devra être légèrement supérieur au tiers de la distance séparant la racine des cheveux du menton.

— C'est ce qui se passe ici ?

— Oui. Le visage de Kate atteint une sorte de « ratio optimal de perfection ». C'est ce qui explique son attractivité. Kate était « presque parfaite » et elle est devenue « plus que parfaite ».

Emma encaissa l'information.

Toujours autant de questions, toujours aussi peu de réponses...

— À votre avis, pourquoi a-t-elle fait ça ?

demanda l'adolescent en chipant sur le plateau une assiette de mangue.

— Je n'en sais rien : pour plaire à un homme, pour avoir davantage confiance en elle...

Il avala les morceaux de fruit à une telle vitesse qu'il faillit s'étrangler. Emma s'agaça :

— Mais t'as peur de quoi, bordel ? Qu'on vienne te piquer ta bouffe ? Tiens-toi bien, tu n'as plus six ans !

Vexé, il haussa les épaules.

— Je vais aux toilettes, dit-il en descendant de son tabouret.

— C'est ça, crie-le plus fort pour que tout le restaurant soit au courant. Tu ne veux pas mettre un message sur Facebook pour prévenir tes potes, non plus ?

— Je n'ai pas de potes, rétorqua-t-il en baissant la tête et en s'éloignant.

— Tu vas me faire pleurer, Calimero. Rejoins-moi au bar de l'hôtel. J'ai besoin de deux ou trois cocktails pour me donner la force de te supporter.

Elle signa la note puis se leva à son tour, rangea l'ordinateur dans son sac et attrapa la parka du jeune homme.

★

Le bar du Four Seasons avait des airs de vieux club anglais : grande cheminée, panneaux de bois en séquoia, canapés en velours, bibliothèque, table de billard et lumière tamisée. Noël oblige, un grand saladier d'eggnog[1] était posé près du comptoir. Emma se laissa tomber dans un fauteuil Chesterfield et commanda une caipiroska.

L'air de rien, elle n'était pas mécontente de la présence inattendue de Romuald. Le geek était un extraterrestre, vif, plein d'idées. Il pouvait lui être d'une aide précieuse si elle parvenait à canaliser son intelligence.

Voyant qu'il était décidé à s'incruster dans son enquête, elle avait laissé son amour-propre de côté pour tout lui raconter, depuis son coup de cœur pour Matthew à travers leur échange de mails jusqu'à sa fouille ce matin dans la maison des Shapiro, en passant par l'épisode du casino et la mise en évidence des infidélités de Kate. Elle ne lui avait rien caché, pas même l'épisode de son « suicide », ni la découverte du sac de sport planqué dans le faux plafond et contenant pas moins d'un demi-million de dollars.

Elle profita de l'absence de l'adolescent pour fouiller les poches de sa parka. Au milieu des

1. Boisson proche du « lait de poule », réalisée à base de lait, de sucre, d'œufs, de crème et de rhum.

barres chocolatées, elle découvrit plusieurs choses intéressantes. D'abord, un billet de train aller-retour de New York à Scarsdale, une banlieue cossue de Manhattan. Le titre de transport avait été composté la veille. Aller à 10 h 04, retour à 13 h 14 presque dans la foulée. Sur un Post-it, elle trouva le nom et l'adresse de Michele Berkovic, la directrice générale de l'Imperator. Elle vivait bien à Scarsdale avec son mari, un financier de Wall Street, et ses deux enfants. Berkovic était une gestionnaire, hautaine et peu chaleureuse, qui avait été nommée à l'Imperator après le départ de Jonathan Lempereur. Qu'était donc allé faire Romuald un dimanche chez les Berkovic ?

L'autre chose étonnante était un billet d'avion retour vers Paris CDG. Le voyage portait la date… d'aujourd'hui. Emma ferma les yeux pour réfléchir. Cela expliquait que l'adolescent ait débarqué à Boston aussi rapidement avec toutes ses affaires. Ses bagages étaient déjà faits parce qu'il s'apprêtait à repartir en France, mais il avait dû annuler son voyage lorsqu'elle l'avait appelé pour désactiver le système d'alarme des Shapiro. Elle ne sut pas comment interpréter ce geste et s'empressa de remettre tous les documents dans les poches du manteau.

On lui apporta son cocktail qu'elle vida d'un trait. Le mélange de vodka et de citron lui brûla délicieusement l'œsophage. Elle était en train d'en commander un autre lorsqu'elle aperçut Romuald qui franchissait la porte du bar.

Elle lui fit signe, mais il ne l'aperçut même pas. Dans sa bulle, les yeux baissés sur son téléphone portable, il pianotait sur son petit terminal.

Quelle génération... En permanence derrière un écran, le téléphone ou la tablette tactile greffés comme un prolongement de leur corps... Mais suis-je très différente ?

Romuald bouscula un serveur, marmonna de vagues excuses et aperçut enfin Emma.

— Je peux goûter votre cocktail ? demanda-t-il en s'asseyant en face d'elle.

— Non, tu es un enfant et les enfants ne boivent pas d'alcool. Prends une limonade ou un lait chaud...

— Un enfant ? Pfff. Je suis certain que tout le monde nous prend pour un couple.

— C'est ça, dans tes rêves...

Il redevint sérieux.

— Bon, j'ai réfléchi. Ce qui nous manque, c'est une source fiable sur la jeunesse de Kate. C'est là que se trouve la clé du mystère : on ne peut comprendre les gens qu'en connaissant leur passé. C'est une règle qui ne souffre pas d'exception, asséna-t-il solennellement.

— On croirait entendre mon psy, souffla Emma. Mais vas-y, continue, je veux bien te suivre sur ce terrain.

— Je parie que son idylle avec Nick Fitch ne date pas d'aujourd'hui. Je suis même certain que c'est lui qui a pris cette photo, affirma-t-il en montrant le cliché glamour en noir et blanc qu'il avait transféré sur son smartphone.

Celui où Kate portait le tatouage de licorne.

— C'est possible, admit Emma.

— On devrait essayer de retrouver l'ancienne copine de Kate pour l'interroger.

— Quelle ancienne copine ?

— Souvenez-vous : parmi les trois questions pour désactiver l'alarme, il y en avait une concernant le nom de sa meilleure amie lorsqu'elle était étudiante.

— Exact, dit-elle en retroussant sa manche pour relire les réponses qu'elle avait marquées sur son avant-bras.

— Sympa, votre carnet, j'avais le même quand j'avais huit ans...

— Ta gueule, tête de fouine, gronda Emma. La fille s'appelle Joyce Wilkinson. Mais ça va nous prendre des heures pour la retrouver. En plus, cette femme est sûrement mariée aujourd'hui et...

— Ça va nous prendre trois minutes, la coupa Romuald.

Il se connecta au site Web de Berkeley, mais l'accès aux données concernant les anciens élèves était protégé.

— Tu ne peux pas le pirater ?

— Pas d'un simple claquement de doigts, mais je vais la jouer classique.

L'adolescent tapa simplement « Joyce Wilkinson + MD[1] » sur un moteur de recherche qui délivra presque instantanément l'information demandée.

— Il y a une Joyce Wilkinson, professeur de neurosciences, titulaire d'un Ph.D. délivré par l'université de Stanford. Elle a fait sa Medical School à Berkeley de 1993 à 1998.

— C'est elle, c'est certain !

— C'est une spécialiste de la maladie d'Alzheimer, compléta-t-il en parcourant les informations de la page. Cerise sur le gâteau : elle travaille au Brain and Memory Institute, un organisme dépendant du MIT spécialisé dans la recherche sur les maladies cérébrales.

Emma se mordit la lèvre d'excitation. C'était trop beau pour être vrai : le MIT avait ses locaux à Cambridge, à quelques dizaines de kilomètres seulement de Boston...

— Joyce était à la fac avec Kate, c'était sa

1. *Doctor of Medicine.*

meilleure amie, peut-être même sa voisine de chambre. Il faut que vous alliez l'interroger.

— Je veux bien, mais pourquoi répondrait-elle à mes questions ? Je n'ai pas les moyens pour la forcer à me répondre.

— Il faut lui faire peur. Les gens parlent à la police.

— Au cas où tu ne l'aurais pas remarqué, je suis sommelière, pas flic.

— Ça, c'est un détail. Je peux vous faire une carte de police plus vraie que nature.

Emma secoua la tête.

— On est le 23 décembre. Joyce est certainement en vacances.

— Il n'y a qu'un moyen de le savoir, trancha l'adolescent.

Il s'était connecté sur le site de l'Institut du cerveau et composait sur son téléphone le numéro du standard.

— À vous de jouer, dit-il en tendant l'appareil à Emma.

— Brain and Memory Institute, que puis-je faire pour vous ? lui demanda la standardiste.

Emma s'éclaircit la gorge.

— Bonjour, pourrais-je avoir le poste du docteur Wilkinson ?

— De la part de qui ?

— Euh... sa mère, répondit-elle, prise au dépourvu.

— Ne quittez pas, je vous la passe.

Emma raccrocha dans la foulée.

— Au moins, on sait qu'elle se trouve à son travail, dit-elle en levant la main pour réclamer sa note de bar.

Puis elle demanda à Romuald :

— Tu étais sérieux pour cette carte de flic ?

Il hocha la tête.

— Il y a des imprimantes couleur de bonne qualité au Business Center. Rejoignez-moi là-bas dans cinq minutes.

Alors qu'il s'éclipsait, elle consulta sa messagerie. Toujours aucune réponse de Matthew à son courrier de ce matin. C'était étrange. En attendant l'addition, elle repensa à tous les événements qui avaient bouleversé sa vie ces derniers jours.

Comment ai-je pu me laisser entraîner dans ce tourbillon ?

Elle signa le reçu que lui tendait le serveur puis rejoignit Romuald.

★

Situé à côté de la réception, le Business Center était un grand espace aménagé de fauteuils et de compartiments cloisonnés, équipés d'ordinateurs, d'imprimantes et de fax. Emma découvrit Romuald qui travaillait dans l'un des box.

— Souriez ! demanda-t-il en braquant sur elle l'objectif de l'appareil photo intégré dans son téléphone. J'ai besoin de votre portrait. Vous préférez une carte du FBI ou de la BPD[1] ?

— La BPD, c'est plus crédible.

— En tout cas, faudra penser à changer vos fringues. Vous ne faites pas trop flic, là.

— Tu sais ce qu'elles te disent, mes fringues ?

Elle s'assit à ses côtés et, tout en le regardant travailler, lui fit part de ses doutes :

— Peut-être qu'on fait complètement fausse route. Peut-être que Kate n'a absolument rien à se reprocher.

— Vous plaisantez ? Quelqu'un qui planque un demi-million de dollars en billets de banque dans un faux plafond a forcément quelque chose à se reprocher. Il faudrait savoir d'où vient cet argent et surtout ce qu'elle compte en faire.

— Qu'est-ce que tu proposes ?

— J'ai une petite idée, mais il me faudrait du matériel…

Elle décida de faire confiance au geek et lui tendit une de ses cartes de crédit.

1. Boston Police Department.

— OK, achète ce que tu veux. Sors du liquide si nécessaire.

Puis elle souleva de nouveau la manche de son chemisier pour lire ce qu'elle avait écrit sur son avant-bras.

— Ah oui, il y a quelque chose sur lequel je voudrais que tu te renseignes. Kate tient un blog qui a pour nom *Les Tribulations d'une Bostonienne*. Le site recense des bonnes adresses de restos ou de boutiques. Jettes-y un œil. Quelque chose me paraît bizarre dans le ton ou la présentation…

— D'accord, je regarderai, promit-il en notant l'adresse.

Puis il lança l'impression de la fausse carte de police sur du papier cartonné et la découpa avec soin.

— Tenez, lieutenant, dit-il fièrement en tendant à Emma le précieux sésame.

Elle hocha la tête en constatant la qualité du travail de l'adolescent puis glissa la carte dans son portefeuille.

— On reste en contact, OK ? Tu ne fais pas de conneries et tu m'appelles si tu as un problème.

— *Capito*, répondit-il en lui adressant un clin d'œil et en agitant son téléphone.

★

Sur Boylston Street, la neige tombait toujours à un rythme soutenu, ralentissant la circulation. Mais les Bostoniens n'étaient pas décidés à abdiquer devant les éléments. Armés de pelles, les gardiens dégageaient l'entrée des immeubles pendant que les employés municipaux salaient la chaussée et régulaient le trafic.

Il y avait un centre commercial à proximité du Four Seasons. Emma y effectua un shopping express : un jean, des bottines, un pull à col roulé en cachemire, une veste en cuir.

Dans la cabine d'essayage, elle regarda sa métamorphose, se demandant si elle était crédible.

— Lieutenant Emma Lovenstein, police de Boston ! fit-elle en présentant sa carte au miroir.

17

Le garçon aux écrans

Notre liberté se bâtit sur ce qu'autrui ignore de nos existences.

Alexandre SOLJENITSYNE

Boston, 2010
19 h 15

Les flocons de neige s'accumulaient sur les lunettes de Romuald.

L'adolescent retira sa monture et frotta ses verres avec la manche de son pull. Il remit la paire sur son nez pour constater qu'il y voyait à peine plus clair. Avec ou sans lunettes, le monde lui apparaissait toujours embué, obscur, compliqué.

L'histoire de ma vie...

Pour une fois, il essaya d'agir avec ordre. En venant de l'aéroport, il avait repéré le bâtiment d'une grande enseigne informatique, un gigantesque cube transparent posé sur Boylston Street. C'est là qu'il devait se rendre. Le trottoir menaçait de se transformer en patinoire. Il glissa plusieurs fois et se rattrapa de justesse d'abord à un réverbère, puis à un panneau de signalisation. Enfin, il arriva devant l'immense façade de verre qui s'élevait sur trois niveaux. À deux jours de Noël, le magasin était ouvert jusqu'à minuit. Il ressemblait à une fourmilière. La foule pressante et compacte faillit faire renoncer le geek. Comme chaque fois qu'il se retrouvait dans ce type de situation, il éprouva une brusque montée d'angoisse. Son cœur pulsa dans sa poitrine et une coulée de sueur lui glaça les flancs. Pris d'un début de vertige, il tenta de s'extraire de cette marée humaine en empruntant l'escalier en Plexiglas, point névralgique du magasin, qui reliait les trois étages.

En prenant de la hauteur, il respira un peu mieux et parvint progressivement à calmer son anxiété. Il rejoignit la file d'attente et patienta de longues minutes avant qu'un vendeur ne s'occupe de lui. Une fois le contact établi, l'adolescent sut se montrer convaincant : non seulement il savait ce qu'il voulait, mais il bénéficiait en plus d'un crédit presque illimité. Il choisit donc l'ordinateur le plus puissant, acheta plusieurs écrans ainsi que de nombreux périphériques, des câbles et des rallonges. Tout ce dont il avait toujours rêvé. Après avoir vérifié la validité de sa carte de paiement, le magasin accepta – au vu du montant de sa commande et de la proximité de l'hôtel – de lui livrer dans l'heure tous ses achats.

Fier d'avoir mené à bien la première partie de sa mission, Romuald retourna à pied au Four Seasons. Arrivé dans la suite, il appela le room service, commanda un burger Rossini aux truffes, une forêt noire et un Coca light pour se donner bonne conscience.

Une fois le matériel informatique réceptionné, il posa son baladeur sur les enceintes, programma une playlist appropriée (Led Zep, Blue Oyster Cult, Weezer...) et passa toute la soirée à configurer ses appareils.

Là, dans la chaleur de la chambre, protégé par le bourdonnement des machines, il était dans son univers. Il aimait les ordinateurs, les gadgets, la bouffe et s'offrir de longues échappées solitaires dans des bouquins de science-fiction ou de *fantasy*. Bien sûr, souvent, il se sentait seul. Très seul. La tristesse montait brusquement comme une vague venue de loin, le prenant à la gorge et le menant au bord des larmes.

Il était mal à l'aise partout, jamais vraiment à sa place, incapable de paraître décontracté. Ses parents et la psy qui le suivait lui répétaient souvent qu'il fallait qu'il « aille vers les autres », qu'il « pratique un sport », qu'il « se fasse des copains et des copines ». Parfois, pour leur faire plaisir, il consentait à quelques efforts qui ne portaient jamais leurs fruits. Il se méfiait trop des gens, de leur regard, de leur jugement, des coups qu'ils étaient capables de lui infliger. Il attendait alors qu'on lui tire quelques flèches et retournait se protéger derrière cette carapace qu'il s'était forgée depuis l'enfance.

Il acheva la mise au point de son installation en terminant son Coca. Il était à la fois excité et désorienté par la situation. Que faisait-il là, à Boston, à six mille kilomètres de chez lui, dans la suite improbable d'un hôtel de luxe avec une femme qu'il connaissait à peine et qui affirmait recevoir des mails du futur ?

Il s'était simplement laissé guider par son instinct. Il avait reconnu en Emma une sorte de grande sœur peut-être aussi paumée et seule que lui. Il devinait que, derrière ses piques, elle avait bon cœur. Surtout, il la sentait proche de la rupture et, pour la première fois de sa vie, il avait l'impression qu'il pouvait être utile à quelqu'un. Même s'il était le seul à le savoir, il sentait qu'il y avait en lui une force et une intelligence qui ne demandaient qu'à s'exprimer.

À présent, ses doigts couraient sur le clavier comme des fantassins à l'assaut d'une citadelle ennemie.

À New York, il avait vu son ami Jarod pénétrer furtivement dans le premier niveau du *Domain Awareness System*, le système de surveillance globale de la ville qui exploitait en temps réel les caméras de Manhattan. Il en avait retenu quelques manipulations. Assez pour s'attaquer à sa propre cible : le système informatique du Massachusetts General Hospital.

La bataille fut longue, mais à force d'acharnement, il parvint à prendre le contrôle de l'Intranet et de toutes les caméras de surveillance du centre hospitalier. Il poursuivit son piratage en obtenant les autorisations pour accéder aux données médicales des patients ainsi qu'au dossier professionnel et à l'emploi du temps de tous les membres du personnel.

Mécaniquement, il vérifia celui de Kate. La chirurgienne avait fini sa journée et ne reprenait son service que le lendemain matin à huit heures : la matinée dans le bâtiment principal du Heart Center, l'après-midi et la soirée au Children's Hospital de Jamaica Plain dans la banlieue sud-ouest de Boston.

Romuald fit un effort pour se rappeler ce que lui avait raconté Emma : c'était bien en sortant du parking de l'hôpital pour enfants que Kate devait être percutée par le camion de livraison de farine. En suivant le même « mode opératoire », il ne lui fallut qu'un quart d'heure pour pirater le système informatique de l'antenne de l'établissement. Il passa près d'une heure à se balader de caméra en caméra pour « prendre possession » des lieux, puis se souvint du blog de Kate qu'Emma lui avait demandé de consulter.

Il se connecta donc aux *Tribulations d'une Bostonienne*. Il s'agissait d'un blog amateur, une sorte de catalogue de bonnes adresses conseillées par la chirurgienne. On y trouvait principalement des recommandations de restaurants, de cafés ou de magasins, chaque article étant illustré d'un ou de plusieurs clichés. Romuald passa une demi-heure à parcourir les billets dans l'ordre de leur publication. Au cours de sa lecture, quelque chose le frappa : l'hétérogénéité du ton des billets. Certains étaient très écrits, d'autres rédigés dans un style beaucoup plus relâché et truffé de fautes d'orthographe. Difficile de croire que c'était la même personne qui avait composé tous ces textes. D'autre part, comment une femme comme Kate – qui ne vivait que pour son travail – trouvait-elle le temps de s'offrir autant d'escapades ?

En approfondissant ses recherches, l'adolescent

découvrit que les textes du site n'étaient en réalité que des « copiés/collés » d'autres blogs. Kate s'était visiblement contentée de dupliquer les articles d'autres auteurs.

Mais dans quel but ?

Cette fois, il séchait. Il consacra encore quelques minutes à lire les commentaires du blog. Celui-ci n'était pas très fréquenté, même si un certain « Jonas21 », un visiteur assidu du site, laissait un bref commentaire à chaque article : « intéressant, nous aimerions en savoir davantage », « nous connaissions déjà cet endroit », « restaurant sans intérêt », « nous nous sommes régalés, bravo pour vos conseils ! ».

Romuald écrasa un bâillement. Tout cela devenait trop obscur pour lui. À tout hasard, il envoya à Jarod, son ami informaticien, le lien du blog accompagné d'une petite note lui demandant de vérifier s'il ne trouvait rien d'étrange dans le site. Il lui dit que c'était urgent et lui promit la somme de 1 000 dollars pour son travail.

Il était plus de 1 heure du matin lorsqu'il s'endormit devant ses écrans.

18

Lieutenant Lovenstein

A woman is like a teabag, you never know how strong she is until she gets into hot water.

Eleanor ROOSEVELT

Boston, 2010

Avec sa structure en double hélice qui brillait dans la nuit, l'immeuble de verre de l'Institut du cerveau et de la mémoire ressemblait à une gigantesque molécule d'ADN.

Les portes vitrées du bâtiment s'ouvrirent dans un souffle puissant. Emma s'avança vers l'accueil avec assurance.

— Lieutenant Lovenstein, police de Boston, annonça-t-elle en dégainant sa carte.

— Que puis-je pour vous, lieutenant ?

Emma demanda à s'entretenir avec Joyce Wilkinson.

— Je vais prévenir le professeur, répondit l'hôtesse en décrochant son téléphone. Je vous laisse patienter.

Un peu nerveuse, Emma ouvrit la fermeture éclair de son blouson et fit quelques pas dans le hall dont les murs opalescents et laiteux donnaient l'impression de déambuler dans un vaisseau spatial. De chaque côté des parois, des panneaux lumineux mettaient en scène l'histoire récente de l'institut tout entier dédié à l'étude de l'organe le plus mystérieux et fascinant qui soit.

Le cerveau humain...

Le projet de l'établissement de neuroscience était clair : regrouper certains des plus grands chercheurs de la planète pour faire avancer la connaissance des maladies du système nerveux (Alzheimer, schizophrénie, maladie de Parkinson...).

— Lieutenant, si vous voulez bien me suivre.

Emma emboîta le pas à la réceptionniste.

Un ascenseur silencieux en forme de capsule vitrée les conduisit jusqu'au dernier étage de la tour. Au bout d'un couloir de verre se trouvait un espace tout en transparence : le lieu de travail de Joyce Wilkinson.

La scientifique leva les yeux de son ordinateur portable lorsque Emma franchit la porte de son bureau.

— Entrez donc, lieutenant. Je vous en prie, dit-elle en désignant de la main le siège devant elle.

Comme les photos le laissaient deviner, Joyce Wilkinson était d'origine indienne. Sa peau mate et ses cheveux de jais coupés court contrastaient avec le regard clair et rieur qui luisait derrière ses fines lunettes à monture translucide.

Emma lui montra sa carte sans ciller.

— Je vous remercie de m'accorder quelques minutes de votre temps, professeur.

Joyce hocha la tête. Sous sa blouse ouverte, elle était vêtue simplement d'un pantalon de toile kaki et d'un pull à grosses mailles qui lui donnait l'allure presque enfantine d'un garçon manqué. Son visage carré et juvénile attirait la sympathie.

Avant de s'asseoir, Emma jeta un regard circulaire à la pièce. Les murs étaient tapissés d'écrans plats sur lesquels s'étalaient des dizaines de plans de coupe de cerveaux humains.

— On dirait des toiles d'Andy Warhol, remarqua-t-elle en faisant référence aux couleurs vives des marqueurs d'activité cérébrale qui rendaient les clichés « vivants », presque gais.

Joyce expliqua :

— Il s'agit d'une étude médicale réalisée en Amérique du Sud sur plusieurs milliers de personnes d'une famille élargie dont les membres ont une prédisposition héréditaire à développer la maladie d'Alzheimer.

— Et quelles sont ses conclusions ?

— Elle montre que les signes précurseurs de la maladie apparaissent plus de vingt ans avant les premiers symptômes.

Emma approcha très près d'un des clichés. Elle eut une pensée pour son père, en phase terminale de la maladie, hospitalisé dans une institution du New Hampshire. Comme en écho à ses réflexions, Joyce lui confia :

— Mon père adoptif a développé une forme précoce de la maladie. Ça a bousillé mon enfance, mais ça a aussi déterminé ma vocation.

La « flic » poursuivit l'échange :

— Le cerveau... Tout se passe là-dedans, n'est-ce pas ? fit-elle en désignant son crâne. Des signaux électriques, des connexions entre groupes de neurones...

— Oui, répondit Joyce en souriant. Le cerveau gouverne nos décisions et détermine nos comportements et nos jugements. Il établit la conscience que nous avons de notre entourage et de nous-mêmes et va jusqu'à régler notre façon de tomber amoureux !

Elle avait une voix chaude, légèrement rauque. Un charme puissant. Le médecin hocha la tête en se balançant dans son fauteuil.

— C'est un sujet passionnant, mais ce n'est pas

pour discuter de ça que vous êtes venue me voir, n'est-ce pas, lieutenant ?

— En effet. Je suis ici car la BPD mène actuellement une investigation dans laquelle apparaît le nom de Kate Shapiro.

Joyce marqua une vraie surprise.

— Kate ? Que lui reprochez-vous ?

— Sans doute rien de grave, assura Emma. Kate n'est pas la personne principale visée par notre enquête. Je ne peux vous en dire plus pour l'instant, mais je vous remercie pour votre collaboration.

— Comment puis-je vous aider ?

— En répondant à quelques questions. Quand avez-vous rencontré Kate pour la première fois ?

— Eh bien, c'était en… en 1993, affirma-t-elle en comptant sur ses doigts. Nous étions toutes les deux élèves en première année du JMP.

— Le JMP ?

— Le *Joint Medical Program* de l'université de Berkeley. Il s'agit d'un cursus médical de cinq ans parmi les plus sélectifs du pays. Trois ans de master en sciences sur le campus suivis de deux ans de stage dans différents hôpitaux de Californie.

— À l'université, vous étiez sa meilleure amie, n'est-ce pas ?

Joyce plissa les yeux en silence, laissant les souvenirs remonter lentement du passé.

— Oui, c'est certain. Nous avons partagé la même chambre pendant trois ans à Berkeley avant de louer un petit appartement à San Francisco pendant deux ans. Ensuite, nous avons déménagé à Baltimore pour y débuter notre résidanat.

— Comment était Kate à l'époque ?

La neurologue haussa les épaules.

— Comme aujourd'hui, j'imagine : belle, ambitieuse, intelligente, dotée d'une volonté de fer… Vraiment très douée. Je n'ai jamais vu quelqu'un capable de travailler aussi vite et aussi longtemps. Je me souviens qu'elle dormait très peu et avait une capacité de concentration incroyable. C'était sans doute la meilleure élève de notre promotion.

— D'où venait-elle ?

— D'un petit lycée catholique du Maine dont j'ai oublié le nom. Avant Kate, jamais personne de cet établissement n'avait été admis au JMP. Je me souviens que son score au test d'intégration de l'école avait été le plus élevé depuis la mise en place de l'examen. Et je suis prête à parier que personne ne l'a battu aujourd'hui.

— Comment êtes-vous devenues amies ?

Joyce écarta les mains.

— J'imagine que la maladie de nos parents nous a rapprochées. Kate avait perdu sa mère des suites d'une sclérose en plaques. Nous étions toutes les deux décidées à consacrer notre vie à lutter contre les maladies neurodégénératives.

Emma fronça les sourcils.

— C'est bien ce que vous avez fait vous, mais pas Kate. Elle est devenue chirurgienne cardiaque.

— Oui, elle a changé brutalement de voie en 1999, au milieu de notre deuxième année à Baltimore.

— Vous voulez dire qu'elle a arrêté son résidanat de neurologie en deuxième année pour se réorienter en chirurgie ?

— C'est ça : comme c'était une très bonne élève, John-Hopkins[1] a accepté de la transférer en cours d'année pour intégrer le résidanat de chirurgie.

— Quelle était la raison de ce changement ?

— Aujourd'hui encore, je serais incapable de vous le dire. C'est d'ailleurs à partir de cette date que nos chemins ont pris des directions différentes et que nos relations se sont distendues.

Emma insista.

— En réfléchissant, vous ne voyez vraiment pas ce qui a pu déclencher cette décision ?

— C'était il y a plus de dix ans. Nous n'avions que vingt-quatre ans à l'époque. Et puis, en médecine, il n'est pas rare que les étudiants changent d'orientation en cours de route.

1. Hôpital universitaire du Maryland.

— Tout de même, il s'agissait ici de l'engagement d'une vie. Vous disiez que Kate était déterminée à faire une carrière en neurologie.

— Je sais bien, acta Joyce. Quelque chose d'important s'est manifestement passé dans sa vie cette année-là, mais je ne saurais pas vous dire quoi.

Emma s'empara d'un stylo qui traînait sur le bureau et marqua la date « 1999 » sur son avant-bras suivie de la question : « quel événement dans la vie de Kate ? »

— Vous voulez un papier, lieutenant ?

Emma déclina la proposition et poursuivit son « interrogatoire » :

— Kate sortait avec des types, à l'époque ?

— Elle dégageait une sorte de beauté magnétique qui faisait qu'elle était très courtisée. De façon plus prosaïque : tous les mecs bavaient devant elle et rêvaient de la mettre dans leur lit.

— Vous ne répondez pas à ma question, insista Emma. Qui fréquentait-elle ?

Gênée, Joyce essayait apparemment de protéger l'intimité de son ancienne amie.

— C'est du ressort de sa vie privée, non ?

Pour lever ses scrupules, Emma précisa sa question :

— Elle sortait avec Nick Fitch, c'est ça ?

Joyce laissa échapper un imperceptible soupir

de soulagement. Satisfaite de ne pas avoir trahi le secret de Kate, elle s'autorisa à la confidence :

— C'est vrai, Nick était le grand amour de Kate.

— Depuis quand sortaient-ils ensemble ? demanda Emma pour profiter de la brèche.

— Dès l'âge de dix-neuf ans. Nous étions en deuxième année à Berkeley lorsque Fitch est venu donner une conférence sur le campus. Kate l'avait déjà rencontré auparavant. Elle est donc allée lui parler après le séminaire et ils ont commencé à se fréquenter. Leur histoire d'amour a commencé en 1994. Fitch était déjà une légende à l'époque. Il devait avoir vingt-cinq ou vingt-six ans et avait gagné beaucoup d'argent dans l'industrie du jeu vidéo. À l'époque, dans le milieu du logiciel libre, Unicorn était déjà dans toutes les bouches.

— Qui était au courant de leur relation ?

— Très peu de monde. Personne même, à mon avis, à part la mère de Nick et moi. Fitch a toujours été très discret sur sa vie personnelle. Un vrai parano. Vous ne trouverez aucune photo ni aucun film où on les voit ensemble. Nick y veillait.

— D'où vient cette parano ?

— Je n'en ai pas la moindre idée. En tout cas, c'est quelque chose de très ancré en lui.

Emma marqua une courte pause. Cette parano cadrait mal avec le film qu'elle avait réalisé le matin même sur son téléphone. Pourquoi Kate et Nick s'étaient-ils rencontrés dans un pub où n'importe qui aurait pu les voir ?

— Combien de temps a duré leur liaison ?

— Plusieurs années, mais c'était une relation en pointillé. « Suis-moi, je te fuis ; fuis-moi, je te suis. » Vous voyez le genre ?

— Très bien, malheureusement, souffla Emma.

Joyce sourit puis poursuivit :

— D'après ce qu'elle me confiait, Kate souffrait beaucoup de l'inconstance de Nick. Elle lui reprochait son manque d'engagement. Un jour, il pouvait se montrer très épris, mais redevenait distant dès le lendemain. Ils ont rompu plusieurs fois, mais ils finissaient toujours par se remettre ensemble. Elle était vraiment accro et elle aurait fait n'importe quoi pour lui, y compris cette stupide opération de chirurgie esthétique.

Emma ressentit un picotement dans le ventre. Elle avait vu juste...

— C'était en quelle année ?

De nouveau, Joyce compta sur ses doigts.

— Pendant l'été 1998, à la fin de notre première année de résidanat, quelques mois donc avant que Kate change de spécialité.

— Pour vous, elle a fait cette opération pour plaire à Fitch ?

366

— Oui, ça me semble évident. À cette époque, Kate ne comprenait pas pourquoi Nick la repoussait. Elle n'avait plus confiance en elle. Cette opération, c'était un geste désespéré.

Emma changea de sujet.

— Jusqu'à quand Kate et Nick se sont-ils fréquentés ?

Joyce secoua la tête.

— Je n'en sais strictement rien. Comme je vous l'ai dit, nous nous sommes perdues de vue lorsque Kate a changé de filière. On s'envoyait un e-mail de temps à autre, mais c'en était fini des confidences. Après Baltimore, elle est revenue à San Francisco pour terminer son résidanat, puis elle a suivi une formation de chirurgie cardiaque à New York. Il y a cinq ans, elle a conclu sa spécialisation par un clinicat en transplantation cardiaque à Boston et, dans la foulée, elle a réussi à obtenir un poste de titulaire au MGH.

Emma prit la balle au bond.

— Vous vous êtes donc retrouvées toutes les deux dans la même ville au même moment ?

— À peu près. J'ai rejoint le Brain Institute il y a trois ans et demi.

— J'imagine qu'à votre arrivée ici vous avez cherché à revoir votre amie...

Légèrement mal à l'aise, Joyce attendit quelques secondes avant de répondre.

— Oui, je l'ai contactée et nous avons pris un verre dans un café de Back Bay. C'était quelques mois après son accouchement. Elle m'a dit qu'elle était très heureuse, très satisfaite de sa vie de famille et très amoureuse de son mari, un prof de philo de Harvard.

— Vous l'avez crue ?

— Je n'avais aucune raison de ne pas le faire.

— Vous avez reparlé de Nick ?

— Non, ce n'était pas le moment. Elle venait de se marier et d'avoir un enfant. Je n'allais pas remuer le passé.

— Vous vous êtes revues par la suite ?

— Je lui ai proposé, mais elle n'a jamais répondu à mes e-mails ou à mes coups de fil. Au bout d'un moment, j'ai abandonné.

Joyce poussa un soupir et le silence retomba dans la pièce. Emma tourna la tête vers la fenêtre. En plissant les yeux, elle distingua la rivière, noire et sombre, qui coulait en contrebas.

— Très bien. Merci de votre coopération, dit-elle en se levant.

Joyce se leva à son tour.

— Je vous raccompagne, lieutenant.

Emma suivit la scientifique dans le couloir puis dans l'ascenseur.

— Vous ne pouvez vraiment pas me dire ce que

l'on reproche à Kate ? insista Joyce en appuyant sur le bouton pour se rendre au rez-de-chaussée.

— C'est encore trop tôt, je suis désolée. Je vous demanderai également de ne parler à personne de notre entretien.

— Comme vous voulez. J'espère sincèrement qu'il n'est rien arrivé de grave, mais quoi que Kate ait pu faire, il y a une chose que vous devez bien comprendre : lorsqu'elle entreprend quelque chose, elle le fait avec intelligence et détermination. Et elle va jusqu'au bout. Elle n'a qu'une seule faille, qu'un seul point faible.

— L'amour ?

— Sans aucun doute. Kate disait elle-même que lorsqu'elle était amoureuse, elle sentait son âme russe se réveiller et qu'elle était capable des plus grands excès. Croyez-moi, ce n'était pas une plaisanterie.

Joyce lui tendit sa carte alors qu'elles arrivaient dans le hall de l'institut.

— Si vous avez besoin d'autres renseignements, n'hésitez pas, lieutenant.

— Merci. Une dernière question : est-ce que Kate aurait été capable de faire quelque chose pour se venger de Nick ?

Joyce ouvrit les mains dans un geste d'impuissance. Les deux femmes continuèrent à discuter une bonne demi-heure dans la lumière laiteuse du Brain Institute.

Enfin, Emma sortit dans la nuit. Il était tard. La neige avait cessé de tomber, mais un froid polaire figeait le campus.

Pas le moindre taxi à l'horizon. Elle marcha jusqu'à la station Kendall/MIT et rentra en métro jusqu'à Boston.

En poussant la porte de sa chambre d'hôtel, elle découvrit Romuald endormi devant son mur d'écrans, la tête posée sur ses bras croisés.

Intriguée, elle regarda l'installation informatique en ouvrant de grands yeux. L'adolescent avait transformé la suite en un impressionnant QG de sécurité.

Elle quitta la chambre sans bruit et retourna au bar de l'hôtel.

À cette heure de la nuit, l'endroit ne comptait que quelques clients.

Elle commanda une nouvelle caipiroska et la sirota en repensant à ce que lui avait raconté Joyce Wilkinson avant qu'elles ne se quittent.

La première rencontre de Kate et de Nick.

19

L'Immortelle péruvienne

> *Les paroles d'amour sont comme des flèches lancées par un chasseur. Le cerf qui les a reçues continue à courir et l'on ne sait pas tout de suite que la blessure est mortelle.*

Maurice MAGRE

Dix-neuf ans plus tôt
Février 1991
Kate a seize ans – Nick a vingt-trois ans

Le restaurant d'une station-service, près de St. Helens en Oregon.

Il neige. La salle est presque vide. Un unique client termine ses œufs Benedict en jouant une partie sur un échiquier électronique. Derrière le comptoir, la très jeune serveuse écoute l'album *Nevermind* qui tourne dans le lecteur CD. Un livre de biologie ouvert devant les yeux, elle paraît pleinement absorbée par sa lecture même si son corps, lui, vibre discrètement au rythme des chansons.

— Mademoiselle ! Pouvez-vous me resservir du café, s'il vous plaît ?

Kate lève la tête de son manuel, s'empare de la cafetière qui chauffe sur son support et s'avance vers le client. Elle le sert tout en évitant de croiser son regard. Son attention se porte sur la partie d'échecs qu'il est en train de disputer. Elle se mord la langue, hésite à lui faire une remarque, à sortir du principe qu'elle s'est fixé : se tenir le plus possible éloignée des hommes. Finalement, alors qu'elle le voit prendre une pièce sur l'échiquier, elle franchit le pas et ordonne :

— Reposez votre tour et oubliez le roque[1].

— Pardon ? demande Nick.

Sa voix est mélodieuse et ensoleillée. Pour la première fois, elle le regarde vraiment. Il est habillé tout en noir, mais son visage est avenant et ses cheveux brillent comme du miel.

— Sur ce coup, ce n'est pas une bonne idée de vouloir roquer, explique-t-elle, sûre d'elle. Déplacez plutôt votre cavalier en e7.

— Et pourquoi donc ?

— Vous en êtes au dixième coup, n'est-ce pas ?

---

1. Aux échecs, le roque est un mouvement permettant, en un seul coup, de déplacer la tour et le roi pour mettre ce dernier à l'abri.

Nick regarde l'échiquier et acquiesce :

— Exact.

— Alors, cette configuration de jeu suit le modèle d'une partie célèbre : l'Immortelle péruvienne.

— Jamais entendu parler.

— C'est une partie très connue pourtant, remarque-t-elle avec une pointe de condescendance.

Il s'amuse de l'audace de cette fille.

— Éclairez ma lanterne.

— Elle a été disputée en 1934 à Budapest par le grand maître péruvien Esteban Canal. Mat en quatorze coups en sacrifiant sa dame et deux tours.

Il l'invite à s'asseoir d'un geste de la main.

— Montrez-moi ça.

Elle s'interroge, mais finit par prendre place devant lui et commence à bouger une pièce puis une autre, commentant ses coups à toute vitesse :

— Donc si vous roquez, le pion de votre adversaire prendra le vôtre en b4, puis votre dame prendra sa tour en a1, d'accord ? Ensuite, son roi se déportera en d2 et là, vous n'avez pas le choix : votre dame doit prendre sa tour en h1. La sienne prend l'un de vos pions en c6, vous obligeant à prendre sa dame et la partie se termine par un mat lorsque le fou se déplace en a6.

Nick reste sidéré. Kate se lève et termine sa démonstration en précisant :

— C'est un mat de Boden.

Un peu vexé, il fixe l'échiquier, rejouant la partie dans sa tête.

— Non, attendez ! Pourquoi ma dame doit-elle prendre sa tour ?

Elle hausse les épaules.

— Si c'est allé trop vite pour vous, refaites la partie au calme. Vous verrez que c'est la seule solution tenable.

Surmontant le camouflet qu'il vient de subir, il lui propose de jouer une partie, mais elle jette un coup d'œil à sa montre et décline sa proposition.

Il la regarde retourner derrière le comptoir alors que le patron du restaurant fait son apparition.

— C'est bon, Kate, tu peux y aller, lance l'homme en lui tendant quatre billets de 10 dollars.

La jeune fille empoche l'argent, défait son tablier, range son livre dans son sac et traverse la pièce pour sortir.

Nick l'interpelle :

— Allez, une petite partie à 10 dollars ! insiste-t-il en posant un billet sur la table. Je vous laisse les blancs !

Kate regarde le billet, hésite un quart de seconde puis s'assoit et avance un pion.

Nick sourit. Les premiers coups se jouent en peu de temps. Kate comprend rapidement qu'elle va gagner la partie et qu'elle peut même y arriver très vite, mais quelque chose en elle s'y refuse. Presque inconsciemment, elle fait l'impasse sur certains coups pour prolonger le moment. Pendant quelques instants, elle s'oblige à ne pas regarder par la fenêtre pour ne pas voir les flocons de neige qui tourbillonnent dans le ciel. Dehors, elle sait qu'il y a les brûlures du vent, les morsures du froid, la peur, l'incertitude. Elle sait que tôt ou tard, elle va devoir trouver le courage de les affronter, mais pour l'instant elle s'accorde une parenthèse avec ce chevalier noir aux cheveux d'or, bercée par la musique, dans la chaleur un peu poisseuse du restaurant.

— Je reviens, lance Nick en se levant.

Elle le regarde se diriger vers les toilettes. Il est de retour deux minutes plus tard et se ressert une tasse de café comme s'il était chez lui avant de revenir s'asseoir. Ils jouent tous les deux leurs coups de plus en plus lentement. Elle prolonge encore le plaisir cinq bonnes minutes avant de brusquer les choses. En trois coups, Nick se retrouve pris à la gorge.

Échec et mat.

— C'est fini, dit-elle d'un ton dur en empochant le billet sur la table.

À son tour, elle se lève et attrape son sac.

— Attendez ! réclame-t-il. Offrez-moi une revanche.

— Non, c'est fini.

Elle part en refermant la porte derrière elle. Il la suit du regard à travers la vitre. Ses dernières paroles résonnent en écho dans sa tête.

C'est fini...

— Bordel, c'est qui, cette fille ? demande-t-il en avançant vers le comptoir.

— J'en sais rien, répond le patron. Une Russe, je crois. Je l'ai embauchée ce matin.

— Son nom ?

— Me souviens plus. Un truc compliqué. Russe, quoi. Alors, elle se fait appeler « Kate ».

— Kate, répète Nick dans un murmure, comme pour lui-même.

Il hausse les sourcils, tire son portefeuille de la poche de son jean et laisse un billet pour régler l'addition. Puis il enfile son gros blouson, noue son écharpe et cherche ses clés de voiture d'abord dans la poche de son pantalon puis dans celle du blouson.

— Merde !

— Quoi ? demande le patron.

— Elle m'a piqué mes clés de voiture !

★

376

Le même jour
Cinq heures plus tard

Les coups frappés à la porte tirent Nick de son sommeil. Il ouvre les yeux, regarde autour de lui. Il lui faut quelques secondes pour se souvenir où il se trouve (dans la petite chambre d'un motel un peu glauque de l'Oregon) et pourquoi (parce qu'il a été assez con pour se faire piquer sa voiture par une gamine alors qu'il a une réunion décisive à San Francisco dans quelques heures...).

— Oui ? demande-t-il en ouvrant la porte.

— Monsieur Fitch ? Je suis Gabriel Alvarez, adjoint au bureau du shérif du comté de Columbia. Nous avons retrouvé votre voiture et votre voleuse.

— Vraiment ? Puis-je la récupérer rapidement ? Je suis assez pressé et...

— Venez, je vous emmène.

*

Le 4 × 4 du shérif adjoint traverse la nuit laborieusement. La neige a cessé, mais la route reste très glissante.

— Qu'est-ce que vous êtes venu foutre dans notre bled ? grogne Gabriel Alvarez.

— J'ai assisté à une convention de jeux vidéo

à Seattle. Je faisais la route pour rentrer à San Francisco lorsqu'il a commencé à neiger et…

— Les jeux vidéo, vraiment ? Mon gamin passe des heures devant ces trucs-là. Ça nous promet une belle génération de décérébrés.

— Ça se discute, répond Nick prudemment. Et ma voiture ? Où l'avez-vous retrouvée ?

— Planquée dans un sous-bois, dans une forêt à vingt bornes d'ici. La jeune fille dormait à l'intérieur.

— Comment s'appelle-t-elle ?

— Ekaterina Svatkovski. Elle a seize ans. D'après ce qu'elle nous a dit, elle habitait dans une caravane avec sa mère à Bellevue. La maman est morte il y a deux mois. La fille a refusé d'être placée en famille d'accueil et elle a fugué du foyer où on l'avait assignée. Depuis, elle squatte à droite à gauche.

— Que va-t-il lui arriver ?

— Rien de bon, j'en ai peur. Nous avons contacté les services sociaux, mais ça ne réglera pas le problème.

— Je devrais peut-être retirer ma plainte ?

— Vous faites ce que vous voulez.

— Je pourrais lui parler ?

— Si ça vous chante, mais je vous préviens : on l'a mise en cellule, histoire de la faire un peu flipper quand même…

★

Nick pousse la porte de la cellule.

— Salut Caitlín. Brrr ! On se gèle les fesses ici.

— Cassez-vous !

— Doucement ! C'est quoi, ton problème ?

— Ma mère est morte, mon père s'est tiré, je n'ai pas de fric, pas d'endroit où dormir : ça vous va, comme tableau ?

Il s'assoit à côté d'elle sur le banc en bois accroché au mur de la cellule.

— Pourquoi refuses-tu d'aller dans une famille ou dans un foyer ?

— Laissez-moi ! crie-t-elle en lui donnant un coup dans l'épaule.

Pour se défendre, il lui bloque les poings.

— Calme-toi, bon sang !

Elle le défie du regard et le repousse à l'extrémité du banc.

— Mais qu'est-ce que tu comptes faire, au juste, par ce froid ? s'énerve-t-il. Zoner indéfiniment dans cette région pourrie ?

— Lâchez-moi, putain.

— Le flic m'a montré ton sac. J'ai vu tes manuels de biologie. Tu veux devenir médecin, c'est ça ?

379

— Ouais et j'y arriverai.

— Non. Pas si tu sèches les cours.

Elle tourne la tête pour qu'il n'aperçoive pas les larmes qui lui montent aux yeux. Elle sait qu'il a raison. Elle a honte.

— Laisse-moi t'aider, demande-t-il.

— M'aider ? Pourquoi m'aideriez-vous ? On se connaît même pas !

— C'est vrai, admit-il. Mais qu'est-ce que ça change ? Les personnes que je connais le mieux sont celles que je déteste le plus.

Elle reste ferme.

— Je vous ai dit non. Les gens ne vous aident jamais gratuitement. Je ne veux rien vous devoir.

— Tu ne me devras rien.

— On dit toujours ça au début...

Il tire son échiquier de son sac et change de sujet.

— Tu m'accordes ma revanche ?

— Vous ne capitulez jamais, vous ! soupire-t-elle.

— Je crois que c'est une qualité que tu possèdes aussi, Caitlín.

— Arrêtez de m'appeler comme ça ! Qu'est-ce qu'on joue cette fois ?

— Si tu gagnes, je me casse, propose-t-il.

— Et si *vous* gagnez ?

— Tu me laisses t'aider.

Elle renifle. Il lui tend un mouchoir en papier.

— OK, décide-t-elle. Après tout, si vous voulez une deuxième rouste... À vous les blancs.

Il sourit, installe les pions sur l'échiquier et bouge sa première pièce. Elle fait de même.

— C'est vrai qu'on se les gèle ici, dit-elle en grelottant.

— Prends mon blouson, propose-t-il.

Elle hausse les épaules.

— Pas besoin.

Il se lève et lui pose son cuir sur les épaules.

Elle se blottit à l'intérieur et concède :

— Ça pèse une tonne, ce truc, mais c'est super chaud.

Ils reprennent leur partie. Alors qu'ils jouent en silence, elle se rend compte que la crainte et la méfiance sont en train de refluer. Pourtant, l'odeur de la peur est incrustée en elle depuis qu'elle est toute petite : peur que sa mère meure, peur qu'elles perdent leur logement, peur de se retrouver seule au monde...

Elle ferme les yeux et prend une décision qui la déleste d'un poids : elle va perdre la partie. Elle va accepter de se laisser aider par ce chevalier venu de nulle part.

Elle ne le sait pas encore, mais elle est en train de vivre un moment décisif de son existence.

Dans les années qui vont suivre, elle se repassera des milliers de fois le film de sa première rencontre avec Nick Fitch. Le premier homme qu'elle aimera. Le seul. Chaque fois qu'elle aura besoin de courage ou qu'elle sentira sa détermination flancher, elle trouvera de la ressource en repensant à cet instant magique et inattendu où Nick a débarqué dans sa vie. Ce jour où elle décida qu'elle lui appartiendrait à tout jamais, « pour le meilleur et pour le pire, dans la richesse comme dans la pauvreté, dans la santé comme dans la maladie, dans la joie comme dans la peine. Jusqu'à ce que la mort les sépare ».

— Échec et mat, dit-il en déplaçant sa dame.

— D'accord, la deuxième manche est pour vous. Satisfait, il lui pose la main sur l'épaule.

— Bon, écoute-moi bien, Caitlín : je vais retirer ma plainte et appeler mon avocat. D'ici là, je te demande de rester tranquille, OK ?

— Votre avocat ?

— Il va te sortir de là et t'éviter les foyers et les familles d'accueil. Il va s'arranger pour que tu aies le droit de poursuivre ta scolarité au St. Joseph College.

— C'est quoi ?

— Un petit lycée privé catholique tenu par des bonnes sœurs. J'y ai fait mes études. C'est l'endroit idéal si tu veux vraiment travailler.

— Mais comment je vais faire pour...

— Tu auras droit à trois années de cours, tous

frais payés, la coupe-t-il. Tu seras logée, blanchie, nourrie. Tu n'auras à te préoccuper que de tes études. Si tu es sérieuse, ça te mènera jusqu'à l'école de médecine. Après, il y aura des bourses et ce sera à toi de te débrouiller. On est d'accord ?

Elle acquiesce en silence puis demande :

— Je ne vous devrai rien ?

Il secoue la tête.

— Non seulement tu ne me devras rien, mais tu n'entendras plus jamais parler de moi.

— Pourquoi faites-vous ça ?

— Pour que tu ne puisses pas dire qu'on ne t'a pas donné ta chance, répond-il comme une évidence.

Il range l'échiquier dans son sac, se lève pour partir et regarde sa montre.

— Je suis en retard, Caitlín, on m'attend à San Francisco. Heureux d'avoir croisé ta route. Prends soin de toi.

Il s'en va en lui laissant son blouson. Oubli volontaire ou acte manqué, elle le gardera toute sa vie.

Cinquième partie

Le choix du mal

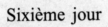

Sixième jour

20

Mémoire vive

Les hommes préfèrent les blondes parce que les blondes savent ce que les hommes préfèrent.

Marilyn MONROE

Boston
24 décembre 2010
7 h 46

Le soleil s'était levé sur Boston, projetant ses rayons dans la chambre d'hôtel et faisant miroiter la surface métallique des étagères. Ébloui par le reflet, Romuald porta la main devant ses yeux et tourna brutalement le visage pour fuir la luminosité.

Il lui fallut un bon moment pour émerger. Il avait la gorge sèche, le nez bouché et des fourmis dans les bras. En se mettant debout, il constata que tous ses membres étaient ankylosés. Il fit quelques pas pour attraper la bouteille d'eau minérale posée sur la table basse, mais trébucha lourdement sur son sac de voyage et s'étala de tout son long. Vexé, il se releva et chercha ses lunettes en tâtonnant.

Sa monture sur le nez, il constata qu'Emma n'était pas dans la chambre. Il regarda sa montre et s'alarma. Il ne voulait surtout pas manquer l'arrivée de Kate à l'hôpital.

D'une pression sur une touche du clavier, il activa ses écrans et pianota quelques lignes de code pour faire apparaître les images des caméras de surveillance du parking extérieur.

Puis il appela Emma.

— Bien dormi, tête de blatte ? demanda-t-elle en haletant.

— Où êtes-vous ?

— Au dernier étage, dans la salle de sport. Toi aussi, tu ferais bien de bouger un peu pour brûler ta graisse.

— Pas le temps, éluda-t-il. Si votre enquête vous intéresse toujours, vous feriez bien de rappliquer tout de suite.

— C'est bon, j'arrive.

L'adolescent se gratta la tête en scrutant les images.

En quelques manipulations, il prit le contrôle des caméras. Désormais, il pouvait non seulement accéder aux prises de vue, mais aussi zoomer et orienter les appareils selon son bon vouloir. Il balaya ainsi toute la surface de la zone de stationnement en plein air : la voiture de Kate n'était pas encore arrivée.

Une bouteille d'eau dans la main, une serviette autour du cou, Emma fit son entrée dans la pièce.

— Du nouveau ? demanda-t-elle en poussant la porte.

— Pas encore, mais c'est bientôt l'heure. Et de votre côté ?

Emma épongea la sueur sur son visage avant de raconter à l'adolescent le détail de ses investigations de la veille. Romuald écouta la jeune femme avec intérêt, tout en gardant un œil sur ses moniteurs. Soudain, il l'interrompit.

— Ce type, c'est le mari de Kate, non ? fit-il en désignant un homme qui garait sa moto.

Emma s'approcha de l'écran. Le geek avait raison. Matthew était en train d'installer un cadenas autour d'une vieille Triumph.

— Qu'est-ce qu'il fait là, seul ?

— Sa femme ne va pas tarder, devina Emma.

Effectivement, moins d'une minute plus tard, le vieux cabriolet Mazda franchit la barrière du parking pour venir se garer à côté de la moto.

— Tu peux zoomer ?

Romuald s'exécuta et l'image du roadster rouge envahit toute la surface de l'écran. Avec sa carrosserie aux formes arrondies, ses sièges-baquets, ses phares escamotables et ses poignées chromées, le véhicule avait une silhouette reconnaissable entre mille. On en voyait moins aujourd'hui, mais Emma se souvenait que, dans les années 1990, des centaines de milliers de ces modèles avaient envahi les routes du monde entier.

Kate ouvrit la portière, s'extirpa du cabriolet et se dirigea vers son mari.

— Bon sang ! lâcha Emma en pointant l'écran. Regarde ça !

Romuald retira ses lunettes de myope et colla son visage à quelques centimètres du moniteur.

Vêtue d'un élégant trench-coat cintré, la chirurgienne avançait vers Matthew.

Dans la main gauche, elle tenait un lourd sac de sport rouge et blanc.

*

Battu par les vents, le parking brillait sous le soleil. Un grand camion de collecte de sang orné du signe de la Croix-Rouge stationnait au milieu de l'asphalte sous une haute banderole :

Donner peut sauver une vie

Matthew souffla dans ses mains pour se réchauffer.

— Tu tiens vraiment à m'infliger une prise de sang de bon matin ? soupira-t-il à l'adresse de sa femme.

— Bien sûr ! Je l'ai fait hier, assura Kate. Aujourd'hui, c'est ton tour.

— Mais tu sais que j'ai toujours eu peur des aiguilles !

— Arrête ton cinéma, chéri ! Tu peux bien faire ça pour moi une fois tous les six mois ! Tu sais très bien que c'est mon service qui organise cette opération avec la Croix-Rouge. C'est la moindre des choses que nous donnions l'exemple pour inciter les autres membres du personnel de l'hôpital.

— Mais moi, je ne travaille pas ici !

— Allez, Matt, on se dépêche et ensuite, on se paie un bon petit déj' à la cafétéria. Tu me diras des nouvelles de leurs pancakes au sirop d'érable.

— Dans ce cas, sourit-il, difficile de refuser.

Main dans la main, ils montèrent les marches de l'unité mobile.

L'intérieur du camion était aménagé confortablement. Le chauffage tournait à plein régime. Branchée sur une station locale, la radio diffusait des chants de Noël.

— Hello Mary, lança Kate à la secrétaire assise derrière le petit bureau de l'espace d'accueil.

— Bonjour, docteur Shapiro.

Cela faisait plusieurs années que Matt et Kate donnaient leur sang à la Croix-Rouge. L'employée n'eut qu'à entrer leur nom dans son logiciel pour faire apparaître leur dossier. Le couple put donc accéder rapidement à la zone de collecte qui comprenait quatre sièges donneurs.

— Ça va, Vaughn ? demanda Kate en saluant son collègue. Tu connais mon mari, n'est-ce pas ?

Le médecin responsable de l'unité acquiesça et salua le couple.

— Matthew te trouve trop brutal, plaisanta Kate. À vrai dire, il préfère que ce soit moi qui lui plante des aiguilles dans la peau. C'est même comme ça que l'on s'est connus !

— Bon, je vous laisse, les tourtereaux, proposa Vaughn sans savoir vraiment comment il devait prendre la chose. Je vais me payer un café. Préviens-moi lorsque vous aurez terminé.

Alors que le médecin s'éclipsait, Matthew retira son manteau et se laissa tomber dans l'un des fauteuils inclinables.

— Je ne savais pas que l'on avait ce genre de jeux, plaisanta-t-il en remontant la manche de sa chemise.

— Ne me dis pas que ça ne t'excite pas un peu, dit-elle en enfilant des gants stériles.

Kate désinfecta le bras de son mari à l'aide d'un

coton imbibé d'alcool. Elle plaça ensuite un garrot autour de son biceps pour faire saillir une veine dans le creux du coude.

— Serre le poing.

Matthew s'exécuta et détourna les yeux pour ne pas apercevoir l'aiguille qui s'enfonçait.

— C'est quoi, ce sac ? interrogea-t-il en pointant du menton le baluchon rouge. Je ne l'ai jamais vu.

— Mon survêtement et mes baskets, répondit Kate en ajustant la poche en plastique qui commençait à se remplir de sang.

— Tu te remets au sport ?

— Oui, j'irai peut-être à la salle de l'hôpital entre midi et treize heures. Il faut vraiment que je refasse de la gym. Tu as vu mes fesses ?

— Moi, je les aime, tes fesses !

★

Emma se rongeait les ongles.

— Bordel, pourquoi prend-elle le risque de se balader avec un sac contenant 500 000 dollars ?

— Vous pensez que son mari est au courant ?

Emma secoua la tête.

— Je ne crois pas.

Le visage baissé, Romuald tournait nerveusement dans la pièce.

— Si elle sort avec le fric, ce n'est sûrement pas pour faire un dépôt bancaire.

Il revint s'asseoir à côté d'Emma et ils scrutèrent l'écran en silence jusqu'à ce qu'ils aperçoivent le couple sortir du camion.

Grâce au système de vidéosurveillance, ils suivirent les Shapiro dans le hall et les couloirs de l'hôpital jusqu'à la cafétéria.

— Dommage qu'on ne puisse pas entendre ce qu'ils se disent, remarqua Emma.

— Vous n'êtes jamais contente, vous ! grogna Romuald en prenant la remarque pour un reproche.

— En tout cas, Kate a toujours l'argent, nota Emma en désignant le sac de sport que la chirurgienne avait posé sur une chaise à côté d'elle.

Pendant un bon quart d'heure, ils restèrent suspendus à l'écran. Mais ils ne virent rien de plus qu'un couple en train de prendre leur petit déjeuner.

— Ils me donnent faim, avec leurs pancakes, se désola l'adolescent comme s'il n'avait plus mangé depuis trois jours.

Emma s'exaspéra.

— Tu sais qu'il existe d'autres centres d'intérêt dans la vie que la bouffe et les ordinateurs ?

Romuald se mordit la langue puis orienta la conversation vers un autre sujet.

— On a vraiment l'impression qu'ils sont amoureux. Difficile de croire qu'elle a un amant, non ?

— C'est vrai, concéda Emma, elle fait bien semblant...

Au bout d'un quart d'heure, le couple se leva. Kate et son mari s'embrassèrent amoureusement et quittèrent la cafétéria chacun de son côté.

Matthew récupéra sa moto sur le parking, tandis que Kate passa par le vestiaire des chirurgiens – où elle laissa le sac de sport dans son casier – avant de monter au bloc opératoire.

Romuald consulta l'emploi du temps de la chirurgienne qu'il avait téléchargé sur le serveur.

— Elle commence sa journée avec le remplacement d'une valve cardiaque et enchaîne ensuite sur un anévrisme de l'aorte thoracique. Vous voulez rester pour regarder ?

— Non, merci. Il ne se passera plus rien jusqu'à midi et j'ai déjà vu tous les épisodes d'*Urgences* et de *Grey's Anatomy*.

— Moi, ça m'a donné faim, ces pancakes, répéta Romuald avec candeur.

— C'est un message subliminal pour que je te paie un petit déj' ? sourit Emma.

— Peut-être, fit le geek en haussant les épaules, satisfait d'avoir été démasqué.

— Eh bien, tu as gagné, parce que moi aussi j'ai faim et j'ai deux mots à te dire.

★

Vêtu d'une veste à carreaux et arborant une barbe de hipster, le serveur apporta sur la table deux cappuccinos dont la mousse formait un cœur couleur crème qui tourbillonnait à la surface.

Emma et Romuald s'étaient installés dans un petit café branché de Boylston Street, à deux pas de leur hôtel.

Avec ses plantes vertes, ses tables vintage, ses bancs en bois brut et ses lampes rétro, l'endroit dégageait au premier abord une atmosphère presque pastorale.

Emma mélangea son Bircher müesli avec un yaourt tout en regardant, non sans une certaine tendresse, Romuald qui versait consciencieusement la moitié du pot de sirop d'érable sur ses pancakes.

— Il faut que tu m'expliques quelque chose, Romuald.

— Tout cheu que fous foudrez, promit-il, la bouche pleine.

— Qu'est-ce que tu es venu faire aux États-Unis ?

Il avala son morceau de pancake qu'il fit passer avec une grande gorgée de cappuccino.

— Je vous l'ai déjà dit : j'ai suivi ma petite amie qui est venue travailler à New York comme fille au pair...

— ... et qui t'a laissé tomber en arrivant, oui, c'est ce que tu m'as dit. Mais nous savons tous les deux que c'est faux, n'est-ce pas ?

— Bien sûr que c'est vrai ! s'insurgea-t-il.

— Admettons, dit-elle, mais pourquoi ne donnes-tu pas de nouvelles à tes parents ?

— Je leur en donne, répondit le jeune homme en fixant son assiette.

— Non, ce n'est pas vrai. Je les ai appelés cette nuit. Ils se faisaient un sang d'encre. Tu ne leur as plus téléphoné depuis trois semaines.

— Mais... comment avez-vous trouvé leur numéro ?

— Oh, ça va, hein ? Si tu crois qu'il n'y a que toi qui sais te servir d'un ordinateur !

— Vous n'aviez pas le droit, lui reprocha-t-il.

— Au moins, je les ai rassurés. Et tant qu'on y est, dis-moi une chose : pourquoi es-tu resté à New York, si cette fille t'a réellement laissé tomber ? Pourquoi tu n'es pas rentré en France pour reprendre le lycée ?

— Parce que j'en avais marre de Beaune, et marre de mes parents, vous ne pouvez pas comprendre ça ?

— Si, très bien, mais quitte à être aux États-

Unis, tu aurais pu voyager, voir du pays, trouver un job plus fun et enrichissant. C'était à ta portée, tu es malin. Au lieu de ça, tu as passé quinze jours à végéter dans un stage à l'Imperator à faire quelque chose que tu n'aimais pas. Pourquoi ?

— Lâchez-moi avec vos questions. Vous n'êtes pas flic.

— Si, je le suis un peu depuis que j'ai cette belle carte que tu m'as fabriquée. Et comme tout bon flic qui se respecte, j'ai encore une question : qu'est-ce que tu es allé faire dimanche dernier à Scarsdale chez Michele Berkovic, la directrice générale de l'Imperator ?

Il secoua la tête.

— Je n'ai jamais foutu les pieds là-bas.

— Arrête de me prendre pour une conne, le menaça-t-elle en posant sur la table le billet de train qu'elle avait trouvé dans sa poche.

— Vous avez fouillé ? Vous n'avez pas le droit !

— Ah bon, et qu'est-ce que tu fais d'autre, toi, planqué derrière tes écrans et tes caméras ? Tu passes tes journées à fouiller dans la vie des gens. À les observer, à violer leur vie privée.

— Mais moi, je le fais pour vous aider, se défendit-il.

— Moi aussi, je veux t'aider. Pourquoi es-tu allé chez Michele Berkovic ?

400

— Parce que c'est ma mère.

Elle leva les yeux au ciel et s'énerva contre lui.

— Qu'est-ce que tu me sors encore comme connerie ? J'ai parlé à ta mère, cette nuit ! Elle s'appelle Marie-Noëlle Leblanc. Elle travaille à… la Caisse primaire d'assurance maladie de Beaune, affirma-t-elle en lisant les notes qu'elle avait prises sur son avant-bras.

Romuald tourna son regard vide vers la baie vitrée et plongea dans un étrange mutisme.

Emma le secoua par l'épaule.

— Oh, tête de lard ! Tu m'expliques ?

Il poussa un long soupir et se frotta les yeux. Il aurait préféré être ailleurs, même si une partie de lui-même avait envie de se délester de son secret.

— Il y a trois ans, commença-t-il, en fouillant dans les affaires de ma mère, j'ai découvert que j'avais été adopté à la naissance.

Emma marqua un mouvement de surprise.

— Tes parents ne te l'avaient jamais dit ?

— Non, mais je l'avais deviné.

— Comment ?

— Des petites choses, des réflexions, des remarques, des silences qui m'ont mis la puce à l'oreille…

Emma se doutait de ce qui avait suivi.

— Tu as essayé de retrouver tes parents biologiques ?

— Ça m'a pris deux ans. Je me suis d'abord
débrouillé pour dérober le dossier à la maternité
d'Auxerre, mais, comme je le craignais, il ne mentionnait pas l'identité de ma mère. Puis j'ai piraté
le service de l'Aide sociale à l'enfance du Conseil
général de la Côte-d'Or. Là encore, je n'ai rien
trouvé. La situation s'est débloquée lorsque j'ai
pu m'infiltrer dans le système du Conseil national pour l'accès aux origines personnelles. J'ai
intercepté des courriers qui m'ont appris que ma
mère biologique avait accouché sous X en 1993.
À cette époque, elle s'appelait Michèle Roussel. À
force de recoupements, j'ai retrouvé sa trace. Elle
a refait sa vie aux États-Unis. Elle s'est mariée à
un banquier et a pris son nom, Berkovic. Elle a
eu deux enfants avec lui. Lorsque j'ai vu qu'elle
dirigeait les services administratifs de l'Imperator,
j'ai décidé d'aller à New York en espérant renouer
le contact. J'avais besoin de la voir, de lui parler.
C'était plus fort que tout. Obsédant. Il fallait que
je sache d'où je venais…

— Bon, et que s'est-il passé ?

— Rien, justement. Je suis parvenu à me faire
embaucher. Je la croisais tous les matins au bureau,
mais elle ne levait jamais la tête vers moi.

— C'est normal. Comment voulais-tu que...

— Au bout de quinze jours, j'ai décidé de lui avouer la vérité. J'ai repéré son adresse en accédant aux fiches de paie du restaurant. J'ai attendu le week-end et j'ai acheté un billet de train pour Scarsdale. Je suis arrivé un peu après onze heures. J'ai dû marcher une bonne demi-heure de la gare jusqu'à leur quartier. Il faisait froid, il pleuvait et j'étais trempé. Mes jambes tremblaient, mon cœur battait la chamade. Finalement, j'ai sonné à la porte et c'est elle qui m'a ouvert. Elle a eu un mouvement de recul, presque de répulsion. Je crois qu'elle m'a pris pour un SDF à cause de mes habits mouillés et de ma dégaine.

— Et ensuite ?

— Ensuite, je lui ai dit...

*

— Bonjour, madame Berkovic.

— Bon... bonjour, qui êtes-vous ?

— Je suis Romuald Leblanc. Je travaille au service presse et communication de l'Imperator. C'est vous qui m'avez engagé.

— Ah oui, je me souviens, le stagiaire français. Qu'est-ce que vous voulez ?

Elle avait laissé la porte ouverte. Dans l'entrebâillement, j'apercevais un salon confortable, un sapin de Noël. J'entendais de la musique, des exclamations joyeuses d'enfants. Je sentais l'odeur d'un bon plat en train de mijoter.

Pendant près d'une minute, je n'ai pas cessé de la regarder dans les yeux. Jusqu'au dernier moment, j'étais persuadé qu'elle me reconnaîtrait. Qu'elle décèlerait une ressemblance dans mes traits ou dans ma voix.

Mais rien. Elle était devant un étranger. Un importun.

— Bon, ça suffit maintenant, s'énerva Michele Berkovic. Vous n'allez pas rester planté là avec votre air niais. Partez, ou je demande à mon mari d'appeler la police.

J'ai hoché la tête. J'ai hésité et je lui ai dit :

— Je suis votre fils.

D'abord, ses traits se sont figés, puis son visage s'est décomposé.

— Qu'est-ce que tu racontes ? s'alarma-t-elle.

Elle a fermé la porte derrière elle, puis a fait quelques pas pour m'inciter à la suivre dans le jardin.

— Écoute, je ne sais pas qui t'a raconté ces sornettes, mais ce n'est pas vrai.

J'ai fouillé dans ma poche et je lui ai tendu les documents que j'avais eu tant de mal à rassembler, dont le dossier d'adoption de l'Aide à l'enfance qui mentionnait son nom.

Elle a parcouru le papier et j'ai vu apparaître de la panique dans ses yeux. Elle ne cessait de se retourner de crainte que son mari ou un de ses enfants ne vienne la rejoindre. J'étais venu chercher de l'amour, elle ne m'offrait que de la peur.

Elle m'a rendu le document et elle m'a raccompagné jusqu'à la rue. Elle m'a expliqué que cette naissance n'était qu'une « erreur de jeunesse ». Elle n'avait que dix-huit ans et elle ne s'était pas aperçue tout de suite qu'elle était enceinte. Apparemment, elle avait pris ses précautions, mais...

★

— Je présume que tu lui as demandé qui était ton père.

— Elle ne le savait même pas elle-même. « Un type d'un soir », a-t-elle prétendu, un militaire rencontré dans un bar à Besançon. À l'époque, elle était seule, mais elle avait de l'ambition : elle voulait à tout prix quitter l'Est de la France et partir étudier aux États-Unis. Et il était exclu de s'encombrer d'un enfant...

— Elle t'a posé des questions sur toi ?

— Aucune. J'ai bien compris qu'elle voulait en

savoir le moins possible. Elle m'a expliqué que ni son mari ni ses enfants n'étaient au courant de cette période de sa vie et qu'il était très important qu'ils ne sachent jamais rien, car c'était le type de révélation qui pouvait briser une famille. Puis elle s'est éclipsée un court moment. Lorsqu'elle est revenue, elle tenait dans ses mains un carnet de chèques. Elle m'a demandé de ne pas revenir travailler au restaurant le lendemain et elle m'a fait un chèque de 5 000 dollars. Elle me l'a tendu comme si on était quittes et m'a ordonné de ne plus jamais chercher à la revoir. Elle est retournée dans la maison et a fermé la porte. Moi, je suis resté là, sonné, tout seul sous la pluie. Puis j'ai marché jusqu'à la gare, j'ai jeté le chèque dans une corbeille publique et j'ai décidé de rentrer en France. Vous m'avez appelé au moment où je bouclais mes bagages...

— Je suis désolée que ça se soit passé comme ça, Romuald. Mais tu dois essayer d'y trouver des points positifs. Tes vrais parents, ce sont ceux qui t'ont élevé, tu le sais très bien. Et au moins, à présent, tu sais qui sont tes parents biologiques. Tu peux aller de l'avant et...

La sonnerie du téléphone portable de l'adolescent interrompit Emma dans son discours.

Romuald regarda l'écran et décida d'y répondre. C'était Jarod.

Il décrocha, échangea quelques mots avec l'informaticien et écarquilla les yeux.

— Il faut qu'on rentre à l'hôtel le plus vite possible, dit-il en enfilant sa parka.

— Qu'est-ce qui se passe ?

— Je sais comment Kate s'est procuré les 500 000 dollars.

21

A girl on the run

On transforme sa main en la mettant dans une autre.

Paul ELUARD

Boston
24 décembre 2010
9 h 43

— Ne touchez pas à cet ordinateur !

Lorsqu'ils revinrent dans la chambre d'hôtel, la femme de ménage était en pleine discussion avec sa responsable à qui elle venait de signaler l'étrange installation informatique de Romuald.

— Madame, je suis sincèrement désolée, mais les prises électriques de l'hôtel ne sont pas conçues pour supporter tout ce matériel, dit à Emma la gouvernante d'étage en désignant l'enchevêtrement de fils et de rallonges. Je vais être dans l'obligation de vous demander de bien vouloir…

— Nous allons débrancher tout ça, promit Emma en mettant les deux femmes dehors.

Elle referma la porte et appuya sur l'interrupteur pour activer le signal « Ne pas déranger ».

— Bon, tu m'expliques ? demanda-t-elle en rejoignant l'adolescent derrière son mur d'écrans. Comment Kate a-t-elle pu se procurer autant d'argent ?

Romuald se connecta à Internet pour afficher sa messagerie sur grand écran.

— Vous vous souvenez du blog de Kate : *Les Tribulations d'une Bostonienne* ?

— Évidemment.

— Comme vous me l'aviez demandé, j'ai décortiqué le site, mais je n'ai rien trouvé de probant. À tout hasard, j'ai envoyé le lien à Jarod en lui demandant de se pencher sur le problème.

— Ton copain informaticien ?

— Oui. Je lui ai promis que vous lui donneriez 1 000 dollars s'il dénichait quelque chose...

— Tu es prodigue avec l'argent des autres, dit-elle malicieusement. Mais tu as bien fait.

— Il a d'abord observé que les photos semblaient un peu lourdes pour ce genre de blog.

— Et après ?

— Ça l'a incité à passer les fichiers dans différents logiciels de décryptage.

— Pour décrypter quoi ? interrogea Emma en s'asseyant sur le rebord de la fenêtre.

Romuald tourna sa chaise vers elle.

— Vous avez déjà entendu parler de la stéganographie ?

— Sténographie ?

— Stéganographie. C'est une technique permettant de dissimuler une image dans une autre image numérique anodine.

Emma plissa les yeux.

— Attends, ça me dit vaguement quelque chose… On en a parlé aux infos récemment, non ?

— Oui, c'était l'une des techniques utilisées par les dix espions russes qui ont été arrêtés aux États-Unis, l'été dernier. Grâce à Internet, ils faisaient parvenir des documents confidentiels à Moscou en les masquant derrière des photos de vacances. On a également évoqué la stéganographie au lendemain des attentats du 11 Septembre. Le FBI a toujours laissé entendre que les hommes de Ben Laden coordonnaient leurs attaques en s'échangeant des photos cryptées sur des forums de discussion en apparence anodins.

— Tout ça est vraiment invisible à l'œil nu ?

— Parfaitement indétectable.

— Mais comment est-ce possible ? Comment peut-on insérer une image à l'intérieur d'une autre image ?

— Ce n'est pas très compliqué. Il existe de nombreux logiciels qui permettent cette opération. En gros, la technique consiste à modifier imperceptiblement la valeur de chaque pixel de l'image.

Emma attrapa une chaise et s'assit à côté de l'adolescent.

— Je ne comprends rien. Sois plus clair.

— Bon, vous savez ce qu'est un pixel ?

— Les petits carrés qui composent les images ?

Il approuva de la tête puis poursuivit son raisonnement.

— Chaque pixel est constitué de trois octets : un octet pour la composante rouge, un octet pour la composante verte et un octet pour la composante bleue. Ces trois couleurs disposent chacune de 256 nuances. Ce qui nous fait donc au total 256 × 256 × 256, c'est-à-dire plus de seize millions de couleurs, vous suivez toujours ?

Elle était un peu larguée, mais tenta de ne pas le montrer. Romuald continua :

— Un octet est composé de 8 bits. L'astuce consiste donc à utiliser un bit à chaque octet qui compose chaque pixel de l'image. À ce niveau-là, en dégradant un bit, on altère très légèrement l'image sans que ce soit visible à l'œil nu…

Emma rattrapa le fil du raisonnement.

— Et on utilise l'espace dégagé pour stocker d'autres données.

L'adolescent émit un sifflement d'admiration.

— Pas mal, pour quelqu'un qui se sert de son avant-bras comme d'un bloc-notes ! fit-il en éclairant sa bonne bouille d'un sourire de satisfaction.

Elle lui frappa l'épaule et enchaîna :

— Mais quel rapport avec Kate ?

— Kate utilisait son blog comme une boîte aux lettres morte[1]. Toutes les photos qu'elle postait sur son site étaient cryptées.

— Mais pour cacher quoi ?

— Vous allez voir, c'est stupéfiant.

Romuald afficha une première image.

— Vous voyez cette photo ? Kate l'a postée pour illustrer un article sur une pâtisserie du North End.

Emma se souvenait de ce cliché représentant une devanture débordant de gâteaux multicolores.

Romuald appuya sur une touche du clavier et une nouvelle fenêtre apparut sur le moniteur.

— Voilà ce que ça donne une fois que l'on a extrait l'image dissimulée.

S'afficha alors à l'écran non pas une photo à proprement parler, mais plutôt une sorte de plan

---

1. Dans le langage de l'espionnage, une boîte aux lettres morte est un emplacement utilisé pour échanger secrètement des documents sans être obligés de se rencontrer physiquement.

agrémenté de formules mathématiques et de lignes de code informatique. Emma grimaça.

— Qu'est-ce que c'est que ça ?

— D'après moi, c'est un prototype. Le schéma d'une invention avant sa fabrication, si vous préférez. Peut-être d'un capteur de mouvement. Mais le plus intéressant, c'est ça.

Il zooma sur la photo et accentua son contraste pour faire apparaître un logo représentant une licorne stylisée.

— Ce document appartient à Fitch Inc. ! s'exclama Emma. Tu penses que Kate fait de l'espionnage industriel ?

Avec l'aide de Jarod, ils passèrent le reste de la matinée à décrypter les photos du blog. Les plus anciennes concernaient des ébauches d'ingénieurs de Fitch Inc. qui planchaient sur un capteur de mouvement révolutionnaire capable d'interagir avec l'écran de l'ordinateur par un simple mouvement des doigts.

— Comme Tom Cruise dans *Minority Report*, s'amusa Romuald.

D'autres fichiers concernaient une version bêta d'un logiciel capable de traduire instantanément tout type de document sonore. Mais le matériel le plus sensible se trouvait dissimulé dans les photos les plus récentes. Il s'agissait tout simplement de données parcellaires se rapportant au système de contrôle des drones de combat américains MQ1 Predator et MQ9 Reaper : les armes les plus sophistiquées de l'armée américaine. Celles qui étaient actuellement utilisées pour les frappes en Afghanistan.

Des secrets technologiques et militaires...

Emma sentit son estomac se contracter.

Visiblement, Kate avait profité de sa proximité avec Nick Fitch pour lui dérober des secrets industriels qu'elle avait dû revendre à prix d'or à une entreprise concurrente ou à un État désireux de connaître certains secrets militaires des États-Unis.

— C'est à ça que servaient les commentaires laissés sur le blog ! devina Romuald comme s'il lisait dans ses pensées. « Sans intérêt », « Intéressant, nous aimerions en savoir davantage »... Il s'agissait d'orienter la chirurgienne dans ses recherches. De lui dire quelles informations étaient utiles ou pas. De l'inciter à creuser certaines pistes en fournissant d'autres documents.

Emma échangea un regard inquiet avec l'adolescent. Tous les deux sentaient l'adrénaline monter en même temps que le danger. Comme s'ils étaient les héros d'un film à suspense, leur « enquête » étendait ses ramifications dans des sphères inattendues. Des territoires sur lesquels ils n'auraient jamais dû s'aventurer.

Putain...

Envahie par la peur, elle ferma les yeux et joignit ses mains en triangle sous son menton.

Comment en était-elle arrivée là ? Il y a cinq jours, elle avait simplement répondu au mail d'un professeur de philo dont elle était tombée sous le charme. Tout ce qu'elle voulait, c'était se trouver un mec ! Et cela l'avait conduite à mettre le doigt dans un engrenage dévastateur qui la dépassait complètement. Derrière les apparences de la vie bien rangée de Matthew et de Kate, elle avait découvert une réalité faite de mensonges et de dangereux secrets. Jusqu'à présent, elle avait eu de la chance, mais plus elle progressait dans ses investigations, plus elle devinait que le danger la guettait.

— Tout ça ne nous avance pas vraiment, remarqua Romuald. Kate a dû prendre des risques énormes pour se procurer ces documents. Or tout ce que nous savons d'elle indique que ce n'est pas une femme vénale. Le fric n'est pas son moteur, c'est un moyen pour se procurer quelque chose d'autre.

— Quelque chose qui coûte un demi-million de dollars... murmura Emma. Ce que nous devons trouver, c'est ce que Kate va faire de cet argent.

Emma avait à peine terminé sa phrase que Romuald attrapait ses lunettes.

— Je crois que nous allons le savoir tout de suite, s'exclama-t-il en pointant l'un des écrans.

Il était près de 13 heures. Kate avait terminé ses deux opérations.

Leurs yeux passaient d'un écran à l'autre pour suivre la chirurgienne depuis la salle d'opération jusque dans les couloirs de l'hôpital. Ils la regardèrent s'arrêter devant son casier et prendre le sac de sport.

— J'y vais ! s'écria Emma en enfilant son blouson.

— Mais…

Elle attrapa son sac à dos, son téléphone et bondit hors de la chambre.

— Ne la quitte pas des yeux ! ordonna-t-elle à l'adresse de Romuald avant de claquer la porte.

★

Plus vite !

Emma courait à grandes enjambées pour rejoindre l'hôpital à pied. En sortant de l'hôtel, elle avait pris à droite pour attraper Charles Street, l'une des grandes artères de la cité, qui séparait le Boston Common et le Public Garden, les deux espaces verts de la ville. Le froid l'avait saisie dès les premières secondes. Elle avançait face au vent, qui lui brûlait le visage. À chaque inspiration, ses narines, sa trachée, ses bronches lui donnaient l'impression de se remplir de glace.

Elle continua sur plus de deux cents mètres en accélérant encore ses foulées. Dans l'espoir de gagner du temps, elle tourna à droite et s'enfonça dans le parc pour remonter en diagonale vers l'est. Elle était à la peine. Tous ses muscles lui faisaient mal. Ses poumons réclamaient un oxygène qu'elle ne parvenait plus à leur fournir. Pour ne rien arranger, les semelles de ses bottines étaient glissantes et son jean slim entravait sa course. Son sac à dos surtout était lourd et, à chaque mouvement, la coque de l'ordinateur venait lui percuter le bas des reins.

Plus vite !

En débouchant sur Joy Street, il lui fallut quelques secondes pour se repérer. Elle voulut repartir de plus belle, mais elle était à bout de souffle. La tête lui tournait, le froid lui piquait les yeux et sa poitrine était en feu. Chancelante, elle trébucha contre la bordure du trottoir.

Ne t'arrête pas ! Pas maintenant...

Au bord de la rupture, malgré la douleur aiguë qui irradiait sa cage thoracique, elle réussit à reprendre sa course. Elle savait que si elle faisait une halte ici, elle ne retrouverait pas Kate à temps.

Les trois cents mètres qui la séparaient de l'entrée de l'hôpital furent les plus difficiles. En arrivant sur Cambridge Street, elle dégaina son téléphone. Elle avait envie de vomir. Un vertige troublait sa vue.

— Où est-elle, Romuald ? cria-t-elle en collant le cellulaire à son oreille.

Elle toussait. Elle aurait voulu s'allonger sur le trottoir.

— Je l'ai perdue ! se désola l'adolescent. Kate a quitté l'enceinte de l'hôpital. Elle n'est plus dans le champ des caméras !

— Merde ! Elle est sortie par où ?

— Blossom Street, au niveau de l'Holiday Inn, il y a à peine deux minutes.

Emma jeta un regard circulaire. Elle voyait le début de la rue, à même pas cent mètres. Kate était toute proche. Elle le sentait.

— Elle est habillée comment ?

— Elle a gardé sa blouse et elle a pris son imperméable.

Hors d'haleine, les mains posées sur ses genoux, Emma reprenait sa respiration, tandis que des volutes de buée s'échappaient de ses lèvres.

Une blouse, un imperméable mastic...

Elle essaya de repérer ces vêtements parmi les

419

piétons qui se bousculaient sur le trottoir, mais, à cette heure de la journée, une nuée de médecins, d'infirmières et d'aides-soignants prenaient leur pause-déjeuner dans les restaurants et les fast-foods des alentours.

Blouses blanches, « pyjamas » verdâtres, uniformes saumon...

Elle essuya les gouttelettes de sueur qui s'accumulaient devant ses yeux. Soudain, l'espace d'un battement de paupières, elle aperçut un point rouge cinquante mètres devant elle, dans la cohue qui convergeait vers le Whole Foods Market.

Le sac de sport...

L'excitation gomma presque instantanément la fatigue et Emma mobilisa ses dernières forces pour rejoindre l'hypermarché.

— Reste en ligne, tête de blatte ! J'ai retrouvé Kate !

★

Emma fit irruption dans la grande surface et se dirigea vers la chirurgienne à grandes enjambées. Elle était seule et portait toujours le sac fourre-tout à l'épaule. Tout en maintenant Kate dans son champ de vision, Emma n'eut aucun mal à se fondre dans la foule. Avec son large choix de produits bio, le Whole Foods visait une clientèle plutôt aisée et écolo. À quelques heures du réveillon, des chants de Noël passaient en boucle et l'endroit était plein à craquer. À l'entrée du magasin, une vaste zone organisée comme une cafétéria permettait de prendre un rafraîchissement ou de déjeuner directement sur place en se servant dans les buffets et les stands qui proposaient plats chauds, sushis et bagels.

Arrivée à quelques mètres de la chirurgienne, Emma cala ses pas dans ceux de Kate. Elle s'inséra dans la file du bar à salades, prit une barquette, se servit un assortiment de crudités et de graines germées, choisit une bouteille de kombucha et paya sa nourriture à l'une des caisses dédiées.

Elle suivit ensuite Kate dans la longue salle de restauration rapide où les clients pouvaient déguster leur lunch tout en regardant l'animation de la rue à travers une grande baie vitrée.

La pièce était bondée. On se bousculait et on jouait des coudes pour trouver une place assise sur l'une des tables collectives agrémentées de bancs en bois.

L'ambiance était celle d'une cantine haut de gamme. Les gens se levaient et allaient eux-mêmes faire réchauffer leurs plats dans un des micro-ondes mis à leur disposition avec une convivialité un peu surjouée. Ici, néanmoins, le temps était précieux. On mangeait vite : un en-cas sur le pouce dans un brouhaha sympathique avant de retourner travailler à l'hôpital ou dans les bureaux du West End. L'endroit idéal pour passer inaperçu.

En regardant Kate se faufiler entre les tables, Emma comprit qu'elle avait rendez-vous. La chirurgienne s'assit à l'extrémité d'une table, sur une chaise qu'un homme avait réservée en posant son manteau. Emma chercha à se rapprocher, mais la seule place disponible était située à environ six mètres. Deux longues tables les séparaient, et le bruit ambiant réduisait à néant tout espoir d'entendre leur conversation.

La poisse !

Elle s'installa et plissa les yeux pour mieux détailler le nouveau venu. Un homme d'une cinquantaine d'années, cheveux courts poivre et sel, vêtu d'un costume sombre cintré à rayures. Son regard, couleur bleu-gris, froid, translucide, s'accordait parfaitement avec son visage figé, comme taillé dans du marbre.

— Tu m'entends, tête de blatte ?

En quelques phrases, Emma mit Romuald au courant de la situation.

— Bon sang ! C'est à lui qu'elle va remettre le sac ! Il faut absolument que j'entende ce qu'ils se disent !

422

— Vous n'avez qu'à vous rapprocher, répondit Romuald à l'autre bout de la ligne.

Elle s'énerva.

— T'as pas la lumière à tous les étages, toi ! Je t'ai expliqué que je ne POUVAIS pas ! Et puis Kate m'a déjà croisée dimanche et hier matin. Elle va finir par me repérer.

— OK, vous énervez pas… s'offusqua l'adolescent.

— Romuald, ce n'est pas le moment de jouer les ados boudeurs, il faut que tu m'aides ! Ils se disent beaucoup de choses, là. Si tu as une idée, c'est maintenant !

L'adolescent laissa passer trois secondes puis s'écria :

— Votre téléphone ! Posez-le sur le sol et projetez-le dans leur direction. Je vais les enregistrer.

Elle secoua la tête.

— Il te manque vraiment une vis ! siffla-t-elle entre ses dents. Comment veux-tu que ça marche ?

Anxieuse, elle se rongea un ongle. Mais, en désespoir de cause, elle suivit le conseil du geek. Elle déposa son portable sur le parquet en bois blond, faisant mine de renouer ses lacets et, avec son pied, le propulsa à la manière d'un palet.

Le cellulaire glissa sur les planches vitrifiées, passa sous les bancs et les jambes pendantes, puis s'immobilisa sous la grande table où Kate déjeunait avec l'inconnu.

La chance du débutant...

Tendue et crispée sur sa chaise, Emma termina en deux gorgées sa bouteille de thé fermenté en adressant une prière muette pour que personne ne remarque le téléphone. Son supplice prit fin rapidement, puisque, moins de trois minutes plus tard, Kate et l'inconnu se levèrent dans un même mouvement.

Elle se leva à son tour, récupéra discrètement son appareil sous les yeux interloqués des autres occupants de la table, et sortit dans leur sillage.

*

Emma quitta le supermarché en trombe.

— Tu as compris ce qu'ils disaient, Romuald ?

— Non, pas vraiment, s'excusa l'adolescent. Leur conversation se perdait dans le brouhaha de la foule. Il faut que je nettoie l'enregistrement.

— Magne-toi, alors ! ordonna-t-elle en lui raccrochant au nez.

Tandis que la chirurgienne repartait vers l'hôpital, l'inconnu prit le chemin inverse. Emma préféra mettre ses pas dans ceux de l'homme qui avait récupéré le sac rouge contenant les 500 000 dollars.

Elle les avait observés, lui et Kate, pendant toute leur rencontre, et était certaine qu'il n'y avait pas eu d'échange : l'homme avait pris l'argent, sans rien donner en retour.

Qui est ce type ? Qu'avait-il promis à Kate contre tout ce fric ?

L'homme longea Cambridge Street sur plusieurs centaines de mètres. Emma ne le quitta pas d'une semelle, tout en restant à distance raisonnable. La foule était dense. Boston vibrait au rythme de Noël. La grande avenue était décorée de centaines de lanternes. Pas un arbre ou un lampadaire sans guirlandes, pas une façade de maison qui ne soit égayée par une couronne de houx ou une boule de gui. Les bras chargés, beaucoup de passants arboraient des mines réjouies et se laissaient gagner par l'excitation de la fête. Même le vent glacial, en charriant des odeurs de sapin, de cannelle et de marrons grillés, participait à sa façon à cette atmosphère joyeuse.

En arrivant à la station Bowdoin, Emma crut que l'homme allait prendre le métro, mais, à la place, il traversa la rue et monta dans le bus n° 18. Emma réussit à grimper elle aussi *in extremis*, utilisant son « LinkPass », la carte de transport qu'elle avait achetée la veille en rentrant de son rendez-vous avec Joyce Wilkinson.

Tandis que l'autobus démarrait, elle trouva une place isolée, trois sièges derrière l'homme qu'elle pistait. Il resta impassible pendant tout le trajet, regardant fixement à travers la vitre le paysage urbain qui défilait devant ses yeux.

L'autocar effectua un grand arc de cercle pour rejoindre Park Street. Il longea le Boston Common et le Public Garden par le nord, puis fila vers l'ouest sur Commonwealth Avenue. Il avait effectué plus de un kilomètre sur la large artère plantée d'ormes et de châtaigniers, lorsque l'homme se leva et se dirigea vers la porte arrière du bus.

À l'arrêt de Gloucester Street, Emma le vit descendre et profita du mouvement de foule pour quitter à son tour l'autobus sans être repérée. Elle lui emboîta le pas, marchant une centaine de mètres vers le sud pour rejoindre Boylston Street.

La rue de Back Bay où se trouvent les hôtels de luxe...

L'homme entra dans le hall du St. Francis, dont la façade de verre et de brique combinait le luxe branché et le charme victorien des constructions bostoniennes. Emma connaissait cet hôtel prestigieux. Son restaurant surtout, qui avait gagné l'année précédente une troisième étoile au *Michelin*. Elle suivit l'inconnu jusqu'à la batterie d'ascenseurs et s'engouffra au dernier moment avec lui dans la cabine. Elle le laissa insérer sa carte – pour débloquer la sécurité de la cabine vitrée – et appuyer sur le bouton du troisième étage.

— Le même que le mien, dit-elle pour se justifier.

Il la regarda sans lui répondre, mais en la détaillant des pieds à la tête.

Cette fois, je suis grillée...

La capsule de verre s'ouvrit sur un couloir feutré. L'homme n'eut même pas la galanterie de lui céder le passage. Il ne s'attarda pas et prit à droite. Emma fit quelques pas dans la direction opposée, et se retourna une demi-seconde avant que la porte de la chambre ne se referme. Elle en releva le numéro et prit l'ascenseur jusqu'au niveau du lobby.

C'est au moment précis où les portes se fermèrent qu'elle eut l'idée d'un stratagème pour découvrir l'identité de « l'homme mystère ».

*

La salle de restaurant du St. Francis était un véritable écrin, meublée dans un style résolument moderne. Tous les éléments du décor déclinaient une palette de tonalités crème et argenté, depuis les paravents en satin, aux quatre coins de la pièce, jusqu'aux broderies métalliques qui pendaient aux tringles à rideaux. Même le lustre monumental, paré de cristaux taillés, avait des reflets ivoire.

— Bienvenue, madame, avez-vous une réservation ? s'enquit le maître d'hôtel.

— Je ne suis pas venue pour déjeuner. J'ai une communication urgente à adresser à votre sommelier, Mickaël Bouchard.

— Veuillez patienter, je vous prie.

Emma attendit moins d'une minute avant que le jeune sommelier vienne la rejoindre.

— Lovenstein ? Qu'est-ce que tu fais ici ? demanda son collègue québécois.

Ils n'étaient pas amis, mais ils se rencontraient souvent au cours de séminaires, de dégustations ou de concours.

— Salut, Mickaël. J'ai besoin de ton aide.

— Je suis en plein service, là. Tu sais ce que c'est. On va prendre un verre après ? proposa-t-il.

Elle se rapprocha de lui et insista :

— Je suis désolée de te bousculer, mais c'est vraiment urgent.

— OK, fais vite.

— Peux-tu te renseigner pour connaître l'identité du client de la chambre 321 ?

— Tu plaisantes, je suppose ? Qu'est-ce que tu fais de la confidentialité envers nos clients ? C'est comme ça que vous traitez les vôtres à l'Imperator ?

— Je t'en prie, Mickaël, c'est très important. Appelle la réception ou le concierge.

— Mais je risque mon poste !

— N'exagère pas, je te demande juste son nom !

— Et qu'est-ce que je gagne, moi, dans l'affaire ?

— Je ne sais pas. Qu'est-ce que tu veux ? Une petite pipe, là, tout de suite, derrière la porte de la cuisine ?

Elle avait haussé volontairement la voix et quelques clients s'étaient retournés.

Le Canadien devint blême et entraîna Emma dans le hall.

— Tu fais chier, Lovenstein ! T'es une vraie malade !

— Va à la réception et trouve-moi le nom du type qui occupe la chambre 321. S'il te plaît !

Il s'exécuta de mauvaise grâce. La conversation fut brève. Moins de deux minutes plus tard, il revint vers Emma et lâcha :

— Le type est descendu sous le nom d'Oleg Tarassov. Ça te va ?

Elle sortit un stylo de la poche de son sac à dos.

— Merci pour ta coopération, cher collègue, dit-elle en inscrivant le nom sur son avant-bras.

— Va te faire foutre, Lovenstein, répondit Mickaël en tournant les talons.

Les yeux de Romuald brillaient d'une flamme intense derrière ses écrans. Il venait d'encoder l'enregistrement audio sur son ordinateur et s'apprêtait à le nettoyer en éliminant les parasites.

Il lança un logiciel approprié qui ouvrit une fenêtre reproduisant une configuration de table de montage. Il écouta l'enregistrement pour isoler un passage où le bruit de fond était continu et persistant. Il se servit de cet échantillon pour paramétrer le « profil » du bruit en identifiant précisément sa fréquence et ses décibels. Dans un deuxième temps, il sélectionna l'intégralité pour y appliquer la suppression du bruit.

L'adolescent réécouta le début du fichier sonore, mais ne fut pas convaincu par le résultat.

C'est plus facile dans les séries télé...

Sans se décourager, il tripatouilla les fréquences vocales pendant un bon quart d'heure, jouant avec leur amplitude pour parvenir à un résultat plus satisfaisant.

Puis il lança de nouveau l'enregistrement.

Et ce qu'il entendit lui fit froid dans le dos...

★

Emma s'installa au bar du St. Francis sur une banquette près de l'entrée qui lui permettait d'avoir une vue sur le hall au cas où Tarassov déciderait de ressortir. Elle commanda une caipiroska, puis sortit son ordinateur et se connecta au Wi-Fi de l'hôtel.

Son esprit était en alerte. À présent, elle était totalement plongée dans son enquête. Elle n'avait jamais ressenti cette sensation. L'adrénaline et l'excitation la poussaient dans ses retranchements, lui donnaient toutes les audaces.

Elle tapa « oleg tarassov » dans le moteur de recherche. Il y avait beaucoup d'occurrences : profils Facebook, LinkedIn, VK[1]... Elle bascula sur « Google images » et, divine surprise, tomba presque instantanément sur l'une des photos de l'Oleg Tarassov qu'elle cherchait. Sur le cliché, il était plus jeune d'une bonne dizaine d'années, mais avait déjà ce même visage impassible, comme coulé dans le marbre. L'image renvoyait à une fiche de la bible du cinéma en ligne : le site de l'*Internet Movie Database*. À en croire IMDb, Oleg Tarassov était crédité comme « cascadeur » et « coordinateur de cascades » sur un nombre impressionnant de films d'action dans les années 1990. La plupart n'étaient pas des chefs-d'œuvre, loin de

1. VKontakte, le réseau social le plus populaire de Russie.

là : téléfilms, productions de série B, thrillers sans budget qui, même à l'époque, avaient dû sortir directement en VHS ou DVD. Il travaillait presque toujours avec son frère, Vassili, et la spécialité des frangins semblait être les cascades à moto. Leur carrière « artistique » avait pris fin une dizaine d'années plus tôt, mais, en quelques clics, Emma parvint à retrouver leur trace à Los Angeles où ils s'étaient apparemment recyclés dans la sécurité privée. D'après le site Web de leur agence, les Tarassov travaillaient désormais dans la surveillance et la protection de personnalités.

Elle allait sortir son téléphone pour prévenir Romuald de sa découverte, mais le geek la devança. Elle n'attendit même pas la fin de la première sonnerie pour décrocher.

— Tu as trouvé quelque chose, tête de blatte ?

— Oui, répondit-il d'une voix blanche.

— Tu as vu un fantôme ou quoi ?

— J'ai nettoyé la bande de l'enregistrement, commença-t-il.

— Bon, et alors ?

— Je vous laisse écouter. C'est… effrayant.

Emma fronça les sourcils. Elle plaqua le téléphone contre son oreille droite et se boucha la gauche pour ne rien perdre de la conversation.

Kate : *L'argent est dans le sac. J'ai respecté mes engagements à la lettre : un autre versement de 500 000 dollars. Cinq cents liasses compactes de billets de 100 dollars.*

Oleg : *Et le reste ?*

Kate : *Vous l'aurez une fois que je serai certaine que le travail a été réalisé en suivant exactement mes instructions.*

Oleg : *Donc, c'est pour ce soir ?*

Kate : *Oui, mais vous devez absolument attendre mon appel pour entrer en action. Et ce ne sera pas avant 21 heures. Si je ne vous contacte pas, vous laissez tomber, c'est compris ?*

Oleg : *Et le lieu ?*

Kate : *Je vous ai fait un mémo sur cette clé USB. L'endroit s'appelle « la corniche ». C'est une rampe en béton, étroite, en sens unique, derrière la gare de Jackson Square à Jamaica Plain. Elle permet d'éviter le nœud de circulation et les feux, mais les gens hésitent à la prendre à cause des marginaux, des camés et d'une interdiction municipale.*

Oleg : *Vous êtes certaine qu'il n'y aura personne ?*

Kate : *On n'est jamais sûr de rien, mais avec ce froid, les dealers et les drogués resteront planqués chez eux. Je ne vous répète pas le modus operandi ?*

Oleg : *Non, j'ai compris.*

Kate : *Vous avez noté l'adresse ?*

Oleg : *Oui, je l'ai.*

Kate : *Que l'on soit bien d'accord : si vous ne suivez pas exactement le processus, notre accord tombera à l'eau.*

Oleg : *J'ai saisi, je vous dis. Une dernière chose : quelle est l'identité de la personne que je dois tuer ?*

Kate : *Il s'agit de cet homme sur la photo. Il s'appelle Matthew Shapiro. C'est mon mari.*

22

Le groupe Helsinki

La mort est une dette qu'on ne paie qu'une fois.

William SHAKESPEARE

Le cœur d'Emma bondit dans sa poitrine. Pendant plus d'une minute, elle resta sans voix, encaissant la nouvelle avec stupéfaction, incapable d'articuler la moindre phrase.

Kate avait engagé un tueur à gages pour supprimer Matt...

Mais pour quelle raison ? Parce qu'elle ne l'aimait plus et parce qu'elle voulait vivre avec Nick ? Impossible, on ne tue pas les gens pour ça. Il suffit de divorcer. Avoir la garde exclusive de sa fille ? Ça ne tenait pas debout non plus. L'argent ? D'après ce qu'elle avait compris, Matthew n'avait pas de fortune et Nick était l'un des hommes les plus riches du pays. Quoi, alors ? Une vengeance ?

Emma essaya de mettre en ordre ses pensées. De quoi était-elle certaine ? Kate n'avait jamais cessé d'aimer son grand amour de jeunesse, Nick Fitch. Après une longue période de séparation, elle avait manifestement renoué avec lui, mais elle avait aussi profité de cette promiscuité pour lui voler des informations confidentielles qu'elle avait vraisemblablement revendues à prix d'or pour pouvoir s'offrir les services d'un tueur à gages et éliminer son mari.

C'est une histoire de fous...

Il y avait forcément un lien entre tous ces événements, mais, pour le moment, il lui échappait. Emma se prit la tête entre les mains. Sa nuque était ankylosée, ses jambes et sa cage thoracique douloureuses.

Une autre question la taraudait. Pourquoi, en 2011, Matt était-il toujours en vie ? Pourquoi le cascadeur avait-il finalement échoué à l'éliminer ?

— Tu es toujours au bout du fil, Romuald ? Refais-moi écouter l'enregistrement, s'il te plaît.

L'adolescent s'exécuta. Emma s'arrêta sur cette phrase :

« (...) vous devez absolument attendre mon appel pour entrer en action. Et ce

*ne sera pas avant 21 heures. Si je ne
vous contacte pas, vous laissez tomber,
c'est compris ? »*

Elle se souvint de ce que lui avait raconté Matthew. Le chauffeur du camion de farine qui avait percuté la voiture de sa femme, le fameux soir de sa mort, avait toujours prétendu qu'elle tenait son téléphone portable à la main. Et Matthew s'était imaginé que c'était lui que Kate était sur le point d'appeler pour le prévenir que la Mazda avait finalement réussi à redémarrer. Mais en réalité, Kate avait cherché à joindre le tueur à gages pour lui donner son feu vert. Un appel qui, grâce à l'accident, n'était heureusement jamais parvenu à son destinataire.

Matt n'avait eu la vie sauve que parce que sa femme était morte avant d'avoir pu passer son appel funeste.

Une vie pour une mort...

Tout en jetant de fréquents coups d'œil vers le hall de l'hôtel, elle fit part de son raisonnement à Romuald, qui l'écouta avec intérêt. Ils avaient à présent beaucoup d'éléments, d'indices, de preuves, mais l'essentiel leur échappait : les motivations de Kate. C'était le chaînon manquant, celui qui les éclairerait sur le sens de toute cette macabre affaire.

— Et Kate ? Ça donne quoi ? finit par demander Emma.

— Comme prévu, elle a repris sa voiture et elle vient d'arriver à l'hôpital pour enfants de Jamaica Plain.

— Rien d'autre ?

— Il y a bien eu un truc, peut-être sans importance... commença l'adolescent.

— Dis toujours.

— Lorsqu'elle est revenue du Whole Foods, Kate s'est empressée de consulter sa boîte mail professionnelle et le seul courrier qu'elle ait ouvert et imprimé, c'est celui qui concernait les analyses de sang de son mari.

— Celles que Matthew a faites ce matin dans le camion de la Croix-Rouge ?

— Oui. C'est étrange qu'on lui ait communiqué les résultats, non ?

— Je n'en sais rien. Je ne connais pas les procédures. Tu as eu accès à ce courrier ?

— J'ai accès à toutes les messageries de tous les membres du personnel, rappela-t-il avec une pointe de fierté.

— Alors, transfère-le-moi sur ma boîte mail.

*

Les résultats de l'analyse de sang de Matthew tenaient sur deux pages. Néophyte en la matière,

Emma s'y plongea en essayant de rassembler ses maigres connaissances pour se repérer au milieu des noms barbares et des chiffres compliqués. En tête de liste, le bilan hématologique : globules rouges, hémoglobine, hématocrites, VGM, globules blancs, lymphocytes, plaquettes, vitesses de sédimentation, fer, ferritine...

La jeune femme passa d'une ligne à l'autre, espérant trouver un début de piste, comparant les taux de Matthew avec la fourchette des dosages qui accompagnait chaque recherche.

Elle poursuivit par le bilan biochimique : glycémie, créatinine, acide urique, les enzymes, les Gamma GT, les transaminases, la TSH, le bon cholestérol, le mauvais...

Foie, thyroïde, reins... Tout semble normal...

Elle relut l'ensemble sans rien remarquer de particulier... à l'exception d'un petit cadre dans le coin droit du document précisant :

Phénotype érythrocytaire rare
– Groupe Helsinki –

Emma se redressa sur sa banquette.

Le groupe Helsinki ? Qu'est-ce que cela signifie ?

Elle fixa l'écran, attendant un déclic qui ne vint pas. Ces derniers jours avaient été éprouvants, mais ils l'avaient libérée de sa peur et obligée à sortir de sa carapace pour faire preuve d'audace. Là pourtant, elle séchait. Elle aurait eu besoin de l'aide d'un biologiste ou d'un médecin, mais elle n'en connaissait aucun.

Elle tourna le visage vers la fenêtre en soupirant. Le soleil du début d'après-midi éclaboussait la rue, se reflétant dans les nombreux monticules de neige qui jonchaient les trottoirs.

Même si un début de migraine la tourmentait, elle avait l'esprit en alerte. En passant mentalement en revue tout son carnet d'adresses, elle se rappela que le mari de sa psychologue dirigeait un laboratoire d'analyses médicales dans l'Upper West Side. Son labo était dans le même immeuble que le cabinet de son épouse, mais Emma n'avait fait le rapprochement que lorsque le couple était venu dîner un soir à l'Imperator. Le problème, c'est que Margaret Wood était en vacances à Aspen. Emma avait bien son numéro de portable, mais la psychothérapeute ne répondait jamais directement aux appels de ses patients et encore moins sur son temps de repos. Elle essaya malgré tout, tomba sans surprise sur le répondeur et laissa un message la suppliant de la rappeler au plus vite : « une question de vie ou de mort », avait-elle précisé. La psy dut croire qu'elle était sur le point de sauter du haut du Brooklyn Bridge parce qu'elle la contacta dans la minute qui suivit. Emma s'excusa et lui expliqua qu'elle avait besoin dans l'urgence d'un renseignement capital que seul son mari était susceptible de lui fournir.

— Je suis au sommet d'Aspen Mountain, une paire de skis aux pieds, mais si vous tenez à joindre George, il est resté en bas des pistes à siroter des bourbons à l'Ajax Tavern. Je vous envoie son numéro de portable.

★

— Monsieur Wood ?

— Lui-même.

— Je suis confuse de vous déranger sur votre lieu de vacances, mais je vous appelle sur recommandation de votre femme.

— Hum, hum… grogna l'homme d'un ton peu engageant.

— Peut-être vous souvenez-vous de moi : Emma Lovenstein. J'étais votre sommelière lors d'un repas l'année dernière au restaurant l'Imperator.

À cette évocation, la voix de George Wood se fit plus enjouée.

— Je m'en souviens très bien. Une soirée délicieuse. En partie grâce à vous, d'ailleurs. Vous m'aviez conseillé un porto fabuleux pour accompagner mon roquefort.

— C'est exact.

— Un Quinta do Noval, si je ne m'abuse.

— Oui, un Quinta do Noval Nacional Vintage de 1987.

— Il paraît que leur millésime 1964 est encore meilleur.

— 1963 plus exactement, corrigea Emma. C'est un millésime légendaire, mais il n'en reste plus que quelques bouteilles. Si ça vous fait plaisir, j'essayerai de vous en trouver une. Monsieur Wood, j'aurais quelques questions à vous poser, si cela ne vous ennuie pas.

— Bien sûr, jeune fille, tout ce que vous voudrez.

Emma se pencha sur son écran pour ne pas faire de fautes de prononciation.

— Qu'appelle-t-on un « phénotype érythrocytaire rare » ?

— Ah, le sang, c'est tout de suite moins glamour que le vin, n'est-ce pas ? Encore que nos métiers ne soient pas si éloignés : « Buvez-en tous, car ceci est mon sang… » comme disait notre ami !

Ravi de son bon mot, il partit dans un grand éclat de rire.

— Donc, un « phénotype érythrocytaire rare » ? répéta Emma en tentant de masquer son impatience.

— C'est simplement le jargon utilisé par les biologistes pour parler d'un groupe sanguin rare.

— Rare comment ?

George Wood se racla la gorge.

— Hum, vous connaissez le principe des groupes sanguins, Emma ?

— Oui, enfin, comme tout le monde. Je connais les quatre grands groupes : A, B, AB et O. Ainsi que le principe des rhésus positif ou négatif.

— C'est un début, mais c'est en fait beaucoup plus complexe que cela. Peu de gens le savent, cependant il y a certains individus qui ne sont ni A, ni B, ni AB, ni O.

— Vraiment ?

— Oui, leur groupe sanguin est appelé « Bombay », du nom de la ville indienne où cette particularité est apparue aux scientifiques pour la première fois. D'autres personnes ne sont ni rhésus positif ni rhésus négatif. On parle alors de phéno-type Rhnull. Et ce ne sont là que deux exemples parmi d'autres. Pour faire simple, un groupe sanguin rare se définit par l'absence d'un ou de plusieurs antigènes que l'on trouve habituellement dans les systèmes des autres groupes.

La voix du professeur Wood avait repris de la vitalité. Il prenait manifestement plaisir à dispenser son savoir.

— La spécificité de ces phénotypes les conduit à produire un certain type d'anticorps qui risquent par exemple de provoquer des réactions de rejet en cas de transfusion ou de greffe. Les « Bombay » notamment ne peuvent être transfusés qu'avec du sang présentant les mêmes caractéristiques que le leur.

La jeune femme posa enfin la question qui lui brûlait les lèvres :

— Et le « groupe Helsinki », ça vous dit quelque chose ?

Le biologiste émit un gloussement de satisfaction.

— Ah, le groupe Helsinki, bien sûr ! Un groupe encore plus rare que vos bouteilles de porto de 1963 ! On classe sous ce vocable des individus qui combinent plusieurs phénotypes érythrocytaires extrêmement rares. À ma connaissance, seules une douzaine de personnes appartenant à ce groupe sont répertoriées sur le territoire américain.

Et Matthew est l'un d'entre eux...

Emma sentit l'excitation la gagner. Sa migraine avait disparu. Elle ne savait pas encore exactement comment, mais elle était certaine que la clé du mystère résidait dans ce groupe sanguin très rare que possédait Matthew.

— Une dernière question, professeur, et ensuite je vous laisse profiter de vos vacances : au cours de quelles circonstances découvre-t-on que l'on porte un phénotype rare ?

— Eh bien, ça peut survenir en de multiples occasions : le suivi d'une grossesse, un rejet lors d'une transfusion, un phénotypage un peu poussé chez un patient donneur de sang. Lorsqu'un laboratoire repère un groupe rare, il doit le signaler dans un fichier national.

— Je vous remercie beaucoup, professeur, vous m'avez été d'une grande aide.

— Je compte sur vous pour ma bouteille de porto, rappela-t-il, mi-sérieux, mi-taquin.

— Je n'y manquerai pas !

★

Emma sentit de nouveau son cœur s'emballer. Elle avait trouvé l'information qu'elle recherchait depuis le début ! Si elle n'en comprenait pas encore toute la portée, elle avait la certitude que l'appartenance de Matthew au groupe Helsinki était l'épicentre du mystère qui planait autour de Kate.

Reste calme...

Pour mettre de l'ordre dans ses pensées, Emma concentra son attention sur les reflets de nacre et d'absinthe que le soleil faisait chatoyer au fond de son verre. Elle décida de faire le point sur ce qu'elle savait de Kate et Matthew. Elle commença par reconstituer la trajectoire de leur rencontre. Elle convoqua ses souvenirs, se rappela les paroles de Sarah, la première femme de Shapiro.

Automne 2006 : Matt se rend à l'hôpital après s'être coupé avec un sécateur en jardinant. Aux urgences, son chemin croise celui de Kate qui est de garde ce jour-là. Ils sympathisent, elle le soigne, lui fait quelques points de suture.

Et sans doute une prise de sang...

La jeune femme poussa plus loin son raisonnement : si Kate a bien effectué des tests sanguins, elle a alors découvert lors des résultats que Matthew appartenait à un groupe sanguin exceptionnellement rare : le groupe Helsinki. Quelques jours plus tard, elle sort avec lui et, quelques mois à peine après leur rencontre, elle l'épouse.

Mais pourquoi ?

Emma leva la tête et la vue du « cascadeur » la coupa dans ses pensées. Oleg Tarassov venait de rendre sa carte à la réception et se dirigeait vers la sortie.

Elle se tassa sur la banquette en espérant qu'il ne la remarque pas et le suivit du regard le plus longtemps possible.

Le téléphone collé à l'oreille, elle quitta le bar et sortit du St. Francis au pas de course.

— Romuald ? Tarassov est en train de se faire la malle. Je vais essayer de le suivre, reste en ligne. J'ai fait une découverte incroyable.

— Moi aussi, j'ai quelque chose à vous raconter.

— Plus tard, je… Bon sang !

— Qu'est-ce qui se passe ?

— Je crois qu'il est en voiture !

Elle porta la main en visière pour se protéger de la réverbération. Contre toute attente, le voiturier de l'hôtel venait d'avancer un pick-up bordeaux aux formes massives et à l'imposante calandre en croix ornée d'un bélier argenté. Il tendit les clés de l'énorme camionnette à Tarassov qui se mit au volant immédiatement.

Prise de court, Emma chercha désespérément des yeux un taxi. Elle demanda au voiturier de l'aider, mais déjà le pick-up se fondait dans la circulation, disparaissant progressivement de son champ de vision.

Merde !

— Je l'ai perdu, Romuald ! Il a filé vers le parc.

— Sur Boylston Street ?

— Oui.

— Il roule dans quoi ?

— Un gros Dodge bordeaux, mais…

— Moi, je peux le prendre en filature !

— Non ! Qu'est-ce que tu racontes ? Ne fais pas de…

★

L'adolescent enfila sa grosse parka au col en fourrure et glissa son mobile dans sa poche. Il sortit de la chambre en hâte, dévalant les escaliers comme si sa vie en dépendait. En déboulant dans le hall de l'hôtel de luxe, il faillit faire tomber une vieille dame qui avançait péniblement, accrochée à son déambulateur, trébucha sur son bichon maltais et renversa un garçon d'étage qui portait des flûtes de champagne sur un plateau.

— Pardon, désolé, excusez-moi, je…

Il se rua sur le parvis du Four Seasons. Là, il repéra un portier, sanglé dans un uniforme sombre, orné de boutons dorés, qui aidait une famille à décharger ses valises.

Pour une fois, ne te pose pas de questions…

Le moteur du véhicule tournait encore. En une fraction de seconde, Romuald s'installa sur le siège conducteur et accéléra brutalement. La portière se referma tandis que le SUV abandonnait quelques traces de gomme dans un hurlement de pneus.

23

La ligne de cœur

Qui pourrait ne pas frémir en songeant aux malheurs que peut causer une seule liaison dangereuse.

CHODERLOS DE LACLOS

Lorsqu'il déboucha sur l'avenue, Romuald avait le pick-up bordeaux dans son champ de vision. Dans sa poche, il entendait le grésillement des hurlements d'Emma, toujours en communication. Il replaça le téléphone à son oreille.

— Tu arrêtes cette voiture et tu reviens tout de suite à l'hôtel ! cria Emma.

Elle marchait à pas rapides, bousculant les passants de Boylston Street pour rejoindre l'hôtel.

— Tu comprends ce que je te dis ?

— C'est notre seule piste concrète !

— Tu roules dans un véhicule volé et tu ne sais pas conduire !

— Si, je sais !

— Tu vas provoquer un accident et te retrouver en taule !

— Pas question de laisser tomber.

Cette fois, Romuald lui raccrocha au nez.

Pour la première fois depuis leur rencontre, Emma prit vraiment conscience des dangers qu'elle faisait courir à l'adolescent. En l'entraînant sans réfléchir dans son enquête, elle n'avait pensé qu'à elle. À présent, elle était terrifiée par son inconscience, mais il était trop tard : elle avait perdu tout contrôle sur le jeune Français.

Elle pénétra dans le hall du Four Seasons et se dirigea vers les ascenseurs. Il fallait qu'elle se calme. Qu'elle se ressaisisse. Qu'elle renoue le dialogue avec l'adolescent. Elle composa de nouveau son numéro. Il décrocha.

— Tu es là, tête de blatte ? Bon, écoute, c'est d'accord. Suis ce type. Mais je t'ordonne de conduire prudemment et de ne pas te faire repérer, ni par lui ni par les flics. Tu ne prends aucun risque et tu ne descends de voiture sous aucun prétexte, c'est compris ?

— Oui, maman.

— Et tu ne me raccroches plus jamais au nez !

Le téléphone de Romuald émit un signal sonore strident. Le garçon regarda l'écran : le symbole signifiant l'état de charge de sa batterie affichait seulement 7 % d'autonomie.

Il eut envie de s'arracher les cheveux. Comment lui, qui passait sa vie entre téléphone et ordinateur, avait-il pu être si négligent ?

— Je n'ai plus beaucoup de batterie, se désola-t-il. Je vous rappelle dès qu'il y a du nouveau.

★

Emma entra dans la suite en rage contre elle-même, écrasée par la culpabilité et l'impuissance. À part prier, elle ne pouvait plus rien faire pour aider Romuald.

Elle lutta pour ne pas se laisser submerger par les émotions. Le geek avait quitté la chambre dans la précipitation, laissant ses écrans allumés et ses applications actives. Elle s'installa dans son fauteuil et regarda devant elle. Au moment de partir, Romuald était en train de fouiller dans les archives du *Wall Street Journal*. Il avait ouvert dans une fenêtre un des nombreux articles que le quotidien économique avait consacrés à Nick Fitch. Ce n'était pas un papier récent : daté de 2001, l'article avait tout juste la longueur d'une dépêche d'agence, mais son contenu était intéressant.

L'Affaire Nick Fitch

Alors que son produit vedette, Unicorn, vole de succès en succès, l'entreprise Fitch Inc. a-t-elle encore un capitaine à son bord ?

« Qu'arrive-t-il à Nick Fitch ? » La question est sur toutes les lèvres dans la Silicon Valley. L'absence prolongée du cofondateur et premier actionnaire au siège de la société commence en effet à intriguer.

Pire : depuis deux mois, comme un écolier paresseux, Fitch a en effet « séché » l'assemblée générale ainsi que la présentation des nouveaux produits aux développeurs.

Une absence inhabituelle pour ce bourreau de travail qui suscite l'inquiétude des investisseurs et fait plonger le cours du titre en Bourse.

Interrogé à ce sujet, l'attaché de presse du groupe a assuré dans un communiqué laconique que « tout allait bien » dans la vie de Nick Fitch, que ce dernier avait seulement souffert d'une mauvaise bronchite et qu'il serait de retour à son poste très prochainement.

Emma cliqua sur d'autres liens du site. Apparemment, Fitch était bien revenu à son poste les jours suivants. Les cours de Bourse de l'entreprise avaient repris leur envolée vertigineuse et l'information s'était peu à peu perdue dans les mémoires et dans les méandres d'Internet.

Emma relut la fin de l'article.

Une mauvaise bronchite ? Tu parles...

Elle secoua la tête et ferma les yeux pour se concentrer.

Et si Nick avait réellement été malade ?

Peu à peu, certains blancs se comblaient.

La maladie, le sang, la médecine, la santé...

Autant d'éléments qui, comme des perles, s'ajoutaient désormais au fil d'Ariane qui la menait progressivement à la résolution de son enquête.

Emma ouvrit les yeux et regarda les autres écrans.

L'Intranet de l'hôpital...

Elle s'approcha du clavier et s'empara de la souris. Il lui fallut cinq bonnes minutes et plusieurs manipulations pour comprendre comment accéder aux dossiers des patients et y faire une recherche par mot-clé.

Elle tapa d'abord « Nick Fitch ».

Aucune réponse.

Tu rêves, ma fille...

Elle tenta alors une nouvelle requête : « Groupe + Helsinki ».

Le dossier d'un patient s'afficha sur l'écran.

Elle sentit son cœur s'emballer. Jamais elle n'avait été aussi proche de la vérité.

Il s'agissait d'un certain P. Drake, actuellement hospitalisé en cardiologie dans l'antenne de Jamaica Plain.

Elle cliqua pour ouvrir le fichier. Dès qu'elle lut le prénom du malade, les pièces du puzzle se mirent en place dans son esprit.

L'homme s'appelait Prince Drake.

Prince Dark, Dark Prince : le Prince Noir...

C'était Nick Fitch. L'homme d'affaires était actuellement hospitalisé à Boston dans le service de cardiologie de Kate !

Abasourdie par cette découverte, aussi fébrile qu'excitée, Emma se mit à parcourir le dossier médical avec attention. Elle y passa du temps, mais en comprit l'essentiel. Et ce qu'elle en déduisit la pétrifia.

Fitch était né avec un ventricule unique : une grave malformation cardiaque congénitale qui empêchait la bonne oxygénation de son sang, faisant de lui un « bébé bleu » : un enfant cyanosé qui n'était pas certain d'atteindre l'âge adulte.

À huit ans, il avait subi une intervention palliative pour améliorer son oxygénation sanguine, suivie de deux nouvelles opérations à cœur ouvert sept ans et dix ans plus tard.

Si ces interventions avaient eu le mérite de le maintenir en vie, elles n'avaient fait que retarder l'échéance : tôt ou tard, pour continuer à vivre, il aurait besoin qu'on lui greffe un nouveau cœur. Une greffe quasi impossible vu son groupe sanguin exceptionnellement rare, ce fameux groupe Helsinki. À quarante-deux ans, Nick Fitch était donc une sorte de miraculé. Pendant des années, dans la plus grande confidentialité, il avait fait l'objet d'une surveillance médicale minutieuse. Il s'était sans doute accroché à la vie avec une volonté de fer et une bonne dose de chance. Mais aujourd'hui, son cœur était en train de lâcher.

Emma cliqua sur le pavé tactile pour faire défiler le document. Les dernières annotations indiquaient que Fitch était hospitalisé depuis vingt-quatre heures en attente de transplantation cardiaque.

Cette fois, l'homme d'affaires avait abattu toutes ses cartes : c'était la greffe ou la mort.

★

Romuald se concentrait sur sa conduite. Il s'était fait une belle frayeur lorsque « son » SUV avait subitement calé à un feu rouge sur Beacon Street. Il avait mis du temps à redémarrer et, pendant un moment, il avait cru avoir perdu la trace du cascadeur. Mais il avait retrouvé le pick-up rutilant sur l'*expressway* qui contournait le centre-ville par le nord-ouest.

La circulation fut brièvement ralentie par un bouchon au niveau du nœud autoroutier qui permettait de rejoindre l'Interstate 93. Cette fois, alors que les voitures roulaient pare-chocs contre pare-chocs, il fit bien attention à ne pas se tromper dans le maniement de la boîte de vitesses. En France, avec son père, il avait débuté une formation de conduite accompagnée, mais jamais il n'avait pensé un seul instant qu'il se retrouverait si vite, seul, au volant d'une voiture.

La circulation redevint rapidement fluide. Il gardait le pick-up bordeaux dans la ligne de mire en s'efforçant de ne pas se faire repérer. À présent, le Dodge roulait à bonne allure en direction du nord. Pendant un quart d'heure, ils traversèrent la réserve de Middlesex Fells, entourés de chênes, de pins blancs et de noyers, puis la camionnette obliqua vers l'est pendant une dizaine de kilomètres avant de repartir vers le nord par les routes secondaires.

En remontant vers Lowell – une ville industrielle autrefois florissante –, l'adolescent s'efforçait de rouler à bonne distance de sa « cible ». La beauté du paysage était à couper le souffle. Le soleil rasait l'horizon, striant le ciel de bandes jaunes et orangées qui fusionnaient dans une frange bordée d'un halo lumineux. À perte de vue s'étendaient de vastes surfaces immaculées et laiteuses ponctuées du miroitement d'un lac ou du flux argenté d'un cours d'eau.

Au moment où Romuald s'y attendait le moins,

le pick-up vira brutalement à droite pour s'enfoncer dans le chemin étroit d'une forêt de sapins.

Mais où il va ?

L'adolescent se rangea sur le bas-côté et appela Emma pour lui faire part de sa position.

★

À Boston, le soleil venait de disparaître derrière les nuages. Dans la pénombre de la chambre, Emma resta un long moment dans le silence. Autour d'elle, le temps s'était arrêté. Malgré les évidences, son esprit avait du mal à admettre l'effroyable vérité qu'elle venait de mettre au jour : Kate projetait de tuer son mari pour fournir un cœur à son amant.

Son esprit bouillonnait, mais peu à peu, tout devenait terriblement clair. Les informations obtenues depuis une semaine se raccrochaient entre elles pour former la trame d'un piège redoutable. Le portrait d'une femme se dessinait dans son esprit. Une femme, amoureuse jusqu'à la folie, qui avait mis son intelligence au service d'un projet monstrueux.

Un film défilait dans la tête d'Emma. Des images, des scènes auxquelles elle n'avait pas assisté, mais qu'elle était capable de restituer non dans leurs détails, mais dans leur vérité.

Milieu des années 1990. Kate et Nick vivent une intense passion amoureuse. Ces deux-là sont faits pour être ensemble et pour s'aimer. Beauté magnétique, jeunesse, intelligence vive. Ils s'éblouissent l'un l'autre. Leur histoire est forte et singulière. Elle prend naissance lors de cette fameuse première rencontre que lui avait racontée Joyce Wilkinson, un jour de neige, dans le restaurant d'une station-service d'autoroute. Une histoire que Kate doit placer plus haut que tout : le jour où sa vie a basculé, le jour où ils se sont reconnus, le jour où Nick l'a sauvée...

Mais Nick a un secret : une maladie cardiaque qu'il sait fatale et qu'il cache depuis son plus jeune âge. Peut-être parce qu'il ne veut pas être pris en pitié, certainement parce qu'il ne veut pas perdre le contrôle de son entreprise. Il sait qu'il peut mourir à tout moment et ne veut pas imposer ce fardeau et cette douleur à Kate. Alors il prend de la distance, la rend malheureuse pour la forcer à s'éloigner de lui. Kate est désespérée. Elle perd confiance en elle, ne comprend pas pourquoi Nick la repousse et va jusqu'à entreprendre une opération de chirurgie esthétique dans l'espoir de le reconquérir.

Que se passe-t-il alors ? Sans doute Nick comprend-il qu'il fait fausse route et qu'il doit dévoiler la vérité à celle qu'il aime. Une révélation que la jeune femme va accueillir comme un soulagement. Non seulement Nick est toujours amoureux d'elle, mais encore elle a désormais l'opportunité de le sauver à son tour. Une révélation qui la pousse à interrompre brutalement son résidanat de neurologie pour se tourner vers la chirurgie cardiaque. Le début d'une nouvelle vie, entièrement dévouée au travail, à la recherche médicale et au suivi de la santé de Nick. Ses travaux sont brillants et explorent plusieurs pistes – les traitements immunosuppresseurs, la modification génétique des groupes sanguins… –, mais ne débouchent sur rien qui, à court terme, puisse aider Nick. Car elle se heurte toujours au même obstacle : seule une greffe pourrait sauver l'homme qu'elle aime, or elle sait que le groupe sanguin particulier de Fitch entraînera le rejet de tout organe provenant d'un individu n'appartenant pas au groupe Helsinki.

*

Jusqu'où peut-on aller par amour ?
Loin.
Très loin.
Mais il existe une frontière au-delà de laquelle peu de personnes sont prêtes à s'aventurer.
Kate l'avait franchie.

Comment avait-elle basculé ? Quel avait été le déclic ? Là encore, par un étrange mimétisme, Emma était presque capable de « voir » la scène comme devant un écran de cinéma.

Automne 2006. Au milieu d'une garde sans fin, un patient un peu plus charmant que les autres se présente aux urgences de l'hôpital. Le type vient de se couper avec un sécateur en jardinant. C'est un jeune prof de philo. Un mec vraiment cool, intelligent et drôle. Kate le prend en charge et lui fait quelques points de suture. Elle sent qu'elle lui plaît, mais le type a l'air réglo. Pourtant, il ne peut s'empêcher d'entrer dans le jeu de la séduction. Avec elle, les mecs se comportent *tous* comme ça. Bien qu'elle n'en tire aucune gloire, elle sait qu'elle a ce truc que les autres n'ont pas. Ça ne la flatte pas, ça ne la rassure pas. Depuis longtemps, elle mène un autre combat. Une autre guerre.

Pourtant, cet après-midi-là, quelque chose se relâche en elle. Que se passe-t-il vraiment ? Peut-être que la journée a été difficile et que Matthew l'a fait rire, peut-être qu'elle est sensible à sa culture, peut-être justement qu'il ne cherche pas à la draguer et qu'elle ne se sent pas en danger. Alors, elle accepte d'aller prendre un Coca avec lui.

C'est le début du mois d'octobre. En plein été indien. Un soleil doré éclabousse le parking de l'hôpital sur lequel stationne le camion de don du sang de la Croix-Rouge. Ils sont là tous les deux en train de boire leur canette de soda. Comme elle a l'habitude de le faire avec tout le monde, Kate tente de convaincre son patient de donner son sang. Elle lui fait l'article, lui explique que c'est elle qui gère cette opération, que ce serait sympa de sa part de participer. Il l'écoute sans l'écouter. Il la regarde remettre une mèche de cheveux blonds derrière son oreille. Il pense à Grace Kelly dans les vieux Hitchcock. Il se demande s'il y a un type qui tous les matins a la chance de se réveiller auprès de cette femme. Et il en est immédiatement jaloux. Déjà, il cherche comment avoir une chance de la revoir. Il trouve charmant qu'elle insiste autant pour qu'il donne son sang. Il répond qu'il n'est pas à jeun. Elle lui dit que ce n'est pas grave. Il rétorque qu'il a peur des aiguilles. Elle propose de l'accompagner. Il cède avec délice.

Puis la vie de chacun reprend son cours. Peut-être ont-ils échangé leurs numéros de téléphone, mais ce n'est pas certain. Dans la tête de Kate, le souvenir ne tiendra pas longtemps. Il commence déjà à s'évaporer lorsque, deux jours plus tard, elle découvre les résultats des analyses sanguines.

D'abord, elle n'en croit pas ses yeux et demande au labo de recommencer l'analyse sur un autre échantillon. Le résultat est confirmé : Matthew appartient bien au groupe Helsinki ! Matthew est né la même année que Nick. Il a la même morphologie. Il est le « donneur parfait ».

Comment ne pas y voir un signe du ciel ? Une occasion incroyable qui ne se reproduira plus jamais.

Que se passe-t-il alors dans la tête de Kate à ce moment précis ? Que ressent-elle lorsqu'elle comprend que la seule façon de sauver l'homme qu'elle aime est de devenir un assassin ?

Comment franchit-on la frontière entre l'amour et la folie ?

★

Le téléphone sonna dans le vide pendant plusieurs secondes avant qu'Emma émerge de ses pensées.

— Oui, Romuald. Où es-tu ?

— À une dizaine de kilomètres au sud de Lowell. Le pick-up du cascadeur vient de s'enfoncer dans un chemin forestier.

— D'accord. Le type doit avoir une cabane ou une sorte de planque dans le coin. Maintenant qu'on sait où il se cache, rapplique dare-dare à l'hôtel.

L'adolescent hésita. Emma entendait le bruit du moteur du SUV qui continuait à tourner.

— Rentre, Romuald. J'ai plein de choses à te raconter. Il faut qu'on prenne une décision.

Mais l'adolescent ne l'écoutait pas.

— Romuald, s'il te plaît !

Le garçon essuya ses lunettes. Il ne pouvait pas stopper maintenant, au milieu du gué. Ne pas savoir ce qui se trouvait au bout du chemin serait pour lui un manque de courage, une défaite personnelle.

Il remit sa monture et actionna la marche avant.

— Je vais voir, lança-t-il à Emma. Je reste en ligne.

Il jeta un œil à sa batterie – « 3 % » – puis s'enfonça à son tour dans la forêt. La piste était recouverte d'une épaisse couche de neige, mais les énormes pneus du Dodge avaient bien déblayé le passage.

Plus il s'enfonçait, plus il faisait sombre. Le soleil avait disparu, caché par la densité des conifères. Il serpenta ainsi au milieu de la pénombre sur un demi-kilomètre.

À l'autre bout du fil, Emma se rongeait les sangs.

— Tu es toujours là, tête de blatte ?

— Oui, mais j'arrive dans un cul-de-sac.

L'adolescent crispa les mains sur le volant. Au bout du sentier, le Dodge avait fait demi-tour et lui faisait face.

— Le pick-up est là, mais...

Il plissa les yeux.

— Mais quoi ?

— Je crois qu'il n'y a plus personne au volant.

— Romuald, reviens, bordel !

— Oui, c'est plus prudent, admit-il.

À présent, il avait vraiment peur. En quelques secondes, le bois était devenu opaque et semblait se refermer sur lui. Il manœuvra pour faire marche arrière, mais le chemin était étroit et le véhicule s'enlisa dans la neige.

Merde...

Une poussée de sueur lui emperla le front. Il enclencha le frein et sortit dans le froid. Une chape de silence enveloppait la forêt. Quelques flocons se détachaient des branches et voltigeaient dans les airs.

— Y a quelqu'un ? demanda-t-il d'une voix tremblante.

Pas de réponse.

Il fit quelques pas pour se rapprocher du pick-up et regarda à travers la vitre.

Personne.

Il nota que la porte n'était pas verrouillée. Il s'apprêtait à l'ouvrir lorsqu'il entendit un crissement de pas dans la neige. Il se retourna brusquement et dans un battement de paupières aperçut une ombre noire qui s'abattait sur lui.

Il ouvrit la bouche pour hurler, mais la crosse d'une arme lui heurta le crâne.

Et il perdit connaissance.

Emma avait entendu une succession de bruits sourds et paniqua.

— Tête de blatte ? Tu m'entends ? demanda-t-elle, la voix pleine d'inquiétude. Explique-moi ce qui se passe, Romuald ! Je t'en prie !

Des larmes plein les yeux, elle ne put continuer sa supplique. Seule la sonnerie prolongée se faisait entendre.

La communication était coupée.

Sixième partie

Au-delà de la frontière

24

Heroes and villains

Plains ceux qui ont peur car ils créent leurs propres terreurs.

Stephen KING

La nuit était tombée lorsque le pick-up bordeaux arriva aux abords de la zone industrielle de New Hartland, entre Nashua et Salem, à la frontière du New Hampshire et du Massachusetts.

À première vue, l'endroit était protégé, tantôt par du grillage, tantôt par des palissades en bois, mais pas suffisamment pour qui voulait vraiment pénétrer dans l'enceinte. Le Dodge passa devant l'entrée principale, contourna la partie qui longeait la route et remonta lentement une allée gravillonnée plus discrète pour arriver devant un lourd portail métallique fermé par une chaîne. Le cascadeur freina brutalement, descendit du véhicule muni d'une pince-monseigneur et d'une cisaille. À la lumière des phares, il ne lui fallut que quelques secondes pour débloquer l'ouverture des deux battants. Il remonta dans la cabine du truck et continua son chemin.

Coincé entre la rivière et une ancienne voie ferrée, l'endroit était progressivement tombé en déshérence au cours des années 2000. La camionnette traversait un paysage sordide qui s'étendait sur plusieurs hectares : des hangars et des entrepôts laissés à l'abandon, des usines aux fenêtres murées, des terrains en friche.

Au volant du pick-up, Oleg Tarassov entra dans un hangar tout en longueur qui avait autrefois abrité les abattoirs du comté de Hillsborough. L'établissement avait été le dernier de la zone à mettre la clé sous la porte trois ans plus tôt et une partie des locaux, rachetés par un promoteur, était toujours alimentée en électricité.

La municipalité avait tenté de réhabiliter le site en élaborant, avec des investisseurs privés, des projets de lotissements et d'espaces d'animation culturelle et de loisirs, mais, à cause de la crise économique, rien n'avait vu le jour. Les terrains restaient en friche, les locaux désaffectés et les bâtiments en ruine, au grand bonheur des squatters, des gangs et des drogués.

Tarassov bondit du véhicule et actionna les interrupteurs. Une lumière vacillante éclaira faiblement l'entrepôt.

Sans ménagement, il tira le corps de Romuald au sol et lui balança quelques gifles pour lui faire reprendre conscience.

Sans succès.

Tarassov était inquiet. Il avait examiné avec attention le passeport qu'il avait trouvé dans une des poches de pantalon du gamin : il était mineur et étranger. Pour quelle raison l'avait-il suivi depuis le St. Francis ? Cela avait-il un rapport avec le contrat qu'il devait exécuter cette nuit ? Mentalement, il se repassa le film de sa journée. Il tiqua en se rappelant la jeune femme qui avait pris l'ascenseur avec lui à l'hôtel. Maintenant qu'il y pensait, il en était certain : elle avait eu un comportement étrange. Le suivait-elle, elle aussi ? Mais pourquoi ? Il avait pourtant respecté toutes les règles de prudence. Comme souvent, le maillon faible du contrat était le donneur d'ordres. Il hésita à appeler Kate Shapiro, mais le deal était formel : pas d'appel, pas de contact, pas de trace. L'exécution pure et simple de ce qui avait été convenu. Il se demanda si la somme promise valait la peine de continuer. Il conclut par l'affirmative. La femme avait été réglo. Elle lui avait déjà versé deux traites de 500 000 dollars. Il ne savait pas comment elle trouvait tout ce fric et ce n'était pas son affaire, mais elle avait accès à du cash. Beaucoup de cash. Et des billets non marqués. Il restait un million de dollars à récupérer. Il décida donc qu'il irait jusqu'au bout de son contrat.

En attendant de pouvoir interroger le gosse qui gisait, toujours inconscient, par terre, le cascadeur attrapa une chaise en ferraille, la débarrassa de ses toiles d'araignée et s'assit à une table métallique. Il porta une cigarette à sa bouche, l'alluma et posa la boîte d'allumettes sur la table. En recrachant sa première bouffée de fumée, il sortit un notebook de sa mallette, l'ouvrit et consulta le dossier détaillé dans lequel il avait patiemment récapitulé toutes les informations concernant l'homme qu'il devait tuer.

*

Romuald commençait à percevoir une lueur orangée qui vacillait devant ses yeux. Un bourdonnement sourd tournait dans sa tête en même temps qu'une douleur aiguë lui vrillait le crâne. Il était couché sur un sol dur et glacé. Il essaya de se redresser, mais constata qu'un serre-flex lui entravait les mains.

Mais où suis-je ?

Lorsqu'il reprit vraiment conscience, il se rendit compte qu'il se trouvait dans un hangar aux murs de béton brut éclairés d'une lumière glauque. Il tira d'un coup sec pour se débarrasser de ses liens, mais la corde en nylon lui mordit la chair. Il grimaça de douleur et comprit qu'il ne parviendrait pas à se libérer.

Alors que les larmes lui montaient aux yeux, il aperçut un homme qui avançait vers lui d'un pas décidé. Il fit des efforts pour s'asseoir, essaya même de se lever, mais l'une des bottes de Tarassov lui écrasa la poitrine.

— Ne bouge pas !

Terrorisé, l'adolescent n'osa même pas lever les yeux.

— Pourquoi me suivais-tu ? demanda-t-il en appuyant sa chaussure sur le torse du gamin.

Romuald ferma les yeux et se recroquevilla sur lui-même.

— POURQUOI ? hurla Tarassov, si fort que l'adolescent fondit en pleurs.

Hors de lui, le Russe lui balança un coup de pied dans les côtes. Romuald en eut le souffle coupé, puis, une fois le choc encaissé, partit dans une longue quinte de toux.

Avec une force redoutable, Tarassov l'attrapa par sa parka et le traîna dans une pièce sans fenêtre, aux murs et au plafond recouverts de métal. Le cascadeur lâcha Romuald, qui tomba lourdement par terre, et referma la porte derrière lui. Le gamin ne mit pas longtemps à comprendre où il se trouvait. Un vent glacé balaya son visage. Il leva les yeux. L'air frais s'échappait des serpentins d'un énorme évaporateur. Il était enfermé dans une salle frigorifique.

★

Boston
Épicerie fine, Zellig Food
Matthew poussait son Caddie, essayant de se frayer un chemin jusqu'au rayon des fruits et légumes.

— Plus vite, papa, plus vite ! gloussa Emily en s'accrochant au siège du chariot.

Matthew caressa la joue de sa fille et attrapa une botte de persil, un bouquet de feuilles d'estragon, des échalotes et des petits oignons.

Au détour d'un étalage, il les vit enfin : les rattes de Noirmoutier dont raffolait sa femme. Il avait déjà fait la moitié des primeurs et des maraîchers de la ville sans parvenir à mettre la main sur ces merveilles. Ce soir, il tenait à ce que tout soit parfait. Il avait concocté un repas de fête composé de tous les plats préférés de Kate. Malgré leur prix exorbitant, il se servit une bonne quantité de pommes de terre, vérifia sur sa liste que rien ne manquait et se rua vers les caisses.

— Papa, on oublie la boisson pour le père Noël ! s'écria Emily.

— Oui, tu as raison, dit-il en faisant demi-tour.

Au rayon frais, ils choisirent ensemble une brique de lait de poule.

— On ajoutera une bonne rasade de bourbon. Il aime bien ça, le père Noël, et par ce froid, ça ne lui fera pas de mal, ajouta-t-il en lançant un clin d'œil à sa fille.

— Bonne idée ! rigola-t-elle.

Matthew lui rendit son sourire, en notant mentalement de ne pas oublier de boire le verre avant qu'Emily ne débarque dans le salon le lendemain matin.

★

Le froid figeait le corps de Romuald. En boule, les genoux repliés contre la poitrine, il avait enfoui son visage dans la capuche en fourrure de sa parka. Il regarda sa montre. Ça faisait plus de vingt minutes qu'il était dans la salle frigorifiée. Des palettes en bois fracassées s'entassaient dans un coin du local. Il en avait fait rapidement le tour. Les murs étaient couverts de moisissures et de rouille. Impossible d'arrêter le frigo de l'intérieur. Impossible de déverrouiller la porte.

Il souffla désespérément dans ses mains pour essayer de se réchauffer. Il grelottait, ses lèvres tremblaient, ses dents claquaient. Son cœur battait plus vite, comme après un effort prolongé.

Au début, il s'était dandiné d'un pied sur l'autre pour ne pas geler sur place, mais le froid était plus fort, engourdissant tout, transperçant ses vêtements, hérissant ses membres de chair de poule.

Soudain, alors qu'il n'y croyait plus, un bruit de décompression se superposa au ronronnement du local frigorifique. La porte s'ouvrit et le cascadeur s'avança lentement vers lui, un calibre dans une main, un couteau dans l'autre.

— C'est terrible, le froid, n'est-ce pas ? dit-il en se penchant vers l'adolescent. Avant de l'avoir vécu, on ne s'imagine pas quel niveau de torture ça peut représenter.

D'un coup de lame, il rompit le serre-flex qui meurtrissait les poignets de Romuald. Presque en rampant, l'adolescent sortit du frigo.

Tarassov le suivit du regard. Il connaissait les ravages d'un changement brusque de température. Romuald avait le souffle coupé. Il toussait bruyam-

476

ment, se frictionnait les épaules, les bras, le visage, mais il avait presque toujours aussi froid. Seules les grandes goulées d'air plus chaud qu'il inspirait lui procuraient un peu de réconfort.

Tarassov ne lui laissa que quelques instants de répit.

— Je ne vais pas te poser la question dix fois, prévint-il. L'alternative est simple : soit tu me réponds immédiatement, soit tu retournes dans le frigo pour ne plus jamais en sortir.

Les yeux fermés, Romuald continuait à haleter. Tarassov poursuivit ses menaces :

— Tu crois que ce que tu viens de vivre, c'est l'enfer, mais tu te trompes. Ce n'était qu'un amuse-gueule. Réfléchis bien : tu es au milieu de nulle part. Tu pourras crier aussi fort que tu veux, personne ne t'entendra. Si tu ne parles pas, tu vas crever tout seul, lentement et d'une façon atroce.

Romuald ouvrit les yeux, jeta un rapide coup d'œil circulaire. Aucune issue pour espérer fuir. Aucun endroit pour se cacher.

Le Russe se posta devant lui.

— Je te le demande une dernière fois : pourquoi me suivais-tu ?

L'adolescent fut pris d'une nouvelle quinte de toux. Tarassov s'impatienta et l'attrapa par les cheveux.

— Tu vas me répondre ?

Rassemblant toute son énergie, Romuald baissa brusquement la tête et, avec son crâne, donna un coup de boutoir dans le thorax de son agresseur.

Surpris, le Russe encaissa l'attaque. L'adolescent en profita pour partir en courant, mais le cascadeur, d'un coup de pied, le stoppa dans son élan.

— Et tu comptais aller où, comme ça ?

Romuald s'étala lourdement sur la table métallique où Tarassov avait posé ses affaires.

En une seconde, le tueur se jeta sur lui et lui administra une véritable raclée. Direct dans l'estomac, crochet, coude dans les côtes : les coups pleuvaient sans répit. La dérouillée se poursuivit au pied une fois Romuald à terre.

Lorsque l'orage fut calmé, l'adolescent, sonné, n'eut pas la force de se relever. Tarassov l'empoigna par sa parka et le traîna de nouveau jusqu'à la salle frigorifique.

— Иди к черту ! hurla-t-il en refermant la porte métallique.

Il s'assura qu'elle était bien verrouillée et retourna dans l'entrepôt principal. Il remit sur ses pieds la table que l'adolescent avait renversée, ramassa son ordinateur, son paquet de cigarettes et ses clés. Il vérifia que le notebook n'était pas cassé et le rangea dans sa sacoche qu'il déposa sur la place passager du pick-up. Il sortit une clope et regarda sa montre.

Plus tard, pensa-t-il en remettant la cigarette dans le paquet.

Il se dirigea vers le fond du hangar qui débouchait sur une enfilade de box protégés par des portails métalliques. Il ouvrit le premier où était garée une moto à l'allure de chopper des années 1970 : une Harley Davidson « Fat Boy » au ventre jaune feu, chargée de chromes.

Il sortit la moto du « garage » et la conduisit sous la lumière : c'était une machine au réservoir énorme, aux pneus larges, à la fourche agressive et aux jantes perforées.

Il vérifia que son Glock était dans son holster, à droite de sa poitrine, puis glissa une autre arme, plus petite, dans un étui à sa cheville. Il enfila un casque et un gros blouson avant d'enfourcher son cheval d'acier.

Il mit les gaz et activa le récepteur GPS du tableau de bord pour y entrer les coordonnées exactes de la maison de Matthew Shapiro. Presque instantanément, le système de géolocalisation calcula les différents itinéraires pour se rendre à Beacon Hill. Tarassov choisit le plus rapide. Il enfila des gants, regarda une nouvelle fois sa montre et avança jusqu'à l'entrée de l'entrepôt. Là, il actionna l'interrupteur pour éteindre l'éclairage et quitta les anciens abattoirs.

★

La moto s'était extraite des routes sinueuses qui entouraient Windham et filait sur l'Interstate 93 en direction de Boston. Le visage balayé par le vent, Oleg Tarassov conduisait, visière ouverte, se laissant bercer par le son du bicylindre. La circulation était étonnamment fluide. À ce rythme-là, il serait en ville en moins de quarante minutes.

Tout en restant concentré sur son trajet, il fit un point sur le contrat inhabituel qu'il avait à exécuter. Il aurait été plus simple de loger une balle dans la tête de Matthew Shapiro ou de lui trancher la gorge d'un coup de schlass. Mais Kate Shapiro avait été très claire : elle ne voulait pas d'une arme. Car une arme à feu ou un couteau signifiait presque immanquablement une enquête de police. Et elle tenait absolument à ce que les flics restent éloignés de cette « affaire ».

Cet après-midi encore, elle lui avait répété que le solde du versement de la somme était conditionné au fait que le plan se déroule exactement comme elle l'avait prévu : son mari devait mourir dans un accident brutal. Un accident qui lui occasionne-

480

rait un traumatisme crânien suivi d'une hémorragie cérébrale.

Oleg avala sa salive. Kate l'avait choisi parce que, lorsqu'il était plus jeune, en Russie, il avait commencé des études de médecine et avait travaillé comme infirmier. Il n'avait donc pas eu de mal pour comprendre précisément les instructions de la chirurgienne : détruire de façon totale et irréversible le système nerveux central situé dans la boîte crânienne de Matthew Shapiro, mais sans toucher au reste du corps. Autrement dit, simuler un accident pour lui détruire le cerveau, mais préserver ses organes. En cas de mort cérébrale, le cœur pouvait continuer à battre pendant plus de vingt-quatre heures, les machines de réanimation permettant de maintenir l'oxygénation du sang.

Tarassov avait pour principe de ne jamais chercher à comprendre les motivations de ses clients. Il ne les jugeait pas non plus. Chacun a toujours ses raisons. Il n'empêche : le plan machiavélique imaginé par cette femme lui faisait froid dans le dos. Elle avait poussé le détail jusqu'à lui suggérer elle-même le lieu de l'accident. Et c'était une sacrée bonne idée...

« La corniche » était une rampe étroite en béton, située non pas à flanc de falaise, mais sur une élévation de terrain qui permettait de contourner un nœud de circulation. Si vous connaissiez son existence, elle vous faisait gagner un temps précieux en reliant Connoly Avenue à Rope Street, une petite artère derrière la gare de Jamaica Plain.

Bien que la configuration de la route n'autorise pas de pointes de vitesse, ces deux dernières années, trois motards y avaient trouvé la mort. La faute aux glissières de sécurité métalliques qui bordaient la route et dont les associations de motocyclistes n'avaient pas manqué de dénoncer la dangerosité. En cause, la distance séparant le rail du sol : un espace vide de cinquante centimètres qui pouvait aisément se transformer en guillotine si, après une glissade, le motard passait malencontreusement sous le rail. À quelques mois d'intervalle, deux hommes avaient ainsi vu avec horreur leur casque se coincer dans l'interstice de la glissière, tandis qu'un autre avait percuté de plein fouet l'un des poteaux de ces rails de sécurité. Ces trois décès au même endroit avaient interpellé l'équipe municipale. Un débat s'était alors engagé pour savoir comment améliorer la sécurité de ce tronçon. En attendant, la municipalité avait dégagé sa responsabilité en interdisant cette route aux motos.

Mais qui respectait vraiment cette interdiction ?

D'après Kate, pas son mari…

Oleg baissa la visière de son casque. Il jeta un

coup d'œil dans son rétroviseur et déboîta pour dépasser une file de camions. La multiplication des panneaux indicateurs annonçait la proximité de la ville. Il redoubla d'attention pour ne pas louper la sortie 26 en direction de Storrow Drive. Comme lui indiquait son GPS, il suivit l'expressway qui longeait la Charles River jusqu'à l'embranchement de Beacon Street. Il prit la direction de Copley Square, attrapa Mount Vernon Street et arriva à Louisburg Square. Il gara sa moto sous les arbres de la place, enleva son casque et mit une cigarette entre ses lèvres. Il retourna ses poches, mais fut incapable de retrouver sa boîte d'allumettes. Frustré de ne pas pouvoir s'en griller une, il regarda d'un œil mauvais la fenêtre que lui avait indiquée Kate Shapiro.

À travers la vitre, par intermittence, il distinguait la silhouette d'un homme et d'une petite fille.

C'était fâcheux pour lui, mais dans moins de vingt minutes, cet homme serait mort.

★

— Ils sont beaux, mes dessins ? demanda Emily en tendant à son père trois plaquettes cartonnées.

Matt les regarda attentivement : au milieu d'une symphonie de couleurs chaudes jaillies de la pointe de feutres, on distinguait nettement les rennes qui tiraient le traîneau du père Noël, une princesse et un bonhomme de neige. Plutôt pas mal pour une petite fille de trois ans et demi.

— C'est magnifique, chérie ! s'enthousiasma-t-il en lui caressant les cheveux. Maman sera contente de voir que tu as si bien illustré nos menus. Tu vas les placer sur la table ?

Emily acquiesça et se précipita dans la partie salle à manger pour grimper sur une chaise et disposer dans chacune des trois assiettes le menu de cette soirée spéciale, constitué des plats préférés de sa mère :

Carpaccio de Saint-Jacques rafraîchi au caviar

*Soupe d'artichauts accompagnée de sa
petite brioche à la truffe*

Huîtres Rockefeller

*Cocotte de homard du Maine et ses pommes de terre
rattes de Noirmoutier*

Tarte aux noix de pécan et au chocolat

— Fais attention de ne pas tomber ! lança Matthew en la surveillant de loin.

Il s'essuya les mains sur son tablier tout en récapitulant dans sa tête les ingrédients de la farce pour garnir ses huîtres Rockefeller : *ail, beurre, persil, estragon, échalote, bacon, chapelure, huile d'olive, poivre de Cayenne...*

Matt regarda la pendule. À présent, Kate n'allait plus tarder. Il vérifia qu'il avait bien mis au frais la bouteille de champagne qu'il gardait pour l'occasion, se demanda s'il devait commencer à préchauffer le four, contrôla la cuisson de ses pommes de terre...

— Papa, j'ai faim ! se plaignit Emily.

Il leva les yeux. La petite fille était retournée jouer au pied du sapin.

— Dans quelques minutes, chérie, assura-t-il.

Les guirlandes qui scintillaient déclinaient des variations de rose, d'argent et de bleu, créant un halo féerique autour de sa fille qui la faisait ressembler à une princesse.

— Je vais te prendre en photo à côté du sapin, et je vais l'envoyer à maman pour la faire venir plus vite, décida-t-il.

Il venait de se saisir de son téléphone lorsque celui-ci vibra dans ses mains.

C'était sa femme.

25

Dans la vallée des ombres

*L'adversité, tel un vent furieux, nous
empêche d'aller où nous voulons, nous
dépouille et nous laisse face à nous-
mêmes tels que nous sommes, et non tels
que nous pensions être.*

Arthur GOLDEN

24 décembre 2010
Jamaica Plain
(banlieue de Boston)
20 h 59

La chambre d'hôpital baignait dans une lumière
blanche. En attente d'une greffe, Nick Fitch était
plongé dans le coma. Désormais, la vie de l'homme
d'affaires ne tenait plus qu'au respirateur artificiel
branché à côté du lit. Kate plissa les paupières, vérifia l'enchevêtrement de perfusions, les constantes
et la bonne marche de l'électrocardiographe. Puis

elle se pencha et déposa un rapide baiser sur la bouche de son amant.

À tout à l'heure. Ne t'inquiète pas. Je m'occupe de tout.

Elle ferma les yeux pour puiser dans ses réserves d'énergie, puis respira profondément, retira sa blouse blanche et sortit de la chambre.

Surtout ne pas flancher. Suivre le plan.

Elle prit l'ascenseur jusqu'au rez-de-chaussée et salua les rares collègues qu'elle croisa dans le couloir qui menait aux urgences.

Ne pas perdre de temps.

Comme elle s'y attendait, l'hôpital était calme. À part les plaies par couteau à huîtres, le soir du réveillon de Noël était toujours beaucoup moins agité que celui du 31 décembre. Même la salle de repos, malgré ses décorations, paraissait frappée d'une sorte de langueur.

Dans son casier, Kate récupéra son manteau, son sac et son téléphone portable. Son premier appel fut pour son mari. Elle lui parla tout en continuant à marcher, remontant le long corridor translucide qui conduisait au parking, jouant à la perfection son rôle d'épouse modèle, anticipant parfaitement chaque réaction de Matt.

— Hello, chéri. Je sors à l'instant de l'hôpital, mais ma voiture est encore en rade sur le parking !

mentit-elle. Comme toujours, c'est toi qui avais raison : il faut vraiment que je me débarrasse de cette guimbarde.

— Je te l'ai dit mille fois… remarqua Matthew.

— Mais j'y suis tellement attachée, à mon vieux coupé Mazda ! Tu sais que c'est la première voiture que j'ai pu me payer lorsque j'étais étudiante.

— C'était dans les années 1990, mon cœur, et à l'époque, c'était déjà une « seconde main »…

— Je vais essayer d'attraper un métro.

— Tu plaisantes ? Dans le coin, à cette heure-ci, c'est trop dangereux. Je prends ma moto et je viens te chercher.

— Non, il fait vraiment très froid. Il tombe un mélange de pluie et de neige, c'est pas prudent, Matt !

Elle savait très bien qu'il allait insister. Elle le laissa jouer son rôle d'homme protecteur avant de lui « céder ».

— D'accord, mais fais attention, alors ! Je t'attends, dit-elle en franchissant les portes automatiques.

Elle raccrocha et sortit sur le parking.

Le froid lui mordit le visage, mais elle ne le sentit pas.

★

21 h 03

Sameer Naraheyem tourna la clé de contact de son camion-citerne et quitta le site de la minoterie AllWheat, à l'ouest de la zone industrielle de Jamaica Plain.

Il effectuait sa dernière livraison avant de rentrer rejoindre sa femme, Sajani. La journée avait été longue et pénible. Sameer ne devait normalement pas travailler en cette veille de Noël, mais son patron lui avait téléphoné en catastrophe en début de matinée pour lui demander de remplacer au pied levé un chauffeur qui manquait à l'appel. Bien que lui et son épouse aient prévu de passer la journée en famille, Sameer n'avait pas osé refuser la « proposition » de son chef. Avec la crise économique et la grossesse de Sajani, ce n'était pas le moment de risquer de perdre son emploi.

Il n'empêche que c'est galère...

Il regarda l'horloge de son tableau de bord.

Faut pas que je traîne !

Il devait livrer sa cargaison de farine dans une usine de Quincy, au sud de Boston, avant 22 heures.

Sameer accéléra légèrement, flirtant avec la limite autorisée.

Il n'imaginait pas que, dans quelques minutes, il allait tuer quelqu'un avec son camion...

Kate avança dans les travées du parking en plein air pour rejoindre sa voiture. En arrivant devant l'emplacement 66, elle découvrit avec stupéfaction qu'il était vide. On lui avait volé son coupé !

C'est pas vrai !

Elle avait garé la voiture à sa place habituelle, lorsqu'elle était arrivée en début d'après-midi, elle en était certaine !

Elle sentit la colère la gagner et hésita sur la marche à suivre. Il fallait qu'elle appelle le tueur à gages pour lui donner son feu vert avant que Matt quitte la maison. Mais la réussite de son plan tenait aussi au fait qu'elle soit la première sur les lieux de l'« accident ».

Elle voulait à tout prix superviser l'arrivée des secours et profiter habilement des sous-effectifs de Noël. Dans un premier temps, elle comptait jouer sur son double statut de médecin et d'épouse de la victime. Elle exigerait de garder le corps de Matthew « sous surveillance » jusqu'à l'hôpital, précipiterait l'angiographie qui devrait attester de sa mort cérébrale, s'assurerait elle-même que son cœur soit maintenu artificiellement en état de fonctionner, et réglerait rapidement les problèmes de consentement de dons d'organes. Ce matin, elle n'avait pas oublié de vérifier que le portefeuille de son mari contenait bien la carte de donneur d'organes qu'elle l'avait convaincu d'obtenir trois ans plus tôt. Elle savait que ce serait à elle que le corps médical poserait la question et demanderait de prendre une décision : son mari entretenait des relations lointaines avec ses parents qui vivaient en Floride et n'avait pas d'autre famille à Boston.

Son plan réussirait à condition que les choses aillent très vite. Une fois que le principe du prélèvement serait acté, le laboratoire procéderait à un bilan sérologique et établirait un état des organes grâce à l'imagerie médicale. Autant d'examens qui les orienteraient vers des receveurs potentiels et compatibles. Nick figurait sur la liste prioritaire, la « liste écarlate » et serait identifié immédiatement. Depuis deux mois, elle guettait les plannings des équipes et, comme elle ne pourrait opérer Nick elle-même, elle s'était assurée que le chirurgien cardiaque de garde cette nuit était un des cadors de l'hôpital.

Depuis des jours, des mois, des années, elle avait *tout* planifié.

Sauf qu'on lui volerait sa voiture sur ce putain de parking…

Ne pas perdre son calme.

Kate n'avait pas envisagé ce genre de difficulté, mais elle devait garder son sang-froid. Comme aux échecs. Elle repensa à cette phrase de Tartacover, un maître de la discipline : *La* tactique *consiste à savoir ce qu'il faut faire quand il y a quelque chose à faire. La* stratégie *consiste à savoir ce qu'il faut faire quand il n'y a rien à faire.*

Elle rejoignit au pas de course la guérite qui abritait le vigile chargé de garder le parking et signala le vol de son véhicule.

— C'est impossible, m'dame. J'suis de service depuis midi. Je connais par cœur votre cabriolet et je peux vous assurer qu'il est pas sorti de l'enceinte de l'hôpital.

— Vous voyez bien pourtant qu'il n'est plus là !

— Alors, c'est qu'vous l'avez garé ailleurs ! Ça arrive tous les jours. La semaine dernière, le docteur Stern croyait aussi qu'on lui avait volé sa Porsche alors qu'il était venu travailler en taxi !

— Mais je ne suis pas folle, enfin !

— J'ai pas dit ça, docteur ! J'vais jeter un œil aux niveaux inférieurs, affirma-t-il en désignant les moniteurs des caméras de surveillance.

C'est ça...

Kate avait déjà tourné les talons lorsque la voix du gardien l'interpella.

— Il est ici, vot' coupé, m'dame. Au niveau - 3, place 125 ! annonça-t-il en désignant son écran, le visage barré d'un sourire victorieux, l'air de dire : *Ces médecins, tous des cons...*

Kate délaissa les ascenseurs et se rua dans les escaliers qui menaient aux parkings souterrains.

Cet imbécile de gardien avait raison. Le coupé Mazda était garé au dernier niveau.

Comment était-ce possible ? Elle avait une place à son nom en surface. Elle n'était même *jamais* venue ici. Quelqu'un avait déplacé sa voiture, c'était certain. Mais pourquoi ? Cela avait-il un rapport avec le trousseau de clés qu'elle avait perdu en début de semaine ? Les questions se bousculèrent dans sa tête, mais elle choisit de les ignorer.

Elle regarda son téléphone : « réseau indisponible ». Normal, elle était au sous-sol.

Elle déverrouilla sa voiture, mit le contact et quitta le parking souterrain. Une fois en surface, elle fonça jusqu'à la sortie. Avant de se lancer sur la route, elle passa un bref appel à Oleg Tarassov pour lui donner enfin son feu vert.

Lorsqu'elle se fondit dans la circulation, elle aperçut dans son rétroviseur un gros camion-citerne qui tournait au coin de l'avenue dans le sens inverse au sien.

Ancienne zone industrielle de Windham
21 h 08

Le local frigorifique était plongé dans le noir.

Romuald craqua une nouvelle allumette sortie de la boîte qu'il était parvenu à voler au tueur lorsque celui-ci l'avait passé à tabac. Naïvement, il avait cru qu'elle pourrait lui être utile, mais il n'y avait rien à brûler dans l'entrepôt glacial. Les palettes en bois entreposées étaient bien trop humides pour prendre feu.

La petite tige de bois s'enflamma, produisant une faible lueur qui ne brilla que quelques secondes.

Puis la pièce retomba dans le noir complet.

Un froid mortel enveloppait l'adolescent, le prenant à la gorge, figeant son visage, paralysant son nez et ses oreilles. Un souffle glacé brûlait ses mains, s'infiltrant partout dans son corps et pénétrant ses os jusqu'à la moelle. Un ennemi invisible contre lequel il ne pouvait pas lutter.

Après s'être d'abord accéléré, son rythme cardiaque était maintenant devenu beaucoup plus faible. Les tremblements et la peur se couplaient à une terrible fatigue. Progressivement, il sentait ses forces le quitter. Il s'épuisait. Pour ne pas tomber dans un état léthargique, il s'était fixé comme but de craquer une allumette toutes les dix minutes environ et il se raccrochait à ce cérémonial.

Ses pieds et ses jambes étaient raides, comme tétanisés. En cours de biologie, il avait appris que, pour combattre l'hypothermie, le sang quittait les extrémités de son corps pour préserver les deux sanctuaires qu'étaient le cœur et le cerveau.

Son esprit était embrouillé, proche de la perte de connaissance. Il aurait été incapable d'ouvrir la bouche ou de parler, et il pensait au ralenti. Il avait les bronches encombrées, mais n'avait même plus la force de tousser. À peine celle de continuer à respirer.

Dans aucun de ses cauchemars, il n'avait pensé que le froid puisse être si intense. Et le cascadeur avait vu juste : le plus terrifiant était bien d'avoir conscience que personne ne viendrait vous secourir. Savoir que vous alliez crever seul, dans le noir, emporté par une souffrance atroce.

★

Boston, Beacon Hill
21 h 09
Moins d'une minute après avoir raccroché, Oleg Tarassov aperçut Matthew Shapiro en train de des-

cendre la volée de marches du perron. Le Russe enfila son casque et ses gants sans quitter des yeux le jeune professeur. Il le regarda enfourcher sa moto et son œil d'expert fut sensible au modèle : une Triumph Tiger Cub de la fin des années 1950, magnifiquement restaurée avec son phare rond, sa selle basse et ses chromes rutilants.

Il laissa Shapiro prendre un peu d'avance, mit les gaz de sa Harley et partit dans son sillage.

★

21 h 11

Pressé de retrouver sa femme, Matthew traversait la ville à toute allure. Un quartier qu'il connaissait comme sa poche, un trajet qu'il avait effectué des centaines de fois. Charles Street, Beacon Street, Arlington Street… Malgré la pluie fine mélangée à la neige, sa vieille moto collait à l'asphalte et tenait bien la route. Il accéléra encore dans Columbus, l'immense artère rectiligne qui reliait le centre au South End, à Roxbury et à l'est de Jamaica Plain. Il était encore tôt, mais la ville était déserte. L'éclairage des décorations se superposait à celui des bureaux et des magasins. Des anges argentés s'accrochaient aux lampadaires, des guirlandes d'étoiles brillaient de mille feux et d'étranges disques phosphorescents enserraient les arbres, créant une atmosphère futuriste.

En approchant des quartiers périphériques, les illuminations se firent plus rares. Matthew sentit sa moto tanguer en négociant à trop vive allure le carrefour giratoire situé en amont de la gare de Jackson Square. Il parvint sans difficulté à la stabiliser, puis il contourna la gare et s'engagea sur « la corniche », la rampe en béton entre Rope Street et Connoly Avenue, la rue dans laquelle se trouvait l'hôpital de Kate. En théorie, ce raccourci était interdit aux motos, mais il n'avait jamais vu aucun flic verbaliser à cet endroit. Néanmoins, il roula prudemment à cause du sol instable. Un peu avant d'aborder un virage en épingle, il remarqua dans son rétroviseur un autre motard qui le collait d'un peu trop près, juché sur une énorme Harley customisée.

Le phare l'aveugla.

Pas envie de faire la course, pensa-t-il en ralentissant et en serrant à droite pour se laisser dépasser. Le cruiser déboîta pour le doubler, mais au dernier moment se rabattit violemment. La roue avant de la Harley heurta la roue arrière de la Triumph et la déséquilibra. Surpris par la violence du choc, Matthew perdit le contrôle de sa moto.

Dans un ultime réflexe, il tourna son guidon et bloqua la roue arrière pour coucher sa moto qui glissa sur le bitume détrempé et vint s'encastrer dans les rails des barrières métalliques. Éjecté de la Triumph, Matthew roula sur le sol. Son casque frappa plusieurs fois la route et l'une de ses jambes heurta latéralement le poteau qui soutenait les glissières avant qu'il ne s'immobilise. Il mit une dizaine de secondes avant de comprendre ce qui lui arrivait. Toujours à terre, il chercha à se mettre debout, mais hurla de douleur. Sa jambe droite était cassée. Il s'appuya contre la glissière, enleva son casque. Lorsque son visage fut à l'air libre, Matthew vit le conducteur du chopper se précipiter sur lui, armé d'une batte de baseball.

L'homme avait déjà déclenché son mouvement, prêt à lui briser les cervicales...

★

Les deux dards d'un Taser harponnèrent le Russe derrière la nuque, délivrant une décharge électrique qui le sidéra. Il s'effondra brutalement, comme foudroyé par un éclair.

Vêtue d'une paire de leggings noirs et d'un blouson en cuir, Emma profita de la paralysie du tueur pour le désarmer.

— Ça va ? demanda-t-elle en se précipitant vers Matthew.

Il leva les yeux vers cette femme au visage recouvert d'un passe-montagne sombre, qui avait surgi de nulle part pour lui sauver la vie.

— Mais… qu'est-ce qui se passe ?

— C'est votre femme ! cria Emma. Elle cherche à vous tuer !

— Quoi ? Mais vous délirez ! Qui êtes-vous ?

Emma n'eut pas le temps de répondre.

Deux phares ronds et brillants trouèrent la nuit. Le coupé Mazda de Kate se gara à côté de la Harley Davidson. La chirurgienne sortit de la voiture et évalua la situation d'un regard froid.

Rien ne se passait comme prévu.

— Chérie ! appela Matthew.

Kate ne le regarda même pas. Elle se demandait seulement qui était cette femme aux allures de Catwoman qui venait de faire échouer son plan.

Prendre les problèmes les uns après les autres.

Elle se pencha vers Tarassov et aperçut les dards du Taser plantés dans sa nuque. Le système nerveux paralysé, le tueur gisait sur le goudron, peinant à reprendre ses esprits. En fouillant dans la poche intérieure du blouson d'Oleg, elle trouva ce qu'elle cherchait : un Glock 17 en polymères muni de son chargeur. Kate arma le pistolet automatique et fit feu en direction d'Emma, pour la forcer à battre en retraite. Le bras tendu, perpendiculaire au corps, les doigts crispés sur la détente, Kate s'avançait vers son mari.

Je peux encore sauver Nick. Une balle dans la tête de Matthew le tuera, mais préservera son cœur.

— Kate, qu'est-ce que tu fais, chérie ? Qu'est-ce que tu...

— Tais-toi ! hurla-t-elle. Ne m'appelle pas chérie ! Tu ne me connais pas. Tu ne sais rien de moi. RIEN !

Je finirai mes jours en prison, mais Nick vivra...

Le visage de la belle chirurgienne s'était métamorphosé. Il avait perdu sa grâce et sa beauté pour n'être plus qu'un masque de porcelaine, blanc et froid. Seuls ses yeux étaient en feu, brûlants d'une flamme furieuse. Comme un robot, elle continuait d'avancer vers son mari.

— J'aimerais bien t'expliquer, Matt, mais tu ne pourrais pas comprendre.

Emma s'était repliée sur le bord opposé de la route. En plissant les yeux, elle aperçut le cascadeur qui essayait désespérément de se mettre debout. C'est alors qu'elle remarqua le holster à boutons-pressions attaché à la cheville de Tarassov. Un déclic se fit dans sa tête. Elle rampa jusqu'à lui et arracha le Smith & Wesson 36 de son étui. Elle joignit les mains autour de la crosse et tendit le bras pour avoir Kate dans sa ligne de tir.

Pas le temps de se poser de questions.

Le canon du Glock de Kate était pointé sur le crâne de son mari, celui d'Emma tendu en direction de la chirurgienne. Les deux femmes étaient prêtes à faire feu.

Emma pria pour ne pas trembler.

Elle appuya la première sur la détente.

★

Touchée à la poitrine, Kate tomba en arrière. Son corps bascula au-dessus de la glissière de sécurité et dévala le versant abrupt du ravin.

★

Un long silence, presque irréel, succéda au coup de feu.

Projetée au sol par la violence du recul, Emma resta plusieurs secondes tremblante, choquée, sans voix.

Oleg Tarassov avait réussi à se mettre debout difficilement et avait compris qu'il avait tout intérêt à quitter les lieux. Sans casque, il remonta sur la Harley, mit les gaz et s'enfuit dans le sens opposé à celui par lequel il était arrivé.

C'est au bout de cinquante mètres, au croisement,

que le camion de farine de Sameer Naraheyem le percuta de plein fouet.

★

Emma reprit ses esprits. Elle vit Matthew, à quelques mètres d'elle, prostré, en état de choc. Mais en vie.

Romuald !

Elle courut jusqu'à l'épave de la moto et arracha le GPS fixé par un scratch doublé d'une puissante ventouse. Puis elle revint sur ses pas et grimpa dans la voiture de Kate.

★

À l'intérieur de l'habitacle, elle enleva son passe-montagne et consulta le système de géolocalisation. Comme elle l'espérait, l'appareil avait gardé en mémoire les derniers trajets effectués par le tueur. Elle mit le contact et quitta « la corniche » dans un crissement de pneus.

Boston était désert. Elle rejoignit l'I-93 par le nord et roula sur l'autoroute au mépris de toutes les règles de sécurité ou de prudence. Elle se foutait des limitations de vitesse, des patrouilles, du danger. Rien n'avait d'importance à part Romuald.

503

Pourvu qu'il ne lui soit rien arrivé...

Elle conduisit, pied au plancher pendant une demi-heure, puis sortit de l'autoroute au niveau de Windham, à la frontière du Massachusetts et du New Hampshire. Elle se laissa guider par le GPS, empruntant des routes secondaires jusqu'à buter sur l'enceinte d'une ancienne zone industrielle.

Et maintenant ?

Emma regarda l'écran du navigateur : le repère marquant la zone d'arrivée n'était pas loin, mais inaccessible en voiture. Elle laissa ses phares allumés et descendit du véhicule. Cette partie de la route était totalement plongée dans l'obscurité. Elle ne voyait pas grand-chose, hormis une haute clôture qui s'élevait devant elle. Elle décida d'escalader le grillage à mains nues. En passant de l'autre côté du treillis, un bout de fil de fer, affûté comme un couteau, s'enfonça dans le haut de son bras et lui déchira la chair sur au moins cinq centimètres.

La douleur la fit chanceler. Elle sentit le sang couler sous son pull et son blouson, mais refusa de s'apitoyer sur son sort. Elle se laissa tomber et roula sur le sol. Puis elle se releva et courut pour grimper au sommet d'un talus, d'où elle parvint à distinguer la ville fantôme. Les anciennes usines et les entrepôts désaffectés s'étendaient à perte de vue. Le lieu était surréaliste. Un véritable décor de film d'épouvante. Quelques wagons rouillaient le long d'une vieille voie de chemin de fer. Le vent hurlait, faisant grincer les installations métalliques. Des silhouettes déformées menaçaient de jaillir derrière chaque baraquement. Une vallée des ombres qui devait s'étendre sur cinq ou six hectares.

Comment retrouver Romuald dans ce labyrinthe de ferrailles et de tôles ?

— Romuald ! Romuald ! cria-t-elle plusieurs fois, mais le vent et la neige emportèrent ses cris dans le néant.

Elle chercha des yeux un indice ou un détail qui puisse l'orienter, mais on n'y voyait pas à trois mètres.

Chassant les flocons qui s'accrochaient à son visage, se servant de son téléphone portable comme d'une lampe-torche, elle courut à perdre haleine, face au vent, remontant vers le nord-est de la zone industrielle. Tarassov avait sans doute cherché l'endroit le plus éloigné de la route pour entreposer sa voiture. Soudain, un bruit la fit s'arrêter. Elle venait de marcher sur du gravier. Elle éclaira le sol en reprenant son souffle.

Un chemin montait jusqu'à un gigantesque entrepôt.

Elle avança de quelques pas pour éclairer un panneau recouvert de rouille :

ABATTOIRS RÉGIONAUX
COMTÉ DE HILLSBOROUGH

Elle reprit sa course jusqu'au bâtiment principal. Là, elle remarqua des traces de pneus qui commençaient à être recouvertes par la neige. Son cœur bondit dans sa poitrine. On était venu ici récemment.

Elle poussa de toutes ses forces la haute porte coulissante qui donnait accès au local et la referma sur elle pour ne pas laisser le vent s'engouffrer.

— Romuald !

L'endroit était plongé dans le noir, mais un bruit de chauffage ou de climatisation bourdonnait.

Emma actionna un interrupteur et une lumière blafarde se répandit, découvrant un entrepôt presque vide aux murs de béton brut.

Au milieu du bâtiment, elle reconnut le pick-up bordeaux du cascadeur.

Elle s'approcha de la camionnette et regarda à l'intérieur.

Personne.

Elle regretta de ne pas avoir emporté avec elle le petit revolver compact du cascadeur.

— Romuald ?

Au bout de la pièce principale, un couloir en

forme de coude débouchait sur une enfilade de portes en ferraille. La première donnait sur une pièce vide. Les autres étaient verrouillées. Elle ferma les yeux, mais son découragement dura moins d'une seconde.

En partant, le tueur avait pris soin de tout éteindre. Sauf...

Le souffle du générateur !

Elle revint sur ses pas pour tenter d'identifier la source du bruit. Le ronronnement provenait d'une salle frigorifique. Elle tambourina contre la paroi métallique.

— Romuald ?

Non, c'est impossible. Pas là...

— Romuald ? C'est moi, Emma, tu m'entends ?

Elle essaya d'ouvrir la porte, mais en vain. En se baissant, elle remarqua une pièce en acier brossé en forme de gouvernail. Elle la tourna à fond et la porte du local réfrigéré s'ouvrit.

Accueillie par un souffle polaire, elle se rua à l'intérieur.

— Romuald !

À la lueur de son téléphone, au milieu de l'obscurité, elle aperçut la capuche en fourrure de la parka de l'adolescent.

Elle se précipita sur lui. Il était couché, inanimé. Mobilisant toutes ses forces, elle le tira pour l'extraire du frigo mortel et le ramena à l'air ambiant. Elle mit son téléphone sur haut-parleur, appela le 911 et demanda une ambulance d'urgence pour prendre en charge un patient atteint d'hypothermie.

En attendant les secours, elle chercha une respiration qu'elle ne trouva pas, un pouls qu'elle était trop nerveuse pour capter. La peau de Romuald était livide, bleutée, cadavérique.

Merde !

Elle n'avait pas la moindre couverture pour le réchauffer. Alors lui revinrent en mémoire les gestes de survie qu'elle avait appris quelques mois plus tôt, lors d'un stage qu'avaient dû suivre tous les employés de l'Imperator. Un truc que sur le moment elle avait trouvé débile et sans intérêt, n'imaginant pas un seul instant que cela lui serait peut-être utile un jour. Heureusement, les manipulations qu'elle avait faites sur un mannequin lui revenaient à présent avec acuité. Elle allongea l'adolescent bien droit, se plaça à genoux à côté de son thorax, releva son pull et posa la paume de sa main droite sur la partie inférieure du sternum. Elle plaça sa deuxième main au-dessus de la première. Les bras tendus, elle appuya de tout son poids, enfonçant ses mains dans la poitrine de Romuald, puis se redressa avant de reprendre le cycle de compression et de relâchement pour faire circuler le sang dans le corps de l'adolescent.

Et un et deux et trois ! Un et deux et trois !

Elle compta trente compressions, puis administra à l'adolescent deux insufflations par bouche-à-bouche.

Ne meurs pas !

La rage au cœur, elle recommença le cycle du massage cardiaque, en essayant de conserver un rythme régulier.

Et un et deux et trois...

À chaque pression sur la cage thoracique, elle risquait de lui briser les côtes.

Et un et deux et trois...

Le temps s'était arrêté. Emma était ailleurs. Elle menait une guerre. Celle que la vie livre contre la mort.

Ne meurs pas, Romuald ! Ne meurs pas !

Un an plus tard...

Replay

S'il est vrai que nous ne pouvons vivre qu'une seule partie de ce qui est en nous, qu'advient-il du reste ?

Pascal MERCIER

Université de Harvard
Cambridge
19 décembre 2011

L'amphithéâtre était bondé, mais sans un bruit. Les aiguilles du cadran en bronze de la vieille horloge murale marquaient 14 h 55. Le cours de philosophie délivré par Matthew Shapiro touchait à sa fin.

La sonnerie libéra les élèves. Matthew rangea ses affaires, enfila son manteau, noua son écharpe et sortit sur le campus. Dès qu'il fut dehors, il se roula une cigarette et traversa le Yard.

Le parc baignait dans une belle lumière automnale. Depuis dix jours, la température particulièrement

513

douce pour la saison et le soleil abondant offraient aux habitants de Nouvelle-Angleterre un été indien aussi agréable que tardif.

— M'sieu Shapiro ! Réflexe !

Matthew tourna la tête vers la voix qui l'interpellait et eut l'intuition de lever les yeux. Un ballon de football américain arrivait dans sa direction.

Il le réceptionna de justesse et le renvoya dans la foulée au *quarterback* qui l'avait sollicité. Puis il quitta l'enceinte de l'université par le portail monumental qui débouchait sur Harvard Square.

Il venait de s'engager sur le passage piéton pour rejoindre la station de métro lorsqu'une vieille Chevrolet Camaro pétaradante déboucha à l'angle de Massachusetts Avenue et de Peabody Street. Le jeune prof sursauta et marqua un mouvement de recul pour ne pas être écrasé par le coupé rouge vif qui s'arrêta à son niveau dans un crissement de pneus.

La vitre avant descendit pour laisser apparaître la chevelure rousse d'April Ferguson, sa colocataire depuis l'assassinat de sa femme.

— Hello, beau brun, je te ramène ?

— Je préfère rentrer en transport en commun, déclina-t-il. Tu conduis comme si tu étais dans un jeu vidéo !

— Allez, ne fais pas ton pétochard. Je conduis très bien et tu le sais !

— N'insiste pas. Je tiens à la vie, moi ! Je voudrais éviter à ma fille de se retrouver orpheline à quatre ans et demi.

— Oh, ça va ! N'exagère pas non plus ! Allez, trouillard, dépêche-toi ! Je bloque la circulation, là !

Pressé par les coups de klaxon, Matthew poussa un long soupir d'abdication et ouvrit la portière pour se glisser dans la Chevrolet.

À peine eut-il bouclé sa ceinture, qu'au mépris de toutes les règles de sécurité la Camaro effectua un périlleux demi-tour pour partir en trombe vers le nord.

— Boston, c'est de l'autre côté ! s'insurgea-t-il en s'agrippant à la portière.

— Je fais juste un petit détour par Belmont. C'est à dix minutes. Et ne t'inquiète pas pour Emily. J'ai demandé à sa baby-sitter de rester une heure de plus.

— Quel culot ! Je te préviens, je…

La jeune femme passa deux vitesses avec célérité puis plaça une brusque accélération qui coupa la parole à Matthew. Une fois en vitesse de croisière, elle se tourna vers lui et lui tendit un carton à dessins.

— Figure-toi que j'ai peut-être un client pour l'estampe d'Utamaro, reprit-elle.

La Chevrolet avait quitté le quartier universitaire.

Elle emprunta la voie rapide qui longeait le *Fresh Pond* avant d'arriver à Belmont, une petite ville résidentielle à l'ouest de Boston. April entra une adresse sur le GPS et se laissa guider jusqu'à une zone pavillonnaire chic et familiale. Malgré l'interdiction formelle, la Camaro dépassa un bus scolaire et se gara dans une rue calme bordée d'arbres.

— Tu viens avec moi ? demanda-t-elle en récupérant le carton à dessins.

Matthew secoua la tête.

— Je préfère t'attendre dans la voiture.

— Je fais aussi vite que possible, promit-elle en se remaquillant dans le rétroviseur.

— Tu n'as pas peur d'en faire trop ? la provoqua-t-il.

— « J'suis pas mauvaise, j'suis juste dessinée comme ça », minauda-t-elle en reprenant la réplique et la voix de Jessica Rabbit.

Puis elle déplia ses jambes interminables moulées dans un legging et sortit de la voiture.

Resté seul, Matthew jeta un coup d'œil de l'autre côté de la rue. Une mère et ses deux jeunes enfants installaient dans leur jardin les décorations de fête. Il se rappela que Noël était dans quelques jours et cette réalité le plongea dans un état proche de la panique. Il voyait avec terreur se profiler le premier anniversaire de la mort de

Kate : ce funeste 24 décembre 2010 qui avait fait basculer son existence dans la souffrance et l'accablement.

Depuis l'assassinat de son épouse, sa vie n'était qu'un cauchemar. Comment réagir lorsque l'on apprend que celle qui partage votre vie depuis quatre ans, la mère de votre petite fille, ne s'est mariée avec vous que pour vous tuer ? Vous tuer dans le seul but de transplanter votre cœur pour sauver son amant. Comment vivre désormais ? Comment continuer à faire confiance aux gens ? Comment envisager à nouveau de vivre avec une femme ?

Matthew soupira. Seule sa fille l'avait empêché de sombrer dans la folie ou de se foutre en l'air. Lorsque l'événement avait été rendu public, juste après la mort de Nick Fitch, il avait dû se battre pour protéger Emily de la curiosité des journalistes. Il y avait eu un moment très pénible pendant lequel les médias ne le lâchaient pas. Des éditeurs lui avaient proposé des sommes folles pour raconter son histoire et Hollywood voulait mettre en scène sa tragédie. Pour fuir ces intrus, il avait alors sérieusement pensé à quitter le Massachusetts, mais il était trop attaché à Boston, à sa maison et à ses élèves. Depuis quelques semaines, l'affaire commençait à se tasser médiatiquement. Cela n'enlevait rien à sa détresse, mais il se sentait au moins délivré du poids d'une notoriété malsaine.

À travers de petites choses, il reprenait goût à l'existence : une promenade sous le soleil avec Emily, un match de football avec ses étudiants, une blague particulièrement bien tournée d'April.

Mais cette rémission était fragile. La douleur guettait, prête à l'attraper à la gorge, ressassant éternellement les mêmes questions sans réponses. Comment accepter que les plus belles années de votre vie ne soient en fait qu'une mascarade ? Comment reprendre confiance en soi après s'être fait berner de la sorte ? Comment trouver les mots pour expliquer cette situation à Emily ?

Matthew transpirait. Son cœur cognait dans sa poitrine. Il baissa la vitre de la Camaro, chercha une barrette d'anxiolytique dans la poche de son jean et la posa sous sa langue. Le médicament fondit doucement dans sa bouche, lui apportant un réconfort chimique qui dilua lentement sa fébrilité. Pour se calmer tout à fait, il avait besoin de fumer. Il sortit de la voiture, verrouilla la portière et fit quelques pas sur le trottoir avant d'allumer une cigarette et d'en tirer une longue bouffée.

★

Les yeux clos, le visage offert à la brise automnale, il savoura sa clope. Il faisait encore bon. Le soleil filtrait à travers les branches. Il resta quelques instants immobile avant d'ouvrir les yeux. Au bout de la rue, un attroupement s'était formé devant l'une des maisons. Curieux, il se rapprocha pour arriver devant un de ces cottages typiques de la Nouvelle-Angleterre : une vaste demeure tarabiscotée en bardage de bois, ornée d'un toit cathédrale surchargé de multiples fenêtres. Devant la résidence, sur la pelouse, on avait organisé une sorte de braderie.

Matthew se mêla aux nombreux curieux qui chinaient sur les cent mètres carrés de la pelouse. La vente était animée par une jolie jeune femme brune au visage doux et souriant. À ses côtés, un shar-peï couleur sable se faisait les dents sur un os en latex.

Au milieu des objets hétéroclites, Matthew aperçut un ordinateur portable : un MacBook Pro, écran quinze pouces. Pas la dernière version de ce modèle, mais la précédente ou celle d'avant. Il s'approcha et examina la machine sous toutes ses coutures. La coque en aluminium de l'appareil avait été personnalisée par un autocollant en vinyle appliqué au dos de l'écran qui mettait en scène une Ève stylisée et sexy. En bas de l'illustration, on pouvait lire la signature « Emma L. » sans que l'on sache très bien s'il s'agissait de l'artiste qui avait dessiné la figurine ou de l'ancienne propriétaire de l'ordinateur.

Pourquoi pas ? songea-t-il en regardant l'étiquette. Son vieux PowerBook avait rendu l'âme à la fin de l'été. Il avait besoin d'un nouveau portable, mais depuis trois mois, il remettait sans cesse cette dépense à plus tard.

L'objet était proposé à 400 dollars. Une somme qu'il jugea raisonnable.

Il se rapprocha de la jeune femme responsable de la vente et lui désigna le Mac.

— Cet ordinateur fonctionne, n'est-ce pas ?

— Bien sûr. C'est mon ancien portable. Disque dur formaté et nouvelle version du système d'exploitation installé. Il est comme neuf !

— Je ne sais pas trop… hésita-t-il.

— Vous pensez que j'essaie de vous rouler ? le taquina-t-elle.

Matthew lui rendit son sourire. Elle lui tendit sa carte de visite.

— Écoutez, voilà ce que je vous propose : si dans les six mois, l'ordinateur a le moindre problème, je m'engage à vous le faire réparer. Mon meilleur ami s'y connaît très bien en informatique.

Matthew regarda le bristol :

Emma Lovenstein.
Chef Sommelier
Imperator
30 Rockefeller Plaza New York, NY 10020

— Vous travaillez au restaurant l'Imperator ?

— Oui, vous y avez déjà mangé ?

— Dans une autre vie, éluda-t-il en chassant un souvenir qui lui rappelait trop son mariage avec Kate.

Le shar-peï vint se frotter contre sa jambe et jappa joyeusement.

— Il s'appelle Clovis et on dirait qu'il vous aime bien ! s'enthousiasma Emma.

Matt caressa l'animal. Le soleil poudroyait entre les branches.

— Ma fille rêve d'avoir un petit chien comme le vôtre, sourit-il.

— Quel âge a-t-elle ?

— Quatre ans et demi.

Emma hocha la tête.

— Vous avez des enfants ? demanda-t-il.

— Pas encore.

Il sentit qu'il s'était aventuré sur un territoire intime et battit en retraite.

— Donc, vous habitez à New York...

— Et j'y retourne d'ailleurs dans quelques heures, fit-elle en regardant sa montre. J'étais venue

521

donner un coup de main à mon frère, mais il ne faut pas que je loupe mon avion.

Matthew hésita encore quelques secondes avant de se décider.

— D'accord, je le prends, affirma-t-il en désignant la machine.

Il fouilla dans son portefeuille. Il n'avait sur lui que 310 dollars. Gêné, il n'osa pas négocier, mais la jeune femme le mit à l'aise.

— C'est bon, je vous le laisse à ce prix !

— C'est très aimable à vous, répondit-il en lui donnant les billets.

De loin, il fit signe à April qui venait d'arriver sur la pelouse. Emma lui tendit l'ordinateur qu'elle avait emballé dans le carton d'origine.

— Donc je n'hésite pas à vous appeler si l'ordinateur ne marche pas, conclut Matthew en agitant la carte de visite.

— Si par hasard vous aviez envie de m'appeler avant, ne vous croyez pas obligé d'attendre que la machine tombe en panne, osa-t-elle.

Il sourit pour masquer sa surprise, et rejoignit April.

Ils regagnèrent la voiture. Matthew insista pour conduire et ils regagnèrent Boston, coincés dans les embouteillages. Pas un seul instant il ne cessa de penser à cette Emma Lovenstein.

★

Boston
Quartier de Beacon Hill
20 heures

Matthew borda Emily et éteignit les lumières à l'exception de la veilleuse suspendue au-dessus du lit. Avant d'entrebâiller la porte, il embrassa une dernière fois sa fille en lui promettant qu'April passerait lui dire bonne nuit.

Puis il descendit l'escalier qui menait au salon. Le rez-de-chaussée de la demeure baignait dans une lumière tamisée. Il se pencha à la fenêtre et, pendant un instant, observa les guirlandes électriques qui clignotaient, accrochées aux grilles du parc. Puis il passa dans la cuisine et sortit un pack de bière blonde. Il décapsula une bouteille et s'apprêtait à prendre une nouvelle barrette d'anxiolytique.

— Hé, beau gosse, fais attention avec ce genre de mélange, ça peut être dangereux ! l'interpella April.

Chaussée sur des talons vertigineux, elle arborait un ensemble excentrique, mais chic, teinté d'une influence fétichiste. Elle avait noué ses cheveux en chignon, mis un fond de teint nacré qui faisait ressortir son rouge à lèvres couleur sang.

— Tu ne veux pas m'accompagner ? Je vais au

523

Gun Shot, le nouveau pub près des quais. Leur tête de porc en friture est une vraie tuerie. Et leur mojito, je ne t'en parle même pas ! En ce moment, c'est là que sortent les plus belles filles de la ville.

— Donc, tu me proposes d'abandonner ma fille de quatre ans pour aller boire des mojitos dans un bar pour lesbiennes satanistes ?

Agacée, April réajusta son long bracelet manchette griffé d'arabesques pourpres.

— D'abord, le Gun Shot n'est pas un bar pour lesbiennes, s'énerva-t-elle. Et puis, je suis sérieuse, Matt, ça te ferait du bien de sortir, de voir du monde, d'essayer à nouveau de plaire à des femmes, de faire l'amour...

— Mais comment veux-tu que je retombe amoureux ? Ma femme...

— Je ne cherche pas à nier le traumatisme que tu as connu avec Kate, Matt, mais si tu veux surmonter cette épreuve, il faut que tu avances, que tu te secoues, que tu te donnes au moins une chance de retrouver le goût de vivre.

— Je n'y suis pas encore prêt, affirma-t-il.

— Très bien, je n'insiste pas, capitula-t-elle en boutonnant son cardigan et en claquant la porte derrière elle.

Resté seul, Matthew fouilla dans le congélateur et dénicha un carton couvert de givre. Il enfourna la pizza dans le four, régla le minuteur et trouva refuge sur son canapé. Il avait besoin d'être seul. Il ne cherchait personne pour le comprendre, personne pour le consoler. Il voulait juste cuver sa douleur, avec pour seuls compagnons son fidèle tube de médocs et sa chère Corona.

Pourtant, dès qu'il ferma les yeux, l'image de la jeune femme du vide-grenier lui apparut avec une précision étonnante. Ses cheveux ondulés, son regard rieur, ses jolies taches de rousseur, son sourire malicieux, sa voix mutine lorsqu'elle lui avait lancé :

Si par hasard vous aviez envie de m'appeler avant, ne vous croyez pas obligé d'attendre que la machine tombe en panne.

Tout à coup, l'évidence s'imposa : il avait très envie de revoir cette femme.

Il se redressa et s'installa sur le comptoir en bois de la cuisine où il avait posé son portefeuille qui contenait la carte de visite :

Emma Lovenstein... Et si je l'appelais, là, tout de suite, pour l'inviter au restaurant ?

Il hésita un instant. Elle devait être dans l'avion pour New York, mais il pouvait tout de même lui laisser un message.

Il composa les premiers chiffres de son numéro sur son téléphone, puis s'arrêta net. Ses mains tremblaient.

À quoi bon continuer ? se demanda-t-il, toujours assailli par les mêmes doutes. Pas la peine de se raconter d'histoire. Il ne croyait plus au couple, à la complicité, aux émotions partagées. Il sentit la colère monter en lui.

Quatre ans...

Il avait vécu quatre ans avec une étrangère, une criminelle, une femme malfaisante qui l'avait manipulé comme un pantin.

Une heure avant qu'elle projette de le tuer, il était encore en train de lui mitonner ses plats préférés ! Il n'était pas une victime de Kate, il était une pauvre cloche, un pauvre naïf qui s'était laissé duper comme un bleu. Non seulement il méritait ce qui lui était arrivé, mais encore il devait en porter la croix jusqu'à sa mort !

De rage, il fracassa son téléphone contre le mur, avala ses cachets avec une lampée d'alcool et retourna s'allonger sur son canapé.

★

New York
Le lendemain
21 décembre 2011

— Hey !

Assise sur un banc de Washington Square Park,

Emma fit un signe de la main en direction de Romuald. Le jeune homme la rejoignit, lui donna une accolade et lui tendit un sac en papier kraft.

— Je suis passé chez Mamoun's acheter des falafels. Goûte ça, c'est un régal !

Il s'assit à côté d'elle et ils déballèrent leurs sandwichs.

En une année, Romuald s'était métamorphosé. Le petit Français rondouillard était devenu un beau garçon, élégant, élève en première année à la New York University. Après l'incroyable aventure qu'ils avaient partagée, Emma et lui étaient désormais unis par un lien très fort et se voyaient plusieurs fois par semaine. Emma avait aidé Romuald lors de son installation à Manhattan et était très attentive à ses études.

— Tu as poursuivi ta réflexion au sujet de ton orientation ? demanda-t-elle en mordant dans la pita. C'était une plaisanterie, ce que tu m'as dit avant-hier ?

— Pas du tout, je veux devenir psychiatre. Ou policier.

— Toi ?

— Oui, aujourd'hui je pense que les êtres humains sont définitivement plus intéressants que les ordinateurs. Leurs histoires d'amour, leurs pulsions de vengeance ou de violence...

Elle lui adressa un sourire complice.

— Délicieux, tes sandwichs, fit-elle, la bouche pleine.

— Je pensais que tu apporterais le vin, plaisanta-t-il. Avec un verre de bourgogne, ça doit être mortel !

Elle lui fit un clin d'œil. Il poursuivit :

— Bon, tu m'as assez fait mariner ! Comment s'est passé ton voyage à Boston ?

— Pas exactement comme je l'espérais, grimaça la jeune femme.

— Tu as revu Matthew ?

— Oui, il est bien venu au vide-grenier et il a même acheté mon ordinateur. J'étais émue, c'était tellement étrange de le retrouver après tout ce temps.

— Donc vous vous êtes parlé !

— Brièvement.

— Il ne t'a pas reconnue ?

— Non, et ça vaut mieux ! Il y a un an, il ne m'a aperçue que quelques minutes et je portais un passe-montagne.

— Tu lui as laissé tes coordonnées ?

— Oui, mais il ne m'a pas appelée.

— Il le fera, assura Romuald.

— Je ne crois pas, répondit-elle. Peut-être que c'est mieux comme ça, d'ailleurs.

— Mais pourquoi ne pas lui raconter la vérité ?

— C'est impossible, tu le sais bien. D'abord parce que la vérité est incroyable, et puis…

— Quoi ?

— Tu te vois tomber amoureux de la femme qui a tué la mère de ta fille ?

— Mais tu lui as aussi sauvé la vie, Emma !

La jeune femme haussa les épaules et tourna le regard pour que Romuald ne s'aperçoive pas que ses yeux brillaient.

Son trouble ne dura pas. Déjà, elle interrogeait son ami sur ses propres amours. Romuald progressait tous les jours dans la conquête d'Erika Stewart, une étudiante en philo de Harvard, de trois ans son aînée, qu'il avait rencontrée au *farmers market* d'Union Square un mois plus tôt et dont il était tombé follement amoureux. Au départ, la jeune fille ne lui avait prêté aucune attention : pour rien au monde elle n'aurait accepté de sortir avec quelqu'un de plus jeune. Romuald avait réussi à trouver son adresse et, sur les conseils d'Emma, il s'était mis à lui écrire une lettre par jour. Une « vraie » lettre, rédigée au stylo-plume sur du papier chiffon. L'art de la séduction épistolaire n'étant pas le fort du jeune garçon, Emma, tel Cyrano de Bergerac, tenait souvent la plume à sa place. Et cette entreprise de conquête « à l'ancienne » avait porté ses fruits. Non seulement Erika s'était prise au jeu, mais encore elle venait d'accepter l'invitation de Romuald : un dîner à l'Imperator le samedi suivant.

— Tu sais qu'il faut trois mois d'attente pour obtenir une table dans ce restaurant, lui fit remarquer Emma d'un ton sérieux.

— Oui, je sais, fit-il d'un air dépité. Mais j'avais pensé que…

— Bien sûr que je t'aiderai à avoir une place ! Une belle table en bordure de fenêtre avec vue sur l'Empire State Building !

Il la remercia chaleureusement et elle le raccompagna à pied jusqu'au bâtiment de l'université.

★

Boston
13 heures
Matthew termina son jogging hors d'haleine. Il avait couru plus d'une heure, faisant une boucle complète autour du bassin de la Charles River, poussant jusqu'aux bâtiments du MIT avant de revenir vers le Public Garden.

Les mains sur les genoux, le dos courbé, il reprit son souffle avant de traverser en marchant les pelouses du Boston Common.

Les jambes tremblantes et le ventre serré, il ne

parvenait pas à ralentir les battements de son cœur dans sa poitrine. Que lui arrivait-il ?

Cela n'avait rien à voir avec l'effort. Depuis qu'il s'était levé, un sentiment nouveau le submergeait ; une sensation grisante et inattendue qui l'avait pris de court. Quoi qu'il fasse, où qu'il aille, Emma Lovenstein ne quittait pas ses pensées. Impossible de la fuir. Impossible de lui échapper. Et cette présence faisait de lui quelqu'un d'autre. Un homme libéré d'une gangue et capable de se projeter enfin vers demain. L'évidence lui sauta aux yeux...

Il s'assit sur un banc, observa le bleu métallique du ciel, les reflets du soleil sur la surface du lac, et offrit son visage au vent léger.

Autour de lui, des enfants jouaient.

La vie était de nouveau là.

*

Après avoir quitté Romuald, Emma prit un taxi pour revenir à l'Imperator et passa le début d'après-midi avec son équipe à mettre au point les accords de vins à suggérer aux invités pour les repas du soir de Noël et du Nouvel An.

À 15 heures, son téléphone vibra dans sa poche. Elle le consulta discrètement.

De : Matthew Shapiro
À : Emma Lovenstein
Objet : Franc-jeu

Chère Emma,

C'est depuis la messagerie de votre ancien ordinateur que je vous envoie ce courrier. Il fonctionne très bien. Cherchant un prétexte pour vous contacter, j'ai bien pensé à le saboter, mais j'ai renoncé à ce mensonge pour préférer jouer franc-jeu. Alors voilà, j'ai une proposition à vous faire.

Je connais un petit restaurant italien dans l'East Village – Le Numéro 5 – au sud de Tompkins Square Park. Il est tenu par Vittorio Bartoletti et sa femme, qui sont tous les deux des amis d'enfance. Je vais dîner chez eux chaque fois que je me rends à New York.

Pour une sommelière aguerrie, je ne sais pas ce que vaut leur carte des vins, mais si vous aimez les arancini à la bolognaise, les lasagnes au four, les tagliatelles au ragoût et les cannoli siciliens, alors cette adresse devrait vous plaire. Accepteriez-vous d'aller y dîner avec moi ce soir ? 20 heures ?

Matt.

Emma sentit son cœur faire des bonds dans sa poitrine. Elle répondit immédiatement :

J'en serais ravie, Matthew.

À ce soir donc !

P-S : J'adore les lasagnes et les arancini…

Et le tiramisu aussi !

★

— Allô, tête de blatte ?

— Je suis en cours, Emma… chuchota Romuald.

— Il faut que tu m'aides. Connecte-toi sur le site d'Akahiko Imamura.

— Le coiffeur ? Encore ?

— Oui, j'ai besoin d'un rendez-vous dans deux heures.

— Mais, j'avais pris la résolution de me tenir tranquille et de ne plus pirater de…

— C'est ça ou tu peux dire adieu à ta réservation à l'Imperator avec Erika.

★

Portée par une douce euphorie, Emma sortit sur Rockefeller Plaza et remonta la 5e Avenue jusqu'au magasin Bergdorf Goodman.

Elle avait l'impression d'être dans la peau d'une

actrice tournant une seconde prise, mais cette fois, elle espérait pouvoir changer la fin du film. Ignorant les vendeuses, elle déambula parmi les stands du grand magasin new-yorkais. Même si la mode avait légèrement changé depuis l'an dernier, elle retrouva ce qu'elle cherchait : un manteau en brocart avec son étoffe de soie rehaussée de dessins brochés d'or et d'argent, ainsi qu'une paire d'escarpins en python, aux reflets violets et aux talons vertigineux.

Une fois ses achats effectués, elle sortit du magasin et, comme il faisait beau, elle se rendit à pied au salon d'Akahiko Imamura. Au bout de deux heures, elle avait exactement la même coiffure que l'année précédente : les cheveux relevés en un chignon torsadé qui rendait son visage lumineux et faisait ressortir ses yeux clairs et sa féminité.

Elle héla un taxi pour se rendre dans l'East Village. Dans la voiture, elle se rendit compte que ses mains tremblaient. Elle sortit sa trousse à maquillage et compléta sa tenue d'un peu de blush rosé, d'un voile doré sur les paupières et d'une touche de rouge à lèvres corail.

Alors que le chauffeur s'arrêtait devant Le Numéro 5, le doute et l'inquiétude refirent surface. Et si, cette fois encore, Matthew n'était pas là ?

Emma se revit un an plus tôt et mesura le chemin parcouru.

Jusqu'où pouvait-on impunément déjouer les plans du destin ? Quel serait le prix à payer pour avoir voulu défier les lois du temps et échapper à la fatalité ?

Elle n'allait pas tarder à le savoir. Elle régla sa course, descendit de la voiture et poussa la porte du restaurant italien.

Le cœur battant, elle dépassa le comptoir d'accueil sans s'arrêter. Le restaurant était chaleureux et intime, exactement comme dans son souvenir. Elle monta les marches de l'escalier en bois qui menait à la mezzanine au plafond voûté. Arrivée en haut, elle s'avança vers la table en bordure qui surplombait la salle principale.

Matthew était là.

Il l'attendait.

Merci

À Ingrid,
À Estelle Touzet, chef sommelière au Meurice.
Au Dr Sylvie Angel et au Dr Alexandre Labrosse.
À Bernard Fixot, Édith Leblond et Catherine de Larouzière.
À Valérie Taillefer, Jean-Paul Campos, Bruno Barbette, Stéphanie Le Foll et Isabelle de Charon.

Références

Exergue : William Shakespeare, *Les Deux Gentilshommes de Vérone*, Flammarion, GF, 1965 ; chapitre 1 : Tarun J. Tejpal, *Loin de Chandigarh*, Le Livre de Poche, 2007 ; chapitre 2 : phrase attribuée à Marilyn Monroe ; chapitre 3 : Michela Marzano, extrait d'une interview pour *Le Journal du dimanche*, 6 mai 2012 ; chapitre 4 : Virginia Woolf, *Les Vagues*, Le Livre de Poche, 2004 ; chapitre 5 : Stanislaw Jerzy Lec, *Nouvelles pensées échevelées*, Rivages, 2000 ; chapitre 6 : William Shakespeare, *Périclès, prince de Tyr*, Belles Lettres, 1967 ; chapitre 7 : Baruch Spinoza, *Œuvres complètes*, Gallimard, NRF, 1955 ; chapitre 8 : Paul Morand, *L'Éloge du repos*, Arléa Poche, 1996 ; chapitre 9 : Victor Hugo, *Les Voix intérieures*, Gallimard, NRF, 2002 ; chapitre 10 : phrase attribuée à William Wallace, indépendantiste écossais du XIIIᵉ siècle ; chapitre 11 : Ovide, *L'Art d'aimer*, trad. H. Bornecque, Gallimard, Folio Classique, 1974 ; chapitre 12 : James Ellroy, *Ma part d'ombre*, trad. F. Michalski, Rivages, 1997 ; chapitre 13 : Friedrich Nietzsche, *Le Livre du philosophe*, trad. A. Kremer-Marietti, Flammarion, GF, 1991 ; chapitre 14 : Exode, 20.17 ; chapitre 15 : proverbe chinois ; chapitre 16 : *Odes de Salomon*, 8, IIᵉ siècle ; chapitre 17 : Alexandre Soljenitsyne, *Une journée d'Ivan Denissovitch*, trad. L. et J. Cathala, Pocket, 2006 ; chapitre 18 : phrase attribuée à Eleanor Roosevelt ; chapitre 19 : Maurice Magre, *La Luxure de Grenade*, Albin Michel, 1926 ; chapitre 20 : phrase attribuée à Marilyn Monroe ; chapitre 21 : Paul Eluard, *Œuvres complètes*, 2 vol., Gallimard, NRF, 1968 ; chapitre 22 : William Shakespeare, *Antoine et Cléopâtre*, trad. G. Lambin, Belles Lettres, 1967 ; chapitre 23 : Choderlos de Laclos, *Les Liaisons dangereuses*, Pocket classiques, 2009 ; chapitre 24 : Stephen King, *La Ligne verte*, trad. P. Rouard, Le Livre de Poche, 2010 ; chapitre 25 : Arthur Golden, *Geisha*, trad. A. Hamel, Le Livre de Poche, 2008 ; chapitre « Replay » : Pascal Mercier, *Train de nuit pour Lisbonne*, trad. N. Casanova, 10/18, 2008.

Table

Première partie
Le hasard des rencontres

Deuxième partie
Les parallèles

Troisième partie
Apparences

Quatrième partie
La femme de nulle part

Cinquième partie
Le choix du mal

Sixième partie
Au-delà de la frontière

Un an plus tard...

Composé par Nord Compo
à Villeneuve-d'Ascq (Nord)

Imprimé en Espagne par
Black Print CPI Iberica
à Barcelone
en février 2014

POCKET – 12, avenue d'Italie – 75627 Paris cedex 13

Dépôt légal : mars 2014
S24688/01